MY DAUGHTER GREW UP TO
"RANK S" ADVENTURER.
MOJIKAKIYA PRESENTS toi8 ILLUSTRATION

2
모지 카키야
MOJIKAKIYA
toi8
ILLUSTRATION
모험가가 되고 싶다며
도시로 떠났던 딸이
S랭크가
되었다
MY DAUGHTER GREW UP TO
"RANK S" ADVENTURER.

등장인물 PERSONS

벨그리프

젊은 시절에 꿈이 부서졌던 은퇴 모험가. 장애를 입고 고향에 돌아왔지만, 마음 한구석에 미처 다 버리지 못한 모험가의 꿈이 남아 있고, 성장하는 딸에게 자극도 받아 아직껏 꾸준히 단련한다. 딸이 붙여준 『적귀』 칭호 때문에 마음고생 중.

안젤린

아기 때 숲에 버려졌고 벨그리프가 딸로 거두어 혼자서 길렀다. 아빠를 몹시 좋아한다. S랭크 모험가. 『흑발의 여검사』라는 칭호를 갖고 있다.

밀리엄

마법을 특기로 쓰는 안젤린의 파티 멤버. AAA랭크 모험가.

아넷사

안젤린 파티의 중재역이자 궁수. 밀리엄과 같은 고아원 출신의 AAA랭크 모험가.

보르도 세 자매

헬베티카

현 보르도 백작이자 보르도 세 자매의 장녀. 다채로운 재능의 소유자. 우수한 인재를 발견하면 정신을 못 차린다.

사샤

세 자매의 차녀. 귀족다운 언동에 서툴다. 귀족 신분의 모험가이며 AA랭크의 실력을 보유했다.

셀렌

세 자매의 막내이고 아직 앳된 인상은 남아 있을지언정 이미 정치의 재능을 발휘하여 언니들을 뒷받침한다.

줄거리 STORY

큰 중상을 입고 고향으로 돌아온 은퇴 모험가 벨그리프는 어느 날 산에 약초 채집을 나갔다가 버려진 갓난아이를 발견한다. 그는 갓난아이를 거두어 안젤린이라고 이름 붙이고 홀몸으로 키워 내기로 결심했다. 모험가였던 아버지의 영향일까, 성장에 따라 딸아이도 모험가에게 동경심을 품게 되었다.

그로부터 몇 년이 지나 안젤린은 마을을 떠나 모험가가 되었고, 최고위의 S랭크까지 치고 올라갔다. 몇 년 만에 사랑하는 아버지를 만나고자 마을로 돌아가려고 계획했지만, 부활했다고 추측되는 마왕의 영향 때문에 마수 피해가 증가해서 파티 멤버와 함께 이리저리 토벌에 불려 다니는 나날이 이어졌다.

"도대체 나는 언제가 돼야 아빠랑 만날 수 있는 거야……!"

이 비상사태를 맞아 길드는 대규모 마왕 토벌 작전을 실행, 안젤린은 『흑발의 여검사』라는 칭호에 부끄럽지 않은 활약으로 마왕을 처단했을 뿐 아니라 길드에서도 무사히 휴가를 받아 낸 끝에 사랑하는 아빠가 기다리는 고향으로 돌아갈 수 있었다.

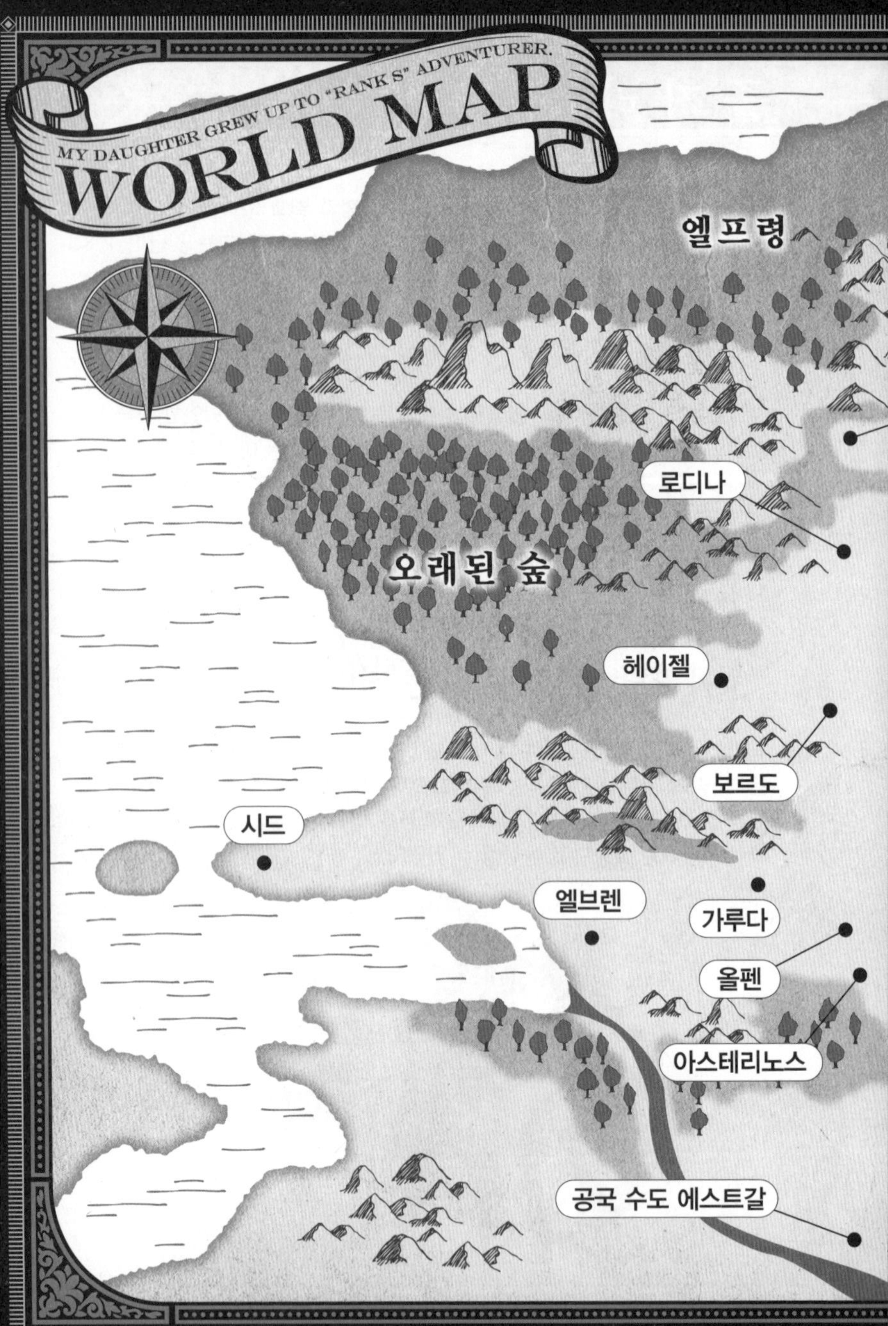
MY DAUGHTER GREW UP TO "RANK S" ADVENTURER.
WORLD MAP
엘프령
로디나
오래된 숲
헤이젤
보르도
시드
엘브렌
가루다
올펜
아스테리노스
공국 수도 에스트갈

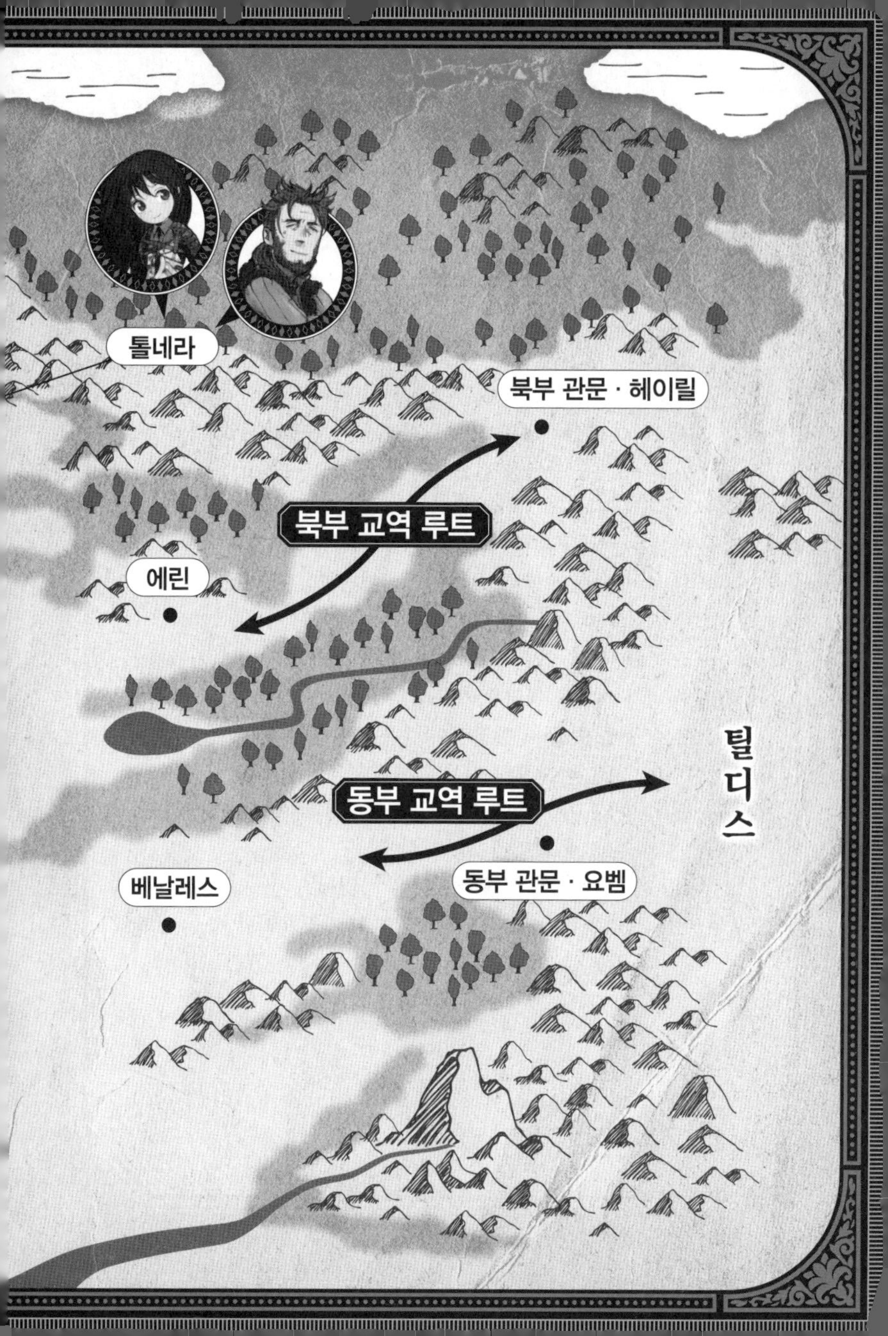
톨네라
북부 관문 · 헤이릴
북부 교역 루트
에린
틸디스
동부 교역 루트
베날레스
동부 관문 · 요벰

CONTENTS

제 2 장

13 ◆ 타닥타닥, 초 타들어 가는 소리가 —— 015
14 ◆ 당연히 벨그리프 또한 모험가 —— 031
15 ◆ 엷은 구름은 걷혔다만 곧 해가 —— 047
16 ◆ 아직 동트기 전이다. 그러나 하늘이 엷게 하얘지면서 지상과 —— 061
17 ◆ 번화가는 항상 사람이 많고, 언제나 떠들썩하게 —— 079
18 ◆ 모처럼 봄맞이 축제를 맞이했건마는 —— 101
19 ◆ 다음 날 아침도 동트기 전에 —— 119
20 ◆ 방 안은 고요하다. 평소의 —— 135
21 ◆ 비가 지면을 때리는 가운데 두 개의 인영이 —— 151
22 ◆ 눈을 떴을 때 안젤린이 같은 침상에서 —— 173
23 ◆ 보르도 가문 저택의 —— 191
24 ◆ 무엇인가의 숨결과 같은 바람이었다. 진득하게, 뜨뜻하게 피부에 달라붙 는—— 213
25 ◆ 숙소의 2층 객실에 —— 239
26 ◆ 침상에서 곧장 뛰쳐나온 차림새 —— 255
27 ◆ 어제 드리워졌던 두꺼운 구름이 마치 거짓말처럼 —— 287

특별 수록 번외편

EX ◆ 자매 —— 309

후기—— 335

제 2 장

MY DAUGHTER
GREW UP TO
"RANK S"
ADVENTURER.

13 타닥타닥, 초 타들어 가는 소리가

타닥타닥, 초 타들어 가는 소리가 난다. 피어오르는 불이 푸른 빛을 띠고 있어 마법에 의해 밝혀졌음을 알 수 있었다.

작은 방 같았다. 네 명쯤 들어서면 무척 답답하겠다. 석조 벽이 있고 거기에 촛대를 걸어 놓았다. 창문은 없다. 나무 문이 하나 있지만, 빈틈없이 닫혀 있다. 공기가 무거워서 마치 죄인의 유폐지처럼 울적한 분위기가 감돌았다.

물건은 거의 없었다. 방의 중심에 목조 탁자가 하나, 아울러 목조 의자를 하나 놓았을 뿐.

의자에는 하얀 로브를 입은 남자가 앉아 있었고, 탁자 위에는 수정 구슬이 놓여 있다. 거기에서 몇 사람인가 인영이 비쳐 보였다. 다만 그림자뿐이라 표정도 용모도 알 수 없었다.

주된 연락 수단이 편지밖에 없는 시대에 수정 통신이라는 것이 있다. 마수정(魔水晶)을 구체의 형태로 정제하여 거기에 마력을 주입함으로써 먼 곳에 있는 다른 마수정 구슬과 즉각 연락을 취할 수 있는 물건이다.

그러나 마수정을 정제하는 것은 몹시 어려운 일인 데다가 통신하는 데도 막대한 마력을 잡아먹는다. 그 때문에 보통 수정 통신은 수십 초에 금화 몇 장이 날아갈 뿐 아니라 대화 가능한 시간도 짧았다.

그러나 로브 남자는 꽤 긴 시간 수정구 너머의 인영과 뭔가 대화를 나누고 있다.

"……그 부분은 분명 이쪽의 실책이군. 그러나 네 녀석의 예측이 빗나갔다는 것 역시 맞아."

『미끼를 더 많이 뿌려 놓아야 했지. 그나저나 바알을 쓰러뜨릴 수 있는 녀석이 나타날 줄이야. 살짝 놀랐어. 혹시 발견되더라도 그것을 감당할 인물은 없다고 판단했었거든. 그라함 녀석은 엘프령에 틀어박혀 있다니까 안심해도 될 줄 알았는데 말이지.』

"흥……. 어쨌든 간에 그것을 완전하게 멸한다는 것은 결코 불가능하다. 힘은 상당히 잃어버렸지만, 회복시키면 또 사용할 데는 있지. 네 녀석이야말로 「열쇠」는 어찌 되었나?"

『꽉 막혔군. 가짜 정보에 속은 게 아닌가 의문일 만큼.』

"쳇……. 뜻대로 진행되질 않는가……. 그 녀석과 같은 전철을 밟을 순 없단 말이다."

『그래도 조심하라고. 이번 여파로 뷔에나 교의 놈들이.』

"잠깐. 나타나셨군."

남자가 의자에서 몸을 일으키는 동시에 문을 박차고 누군가가 뛰어들었다. 번뜩이는 칼날이 로브 남자를 노린다. 남자는 재빨리 마수정 구슬을 품에 간수하고 뛰어올라서 칼날을 피했다.

습격자의 인원수는 다섯 명. 전원 가면을 썼으며 같은 복장을 입었다.

두 사람이 방에 들어오고 나머지가 입구를 막는다. 방이 좁은지라 로브 남자는 금방 궁지에 몰리는 듯 보였다.

"한 명 상대로 뭐 이리 호들갑인가……."

남자가 손가락으로 딱 소리를 내자 불현듯 초의 불빛이 사라졌다. 갑자기 암흑에 감싸이게 된 습격자들은 일순간 움직임을 멈췄다. 암흑 속에서 남자의 하얀 로브가 번쩍거렸다. 푸른빛의 섬광이 솟아 나왔고 가장 앞쪽에 있던 습격자가 피를 뿜으며 쓰러졌다.

그러나 습격자들도 더는 당황하지 않았다. 눈 깜짝할 사이에 진형을 다시 짜서 한 사람이 줄어든 구멍을 메우며 남자에게 달려들었다. 남자는 가볍게 몸을 빼내서 검을 피했다.

"네놈들 따위, 진지하게 상대할 만한 자비가 내게는 없단 말이다……!"

남자는 빠른 속도로 영창을 시작했다. 두 손에 파르께한 빛이 깃들었다.

그때 습격자 중 한 사람이 검을 던졌다. 뜻밖의 공세에 로브 남자는 몹시 당황하여 몸을 비틀어 피했지만, 검은 로브를 스치며 찢어 놓았다. 찢어진 부분에서 검은 보석이 굴러떨어진다.

"아차……! 목적은 이쪽이었나!"

남자는 두 손을 앞에 내밀어서 마법을 날리려고 했다. 그러나 습격자 중 한 사람이 먼저 검을 휘둘러 보석을 깨부쉈다. 검은 연기가 피어올라서 방 안에 들어찼다. 일부는 방 바깥으로 흘러넘친다. 마치 의식을 지닌 것처럼 방 바깥의 검은 연기는 한 덩어리가 되어 날아갔다.

동시에 남자의 마법이 쏟아졌다. 새파란 빛이 칼날 같은 예리함으로 방 내부를 온통 휩쓸었다.

빛이 멎었을 때는 로브 남자 이외에 서 있는 인물은 없었다. 촛대에 불이 피어난다. 오싹하도록 고요하다. 싸늘한 죽음의 침묵이 방금 전 소란을 밀어냈다.

"실수했군, 내가 어떻게 이런……."

남자는 짜증스럽다는 듯이 바닥의 시체를 차서 날려버렸다. 그러고는 손을 들어서 중얼중얼 뭔가 영창을 한다. 방에 가득 차올랐던 검은 연기가 조금씩 남자의 손에 모여들더니 다시 검은 보석이 됐다. 남자는 손가락으로 그 보석을 집어서 빤히 바라봤다. 살짝 광채가 무뎌진 듯 보였다.

"조금 놓쳐버렸나……. 설마 벌써 여기까지 정보를 파악했을 줄은……. 조금은 다른 계획을 마련해야겠군."

남자는 보석을 품에 넣고 로브를 펄럭이며 빠른 걸음으로 방에서 떠나갔다.

○

짐칸에 실어 둔 선물 더미로 아이들이 몰려 있었다. 톨네라에서는 좀처럼 맛볼 기회가 없는 설탕 과자에 정신이 팔렸다. 옆쪽에서 안젤린이 짐을 뒤지며 하나하나 벨그리프의 앞에다 늘어놓는다.

"이건 있잖아…… 내가 좋아하는 핫 와인! 이 와인에 여기 향신료랑 벌꿀을 넣고, 그리고 데워서 마시는 거야……. 맛있어."

"흠……. 안제도 술맛을 알게 됐구나."

"응!"

벨그리프는 성장한 딸을 마주하고 기쁨과 섭섭함이 섞인 복잡한 얼굴로 웃었다.

눈앞에서 자랑스럽게 선물을 내보이는 딸은 분명히 안젤린이다. 그러나 마을을 떠날 때는 자신의 허리쯤밖에 안 됐던 신장이 이제 자신의 가슴께까지 자라났고, 짧았던 머리카락도 무척 길어졌다. 아직 앳된 인상은 살짝 남았지만 용모도 어른과 다를 바 없었다.

손에 든 황금색 표식을 앞뒤로 들여다본다. 손바닥에 들어갈 만한 크기의 그 표식은 S랭크 모험가임을 증명하는 물건이었다.

"……역시 부모의 마음이란 복잡하구나."

"왜 그래? 아빠……."

"아니, 혼잣말이란다."

상념에 잠겨 있었던 벨그리프에게 안젤린은 불만스럽다는 듯이 볼을 부풀렸다. 그리고 느닷없이 벨그리프의 품속에 뛰어들었다. 그렇게 가슴팍에 얼굴을 파묻고 꾹꾹 문질러 댔다.

"모닥불이랑 짚 냄새……. 역시 아빠 냄새는 좋아……."

"하하, 웬 엉뚱한 소리냐……. 다 자랐어도 여전히 어리광쟁이구나.”

“나는 몇 살을 먹어도 아빠 딸인걸…….”

“거참…….”

벨그리프는 곤란하다는 듯이 웃으며 안젤린의 머리를 쓰다듬어 줬다. 살짝 구불거려도 윤기가 있고 아름다운 머리카락이다. 자신의 적발과 전혀 달랐다. 친딸이 아니니까 당연하긴 하지만.

벨그리프는 멍하니 서 있던 아넷사와 밀리엄을 돌아봤다.

“같이 와줘서 고맙구나. 멀리 오느라 많이 피곤하지?”

퍼뜩 정신을 차린 두 사람은 허둥지둥 손을 흔들었다.

“아, 아녜요. 오랜만에 느긋하게 여행을 즐길 수 있어서 무척 좋았어요.”

“그나저나 안제가 이렇게 막 애교 부리는 모습은 처음 봤어요……. 진짜 아버지를 많이 좋아하네요~.”

벨그리프는 쓴웃음을 짓고 볼을 긁적거렸다.

“이런 아이였던가 나도 조금은 의문스럽구나……. 꽤 오래 못 만났거든.”

“5년! 5년이야! 아니…… 이제 곧 6년을 채워버리잖아! 정말 잘 버텼어, 나……! 짝짝, 박수!”

안젤린이 빙그르 벨그리프의 뒤로 돌아가더니 등에 뛰어올라 어부바했다. 그렇게 벨그리프의 머리에 턱을 얹고는 머리카락을 마구마구 문질렀다. 그야말로 어린아이나 저지를 법한 행동이었다. 이 녀석이 진짜 안젤린이 맞을까? 아넷사의 얼굴에는 시름없는 웃음이 떠올랐다. 밀리엄은 히죽히죽 미소 짓는다.

어릴 적에도 업어줄 때마다 이렇듯 장난질을 했더랬지. 벨그리프는 쓴웃음을 지은 채 잠시간 가만히 딸아이의 손길을 받아주다가 곧 팔을 뻗어서 안젤린의 머리를 덥석 잡아 쥐었다. 그대로 꽉꽉 눌러주자 안젤린은「꺄~」기뻐하며 소리를 질렀다.

"안제, 선물 자랑은 적당히 하고 본인들 짐을 집에 잘 넣어 두거라."

"아, 맞다……. 네에. 아네, 미리, 짐을 안에다가 들여놔……."

"앗, 응."

"네엥~."

소녀들은 짐칸에 실은 채 가만뒀던 자신들의 짐을 안아 들어서 집 안으로 옮겨 넣었다.

갑자기 올 줄은 예상을 못 해서 집 안이 어수선한지라 벨그리프는 조금 염려했다. 그러나 어쩔 수 없다.

아이들에게 설탕 과자를 주고 집으로 돌려보냈다. 더 이상 오늘은 검술 연습을 진행할 상황이 아니었다.

짐칸에 산더미처럼 쌓아 둔 선물을 보고 어떻게 할까 고민했다. 오늘 밤은 가도 정비 건으로 주민 회의가 있다. 그 자리에서 다른 사람들에게 나누어 줄까?

안젤린이 유난히 법석을 떨어 상대적으로 차분하게 보였지만, 벨그리프 역시 내심은 꽤 정신없이 이런저런 생각이 들고 있었다.

몇 년 만에 돌아온 딸아이인가. 저녁 식사는 조금 호화롭게 먹이고 싶다. 아니, 그러나 오늘 밤은 주민 회의가 있군. 요리를 할 짬은 날까. 욕조가 없어 몸은 못 담가도, 긴 여로에 지쳤을 텐데 하다못해 몸을 닦을 온수는 넉넉하게 끓여줘야겠지. 게다가 친구들도 함께 올 줄은 몰랐던 터라 침상을 어서 마련해줘야 한다. 헛간에서 짚단을 옮겨다가……. 자택에는 여분의 모포가 없군. 케리에게 빌리도록 할까.

그런 생각을 하던 때 케리가 번스와 함께 달음박질치며 다가왔다. 배를 흔들거리며 훅훅 숨을 헐떡인다.

"이보게, 벨! 안제가 돌아왔다는 말은 진짜가!"

"맞아……. 사실이라네. 도시에서 모험가로 활동하는 친구도 같이 왔어."

"하하하, 잘됐군, 벨! 이런 경사가 있나!"

케리는 자기 일처럼 기뻐해줬다. 좋은 친구다. 벨그리프도 웃었다.

안젤린이 집에서 나왔다.

"아빠, 아네랑 미리는……. 앗, 케리 아저씨다!"

성장한 안젤린의 모습을 보고 케리는 눈이 동그래졌다.

"오오…… 안제냐! 아주 몰라보게 자랐구나, 이 녀석! 건강하게 잘 지냈고?"

"응, 나는 언제나 건강한걸……! 케리 아저씨, 살쪘네?"

"와하하하! 보다시피! 이게 다 행복의 증거 아니겠냐!"

케리는 웃으며 자기 올챙이배를 손바닥으로 두드렸다. 번스는 입을 뻐끔뻐끔하며 안젤린을 위아래로 훑었다. 도저히 안 믿긴다는 표정이었다.

"네, 네가 진짜 땅딸보 안제라고……?"

"……응? 누구야, 너는?"

고개를 갸웃거리는 안젤린의 말에 번스는 눈살을 치켜 올렸다.

"기억도 못 하는 거냐! 번스, 케리의 아들이다!"

분개하는 번스를 보고 안젤린은 쿡쿡 장난스럽게 웃었다.

"농담이야……. 당연히 기억하지. 나이도 많은 주제에 나한테 맨날 칼싸움으로 졌던 번스잖아……. 푸풋."

"이, 이 녀석 봐라……. 하핫, 확실히 안제가 맞군. 아이고."

번스는 눈살을 찌푸리면서도 항복했다는 듯이 웃음 지었다.

벨그리프는 안젤린에게 말을 건넸다.

"아넷사와 밀리엄 얘기를 하지 않았니?"

"앗, 맞다, 맞아……. 잠자리를 어떻게 할까? 짚단을 안에 들일까?"

"음, 그렇군. 아빠도 지금 같은 생각을 했단다. 이보게, 케리. 자네 집은 모포가 좀 남지 않던가? 여유가 되면 3인분만 빌려주면 좋겠는데……."

"오, 물론이지. 모포 따위야 잔뜩 쌓여 있거든. 번스, 네가 모포 좀 들고 와라. 아가씨들이 추위에 떨지 않게 잔뜩 들고 와."

번스는 고개를 끄덕거리고 달려갔다. 안젤린은 부리나케 종이 봉투를 내밀었다.

"케리 아저씨, 이거 선물……."

"오! 고맙구나, 안제!"

"후후후, 되게 귀한 향신료올시다……. 그리고 이쪽은 야채 씨앗. 여기는 설탕 과자."

안젤린은 바스락바스락 봉투에서 선물을 꺼내 케리에게 건네주며 자랑 이야기를 늘어놓았다. 케리는 희색을 띠고 들어주면서 일일이 호들갑스럽게 반응한다.

벨그리프는 쿡쿡 웃으며 헛간에서 밀짚을 안고 나와서 집 안에 들여놓았다.

그다지 넓은 집은 아니다. 벽을 세워 놓는 대신에 하나의 큰 방에다가 선반 및 찬장으로 구획을 지어 둔 모양새였다. 안쪽에 큰 난로가 있고 불씨를 품은 잿더미에서 살짝 연기가 피어오른다. 난로 맞은편 오른쪽 방향에 밀짚을 쌓은 장소가 있어, 그 위쪽에다가 모포를 깔아 잠자리를 만들었다.

아넷사와 밀리엄은 앉지도 않고 우두커니 선 채 제법 신기했는지 집 안을 둘러보고 있었다. 올펜에서 태어나 자란 소녀들에게는 이러한 농촌의 집이 꽤 신기할 법도 하겠다.

"어수선해서 미안하구나. 오는 줄 알았다면 미리 치웠을 텐데."

벨그리프가 말을 건네자 두 사람은 고개 돌리며 대답했다.

"아뇨, 아녜요……. 저희야말로 갑자기 밀고 들어와서……. 그나저나, 물건은 많은데 솔직히 저희 집보다 정돈이 잘돼 있네요……. 오히려 부끄럽달까, 뭐랄까……."

"그러게 말야……. 우리 집은 아네가 옷이라든가 아무 데나 막 벗어 던지니까."

"바보야! 그건 미리 너잖아!"

"아니거든요~ 저는 그런 짓 안 하거든요~."

티격태격 실랑이질하는 두 사람을 보고 웃음 짓다가 벨그리프는 가까운 공간에다가 밀짚을 놓고 평평하게 다듬었다.

"……둘이 사이가 참 좋구나."

아넷사가 퍼뜩 놀라서 빨개졌다.

"죄, 죄송해요. 못난 꼴을 보였네요……."

"아니, 아니야……. 후후, 확실히 아넷사는 성실한 아이구나."

"네엣?!"

"안제가 편지에 써서 보내줬단다. 밀리엄은 살짝 얼빠진 구석이 있어 재미있다던가."

"엥~ 얼빠진 구석 없는데요. 그렇게 보면 안제도 제법 얼빠진 아이랍니다~?"

"하하, 듣고 보니까 맞는 말이구나……. 두 사람 모두 딸아이와 친구가 되어줘서 고맙다. 덕분에 녀석도 올펜에서 쓸쓸하게 지내지 않았을 거야. 정말 감사하고 있단다."

벨그리프는 빙긋 웃었다. 너무 솔직한 표현인지라 아넷사도 밀리엄도 괜히 부끄러워서 우물쭈물했다.

벨그리프는 덜컹덜컹 의자를 꺼냈다. 지난 수년간 쭉 홀로 생활했지만, 일단 의자는 네 개를 갖춰 놓았다. 손님이 아주 없는 건 아니니까. 이렇게 손님을 맞이하게 된 만큼 선불리 처분하지 않아서 다행이라는 생각이 든다.

꺼내다 놓은 의자를 두 사람에게 권했다. 안젤린과 케리는 여전히 이야기꽃을 피우고 있다. 굳이 방해할 필요는 없겠지.

“자, 앉자. 차라도 끓여줄게.”

“도, 도와드릴게요!”

“아니야, 괜찮단다. 긴 여행길에 지쳤을 텐데 오늘은 편히 지내야지.”

“그, 그럴까요……?”

“그러면 사양 않을게요.”

“너는 사양을 좀 해라…….”

두 사람은 나란히 앉아 난로 쪽에서 차를 끓이는 벨그리프의 뒷모습을 바라봤다.

천천히, 그러나 능숙하게 움직이고 있다.

굳이 짚어서 말하자면 모험가나 전직 모험가는 집안일에 약한 부류가 많다. 식사는 대체로 바깥에서 때우고 집에서 뭘 만들어 먹든 대단히 간소한 종류뿐이다. 아넷사와 밀리엄은 고아원에서 지낸 경험 덕분에 가사 전반은 할 수 있지만, 벨그리프는 모험가 출신이라 여겨지지 않을 만큼 움직임이 매끄러웠다. 그런데 움직일 때마다 바닥을 똑똑 때리는 소리가 난다.

아넷사가 말했다.

“저기요……. 안제네 아버님은 모험가 출신이시죠?”

"음, 잠깐은. 그렇지만 젊을 때 이렇게 다쳐버렸어."

그렇게 말한 뒤 벨그리프는 오른 다리를 보여줬다. 무릎부터 아래쪽을 막대 모양으로 만든 간소한 의족이었다. 떡갈나무를 깎아 만들어 튼튼하다. 기름으로 손질하는지 윤기가 나고 곳곳에 자잘한 흠집이 있어 세월의 흔적이 들여다보인다만, 소중하게 사용했다는 사실은 짐작할 수 있었다. 이렇게 보면 물론 한눈에 의족임을 알 수 있지만, 벨그리프의 움직임은 두 다리를 지닌 사람에 손색이 없다. 둥근 막대기 형태의 의족이 오히려 착각해서 잘못 본 것이 아닌가 생각될 만큼.

벨그리프는 쟁반에 차를 담아 다가와서 맞은편에 자리를 잡고 앉았다.

"모험가로 활동한 기간은 2년 남짓……. 3년은 아마 못 채웠겠군. 랭크도 E에서 멈췄단다. 그러니까 너희 두 사람이 훨씬 선배님이지, 하하……."

벨그리프는 쑥스럽게 웃으며 두 사람에게 차를 권했다.

"이곳 근방에서 채집할 수 있는 렌트 잎 차란다. 입에 맞으면 좋을 텐데……."

청량한 향의 수증기가 나무 찻잔에서 피어오른다. 두 사람은 후후, 불어 식히면서 천천히 마셨다. 좀 뜨거워도 과하지 않은 떫은맛에 더하여 희미하게 단맛이 스며 나온다. 마치 어린 풀을 곧장 뜨거운 물에 풀어서 녹인 것 같다.

"앗, 맛있어요……."

“처음 마셔봐요~. 떫은데 살짝 단맛이 나네요.”

“하하, 다행이구나. 계절이 계절이니까 차에 곁들일 다과가 별로 없다만…….”

“앗, 아닙니다. 아녜요. 신경 쓰지 마세요…….”

“그나저나 안제네 아버님은 진짜 다정하시네요. 맨날 『적귀』라는 말을 들어서 틀림없이 엄청 위압감 있는 분이라고 상상했거든요.”

밀리엄의 말에 벨그리프는 눈살을 찌푸렸다.

또 적귀였다. 요즘 들어서 곧잘 듣는 말이다만, 자신은 어찌 된 영문인가 도무지 알 수가 없다. 사샤 및 헬베티카까지 그렇게 말하니까 마을에서도 놀림감 삼아 적귀라고 불리고 있는 형편이었다.

“아, 으음……. 그 적귀라는 말은 누구한테 들었니?”

“네? 안제가 맨날 하는 말인데요…….”

“……음?”

그때 안젤린이 들어왔다.

“어쭈, 둘 다 나한테 허락도 안 받고 아빠랑 화기애애하게 뭐하는 거야……!”

“안제…… 잠깐만.”

벨그리프는 손짓했다. 안젤린은 화색이 돌며 달려와서 벨그리프의 옆쪽 의자에 걸터앉았다.

“왜 불러? 아빠.”

“너 말이다……. 적귀라는 게 뭐니……?”

안젤린은 자랑스럽게 미소를 지어 보였다.

“내가 고민해서 만든 아빠의 칭호! 어때? 멋있지!”

“어라……? 음, 혹시 안제야, 너 말이다……. 그거, 퍼뜨리고 다니니?”

벨그리프는 깜짝 놀랐단 표정으로 아넷사와 밀리엄을 돌아봤다. 아넷사가 쓴웃음을 지은 채 말을 받았다.

“안제가 여기저기에서 막 떠들고 다니는데요……. 안제네 아버님은 혹시 모르셨던 거예요?”

벨그리프는 입을 뻐끔뻐끔하며 고개를 끄덕거렸다. 밀리엄이 쿡쿡 웃었다.

“벌써 올펜의 길드에서는 모르는 사람 아무도 없는데요?『흑발의 여검사』를 키워 낸 아버지이자 엄청나게 강한 은퇴 모험가,『적귀』벨그리프라고요. 그렇지? 아네.”

“응……. 복귀하시면 은퇴했던 S랭크 사람들도 길드 마스터도 기꺼이 고개 숙여서 인사할걸요?”

“……안제?”

“응!”

칭찬을 기대하고 있는가 보다. 안젤린은 만면에 미소를 지은 채 똑바로 이쪽을 바라보고 있었다.

“……어쩐담.”

벨그리프는 자신도 모르게 머리를 감싸 쥐었다.

14 당연히 벨그리프 또한 모험가

당연히 벨그리프 또한 모험가로서 대성하여 고위 랭크의 실력자로 명성을 얻고 싶다는 마음이 없지는 않다.

일찍이 젊은 모험가였던 무렵에는 하루하루 생활의 양식을 마련하기 위해서 작은 의뢰나 수행하는 게 전부였다만, 물론 저런 바람은 마음 어딘가에 있었다. 언젠가는 꼭, 나 역시.

그리고 이미 마흔두 살이 된 지금도 저런 바람이 아예 사라진 게 아니다.

오른쪽 다리의 무릎부터 아래를 잃어 모험가를 포기하겠다 마음먹고 톨네라에 돌아온 이후에도 현역 모험가들처럼 매일매일 하는 단련을 거른 적이 없었다. 다리가 하나 의족지만 그게 무슨 상관이냐며, 재활 훈련의 수준을 훨씬 뛰어넘어서 여간 사람의 몇 배에 달하는 노력을 쌓아왔다는 자부심은 있다.

그 덕분에 언뜻 보기에는 의족이라 여겨지지 않는 움직임을 구사할 수 있었고, 분명 E랭크 모험가로 끝났던 자신이 C나 B랭크의 상위 마수를 상대로 맞서 싸울 수 있게 되었잖은가. 그 원동력은 어딘가에서 아직 모험가로 살고자 하는 자신을 포기하지 않은 데 있음을 이제 와서는 잘 안다. 동기에 마을을 지키겠다는 순수한 마음뿐 아니라 아직 모험가를 계속하고 있을 옛 파티 멤버들에게 지고 싶지 않다는 어두운 발버둥질이 포함되었을지라도.

그러니까 높은 평가를 받는다는 게 아주 싫지는 않다. 그런 평가는 자신감으로 연결될뿐더러 한때 낙담하여 스스로에게 가치를 발견하지 못했던 자신이 다시 일어설 수 있는 힘이 되어줬다.

"……그래도, 이건 좀 아니잖아……."

"……응? 왜 그래, 아빠? 머리 아파……?"

안젤린은 당황하면서 벨그리프의 머리를 쓰다듬었다. 무척 다정하게, 아버지를 염려하는 마음이 잘 전해지는 손짓이다.

안젤린에게 나쁜 뜻은 전혀 없다는 것이 벨그리프를 더욱더 곤란하게 만들었다.

모르는 데서 분수에 안 맞는 고평가를 받고 있다는 사실에 대한 개탄은 물론 있다. 그러나 어디까지 안젤린이 자신을 아끼는 마음에서 비롯된 선의로 한 일이다. 웬 엉뚱한 짓이냐고 꾸중한들 무슨 소용일까. 더군다나 벨그리프는 딸에게 약한 사람이다. 애당초 꾸중해야겠다는 생각도 안 들었다.

그때 입구에서 케리가 얼굴을 내밀며 말했다.

"이봐, 벨. 자네는 오늘 밤 회의에 안 나와도 되네."

머리를 감싸 쥐던 벨그리프는 깜짝 놀라서 고개 들었다.

"……음? 어째선가?"

"그야 당연히 자네, 안제가 돌아왔는데 차분하게 토의나 할 정신이 아니잖나?"

"끙……."

분명 맞는 말이다. 설령 참석한들 복잡한 머릿속에 사람들 말이 들리기나 할까. 안젤린이 돌아와서 기쁘기 때문이라는 이유도 있었지만, 지금은 또 다른 문제가 일어난 상황이다.

벨그리프는 겸연쩍어하며 머리를 긁었다.

"미안하군, 케리."

"뭘, 별거 아니잖나. 가끔은 자네한테 의지하지 말고 해치워야지! 와하하핫! 이 녀석아, 번스! 꾸물꾸물하지 말고 빨리 옮겨라!"

번스는 아버지에게 독촉을 받아 울컥하면서도 모포를 끌어안고 집 안에 들어왔다.

"벨 아저씨, 이거 어디에 두면……."

"아, 여기 밀짚에다가…… 왜 그러냐?"

번스는 멍하니 아넷사와 밀리엄을 보고 있었다. 그러다가 벨그리프가 일어서서 말을 건네자 깜짝 놀라 모포를 옮긴다. 그리고 의아해하는 표정을 지은 채 서 있는 벨그리프에게 가만히 속삭였다.

"……역시 도시 아가씨는 미인이구나……."

"이 녀석아……. 리타가 들었다간 울겠다……."

"엑, 리타 이름이 왜 나와! 걔가 뭔 상관이라고!"

번스가 허둥지둥 밀짚 위쪽에 모포를 두고는 얼굴을 새빨갛게 붉힌 채 집에서 나갔다. 케리는 어이없어하는 표정이다.

"거참, 한심한 놈……. 안제가 훨씬 더 어른스럽군. 안 그런가?"

"하하, 괜찮잖나. 자네도 저런 때가 있지 않았어?"

"부자지간에 닮았다는 말인가? 난처하군……. 뭐, 아무렴 어때. 그러면 딸과 오붓한 시간 보내라. 『적귀』 벨그리프 씨."

케리는 놀림조로 말한 뒤 유쾌하다는 듯이 떠나갔다. 벨그리프는 난감해서 머리를 긁적였다.

본래 칭호는 다른 사람들이 자기 마음대로 붙이는 법. 이번 상황도 안젤린이 자기 마음대로 붙인 칭호니까 꼭 잘못됐다고 말할 수는 없겠다. 그러나 딱히 모험가도 군인도 아닐뿐더러 다만 시골에서 살아가는 중년 남자에게 칭호가 붙는다는 것은 어쩐지 우스꽝스럽다. 그에 걸맞은 활약을 펼쳤다는 자부심이라도 갖고 있다면 또 모를까, 벨그리프 본인에게는 전혀 내세울 업적이 없다. 이름값, 아니, 칭홋값을 못하는 처지랄까, 대단히 낯부끄럽다. 무릇 평가는 정당해야 비로소 받는 입장에서도 뿌듯할 수 있다.

여전히 복잡한 표정을 짓는 벨그리프를 보고 안젤린은 주뼛주뼛 말했다.

"저기…… 내가 뭐 잘못한 거야? 아빠, 뭔가 마음에 안 들어……?"

울먹울먹 눈이 젖는다. 이런 얼굴을 보면 차마 화도 안 났다. 벨그리프는 씁쓸하게 웃으며 어깨를 으쓱거렸다.

"아니, 음, 뭐랄까……. 안제가 아빠를 생각해준다는 것은 알겠는데, 아빠는 다른 사람들에게 칭찬받을 만큼 대단한 일을 아무것도 안 했으니까……."

어쨌든 내세울 만한 성과가 기껏해야 C랭크, B랭크 정도의 마물을 퇴치한 것뿐이다. 분명 자신은 안젤린을 키워 낸 아버지가 맞기는 한데 모험가가 된 이후 안젤린의 활약은 본인 스스로의 공적이다. 물론 기쁘기야 하지만 자신이 칭찬받거나 자랑할 거리라는 생각은 해본 적도 없었다.

벨그리프의 태도를 보고 아넷사과 밀리엄은 고개를 갸웃거렸다.

“어라……. 그럼 안제네 아버님은 안제가 말했던 만큼 대단하진 않았다는 뜻……?”

“안제가 혼자 폭주했던 거야?”

“그렇지 않아……!”

안젤린이 억울함을 달랠 수 없다는 분위기로 벌떡 일어섰다. 두 친구는 깜짝 놀라서 움찔 몸을 떨었다.

“아빠는 엄청 강하셔……. 내가 말했잖아, 검술을 겨뤄서 한 번도 못 때려봤다고.”

“아니, 안제, 그야 5년 전이고…….”

“5년 지나든 10년 지나든 상관없어……. 상관없다고!”

안젤린은 벨그리프의 말을 가로막고 소리 높여서 선언했다.

아무러면 5년이나 지났는데 상관이 좀 있지 않을까. 안젤린은 여전히 뚱한 얼굴로 탁자를 툭툭 두드렸다.

“불만이라면 증거를 보여주마……! 아빠!”

“으, 응?”

“나랑 대련하자!”

“으음, 응……? 아, 아니, 안제, 너 멀리 와서 피곤할 텐데…….”

“괜찮으니까…… 나와!”

그렇게 말한 안젤린은 검을 들고 집을 나섰다.

"와아, 드디어 소문난 검 실력을 볼 수 있겠구나. 기대된다~."

밀리엄이 기뻐하며 까불거린다. 아넷사도 고개를 끄덕거렸다.

"안제도 사샤 씨도 극구 칭찬했잖아. 공부가 많이 될 거야."

그렇게 말한 뒤 소녀들은 나란히 집 바깥에 나가버렸다.

벨그리프는 여전히 뭔가 영문을 모르겠다는 기분으로 벽에 기대어 세워 둔 검을 손에 들고 고개를 갸웃거렸다.

"……내가 모르는 데서 도대체 무슨 일이 일어났담?"

○

"아빠……. 진지하게 대결하는 거야!"

얼마 전까지 화창했던 하늘은 엷게 구름이 껴서 하얗게 흐려졌다. 회색이라고 말할 정도는 아니지만, 햇살에 그림자가 짙어질 정도도 아니었다. 눈이 녹아든 지면이 발밑에서 살짝 질퍽거린다. 주의를 기울이지 않는다면 나동그라질 수도 있겠다.

앞마당에서 부녀는 마주 섰다. 아직껏 당혹감이 가시지 않은 벨그리프와 왠지 몰라도 화난 기색의 안젤린이다.

안젤린의 분노가 벨그리프에게 향하는 것은 당연히 아니지만, 언제나 자신에게 있어 믿음직스러운 존재였던 벨그리프가 자신감 없이 쓴웃음 짓는 모습은 좀 못마땅했다. 사랑하는 아빠가 줄곧 멋지고 듬직한 아빠로 남아줬으면 좋겠다. 그게 불합리한 투정임을 마음속 어딘가에서는 안다 하여도.

한편 벨그리프는 당혹스럽기는 하나 이렇듯 검을 들고 서자 신기하게도 차분함을 되찾는 자기 자신을 자각했다. 오랜 세월에 걸쳐 든 버릇인가. 쓴웃음을 짓는다. 아무래도 이번에는 그 세월에 도움을 받은 듯싶다.

분명 자신은 약하다. 현역 S랭크 모험가인 안젤린과 비할 수준은 못 되리라. 애당초 이미 모험가도 아니잖은가.

촌극이 벌어질 수도 있고, 안젤린에게 실망을 줄 수도 있다. 그러면 더 이상 아빠, 아빠, 따라주지 않을지도 모른다.

그러나 아이는 언젠가 부모를 넘어서는 법이다. 어렸던 마을 아이들도 지금은 훌륭하게 부모의 뒤를 이었거나, 혹은 부모보다 더욱 뛰어난 솜씨로 일하고 있는 녀석들도 적지 않았다.

"……뭐, 이것도 부모가 겪어 나가야 할 길인가?"

가만히 중얼거리는 벨그리프의 앞에 안젤린은 검집에서 빼내지 않은 검을 쥐고 자세를 잡았다. 그 유려한 자세를 보고 벨그리프는 저절로 탄성이 흘러나왔다. 정말이지 훌륭하다. 몹시 기쁘다.

어릴 적부터 안젤린은 쭉 재능의 편린을 보여줬었다. 불과 열 살 안팎의 소녀에게 하마터면 일격을 당할 뻔했던 적이 몇 번이었던가.

그때마다 벨그리프는 자신도 더욱 열심히 단련을 되풀이했다. 어린 딸에게 질 수는 없다는 젊었던 자신의 고집도 꽤 역할을 했지 싶다. 그 때문일까, 더 이상의 발전을 포기할 뻔한 검 실력이 자신의 예상 이상으로 높아지기도 했다.

그러나 이번에는 다르다. 안젤린은 올펜에서 수많은 모험가 및 고위 랭크의 마수들과 대결을 경험했다. 아마도 자신의 상상을 훨씬 뛰어넘은 실력으로 성장했겠지.

패배한들 분할 리 없을 터이다. 그러나 꼴사나운 모습을 보일 순 없다.

벨그리프도 자세를 갖췄다. 언뜻 가만히 우뚝 선 모습으로 보이는 무방비한 자세였다. 그러나 검을 쥔 오른팔이 안젤린의 작은 움직임에도 빈틈없이 반응하며 살짝살짝 흔들거린다. 안젤린의 움직임을 유도하는 것 같았다.

그런 벨그리프를 보고 안젤린도 기뻐졌다. 조금도 둔해지지 않았다. 역시 아빠는 내가 정말로 좋아하는 멋진 아빠구나.

기묘한 분위기가 앞마당에 들어찼다. 마치 당장에라도 베일 것처럼 긴장의 실이 팽팽하게, 살짝살짝 흔들리는 것 같다. 구석 쪽에서 지켜보기만 하는 아넷사와 밀리엄마저 숨소리도 크게 못 내고 있었다. 두 소녀도 고위 랭크의 모험가이기에 체감할 수 있는 강자 간의 공명이었다.

심장 소리가 몹시 크고 느릿하게 들린다. 짧은 1초가 무한대처럼 느껴지는 기분.

톡, 지붕에 남은 눈에서 물방울이 떨어졌다. 벨그리프가 움찔 반응하며 미세하게 눈썹을 움직인다.

그와 동시에 안젤린이 움직였다. 빠르다. 오른쪽 발을 세게 내디디더니 채 1초도 안 걸려 지면을 몇 차례 박차 눈 깜짝할 틈에 벨그리프에게 육박했다. 그리고 낮은 자세에서 대각선으로 검을 올려쳤다. 무시무시한 기세였다.

"……음?"

그러나 벨그리프는 맥 빠진다는 표정으로 아무렇지도 않게 공격을 피한 뒤 안젤린의 머리를 딱 때렸다. 안젤린은 「꺄웅!」 소리를 내며 쪼그려 앉았다.

벨그리프는 조금 당황하면서 쪼그려 앉은 안젤린을 내려다봤다.

"안제……. 뻔한 빈틈에 달려들면 안 된다고 몇 번을 말했잖니……. 안 고쳐졌구나. 게다가 첫 번째 공격 말이다. 오른쪽 걸음부터 내디딘 다음 역대각선 베기를 날리는 버릇이 아직……."

"으으……. 아빠가 진짜로 때렸어……."

"음? 아, 아니, 방금 막 네가 진지하게 대결하자고……."

안제는 뚱하게 입술을 삐죽거리며 두 팔을 내밀었다.

"……안아줘."

"아니…… 너도 벌써 열일곱인데……."

"안아줘!"

눈살을 찌푸린 채 불퉁거리고, 그러나 울먹울먹 눈을 적시는 딸을 보면서 벨그리프는 고개를 절레절레 흔들었다. 곧 몸을 구부려 안젤린의 허리에 팔을 둘러다가 영차, 안아 들었다. 안젤린이 벨그리프의 어깨에 걸터앉는 모양새였다. 결국 자신은 딸에게 약한 남자였다. 문득 옛날에도 이렇듯 투정을 받아줬던 기억이 났다.

안젤린은 잠시 말없이 벨그리프의 머리를 안고 두발에 얼굴을 파묻었지만, 이윽고 얼굴을 들어 올리더니 바닥에 내려섰다.

"한 번 더! 한 번만 더 대련하자!"

"그야 상관없다만……."

어쩐지 긴장감이 싹 달아났군, 문득 벨그리프는 고개를 갸웃거렸다.

둘은 거리를 벌리며 다시 마주 섰다.

이번에는 안젤린이 곧장 움직였다. 벨그리프는 놀란 표정을 짓는 한편 첫 공격을 막고 의족을 축으로 회전하여 반격했다. 안젤린은 즉각 뛰어서 물러났지만, 벨그리프는 왼쪽 다리로 지면을 박차고 바짝 거리를 좁혔다. 안젤린이 재빨리 반응하여 오른쪽으로 뛰려고 했을 때.

"이동 방향을 눈으로 확인하지 마라!"

뛰기 직전에 벨그리프에게 다시 딱 얻어맞았다. 뛰는 방향을 뻔히 짐작해서 검을 휘두르는 데야 피할 도리가 없다. 안젤린은「으냣!」비명 지르고 쪼그려 앉았다.

벨그리프는 어이없어하며 볼을 긁적거렸다.

"안제……. 고치라고 말한 버릇이 전부 다 남아 있구나……."

"으으……."

울상을 짓고 끙끙거리면서도 어째서인가 안젤린은 기뻐하며 벨그리프를 쳐다봤다.

"……에헤헤, 역시 아빠는 엄청 강하다니까!"

"음……? 아니, 그야 네가……."

벨그리프는 살짝 김이 빠졌다. 분명 이곳을 떠나기 이전보다 움직임은 현격하게 빨라졌고 또한 예리하며 세련되어졌다. 그러나 아무리 가속한들, 아무리 예리한들, 그 움직임은 자신이 알고 있는 안젤린의 움직임에 불과했다.

이상하다. 이럴 리가 없을 터인데.

벨그리프는 영문을 몰라 당황하며 이런저런 상념에 빠져들었다.

안젤린은 재능의 집합체이나 이론적인 천재가 아닌 감각적인 천재이다. 이치를 배워서 알지 못해도 어느 틈인가 익혀서 구사할 수 있다. 또한 그렇게 익혀 내는 기량이 두렵도록 뛰어난 타입이었다.

따라서 검을 휘두르는 방식도 기초는 물론 얼마간 벨그리프의 영향을 받았다만, 모험가가 된 이후 실전에서 습득한 검은 완전히 자기류이다.

올펜으로 떠난 다음은 벨그리프라는 일종의 족쇄가 사라짐으로써 안젤린은 자신의 본래 버릇이 딸린 검을 한결같이 갈고닦았다. 그 검은 격렬하며 신속하기에 처음으로 보는 인물, 또한 실제로 상대하는 인물은 경악과 두려움과 패배감에 휩싸이게 된다.

반면에 본래 안젤린의 버릇을 교정해주려고 했던 벨그리프는 딸의 버릇 및 움직임을 숙지하고 있다. 발놀림 및 시선 따위를 보고 이번 움직임 다음에 어떤 움직임이 이어지는지 전부 예측해버린다. 물론 하루아침에 간파할 수 있는 움직임이 아니긴 하지만,

오래도록 함께 살면서 검을 맞대고 줄곧 관찰해왔던 아버지이기에 그 부분을 잘 이해할 수 있었다.

그리고 어린 나이에도 놀라운 재능의 편린을 쭉 보여 왔었던 안젤린에게 뒤처지지 않게 본인도 과거 이상으로 단련에 몰두했다. 게다가 톨네라에서 제대로 대결할 만한 상대가 안젤린밖에 없었던 탓에 스스로도 무의식중에 안젤린의 움직임을 의식하며 거기에 대응할 수 있도록 단련해왔다.

또한 안젤린의 격렬한 움직임은 대전 상대에 따른 적의 및 전의에 비례한다. 마수를 비롯하여 싫은 상대일수록 더더욱 힘이 솟아난다.

반대로 호의를 갖고 있는 상대에게는 감소한다. 상대가 이 세상에서 가장 사랑하는 아버지라면 더더욱. 마수 및 도적을 상대할 때처럼 수라와 같은 투기를 발출하며 유령과 같은 발걸음으로 움직이는 전투가 가능할 리 없었다. 감각적인 천재이기에 비롯되는 폐해였다. 만약 진정한 실력이 다 발휘되었다면 벨그리프는 불과 몇 합 맞부딪치지도 못하고 쓰러졌을 것이다.

요컨대 벨그리프는 다른 고위 랭크 모험가는 어쨌든 간에 현재의 안젤린이 상대라면 일단 패배할 수 없다 말해도 무방하다. 안젤린 전용 최종 병기다.

그러나 그런 사실은 둘 모두 알지 못한다. 안젤린은 본 실력을 다 쏟아 냈다고 생각하기에 더욱더 아버지를 존경하고, 벨그리프는 더욱더 깊은 곤혹감에 빠졌다.

그리고 어안이 벙벙한 게 안젤린의 파티 멤버 두 사람이었다.
“거짓말……. 안제가 꼼짝도 못 하고 져버렸어…….”
“미, 믿을 수가 없네…….”
둘은 안젤린이 최전선에서 흉악한 마물을 연신 도륙하는 장면을 봐왔다. 그 실력은 파티 멤버답게 아주 잘 안다고 자신했다. 『흑발의 여검사』는 그야말로 올펜 최강이었고, 에스트갈 공국에서도 나란히 설 만한 인물은 거의 없을 것이다.
그런 안젤린을 정말로 한 차례 반격도 허용하지 않고 가볍게 상대하다니. 아버지와 딸 사이인지라 살짝 자제하며 맞붙은 이번 대결도 두 사람이 보기에는 일순간이었다. 뭐가 어떻게 된 건지 이해하는 데 약간 시간을 필요로 했을 지경이다.
이게 정말로 현실이 맞을까? 아넷사는 머리를 감싸 쥐었고 밀리엄은 자기 뺨을 꼬집었다. 그리고 벨그리프의 실력은 분명『적귀』라는 칭호에 모자람이 없다는 인식을 확실하게 다졌다.
뭔가 만족한 표정의 안젤린은 벨그리프의 등에 업혀서 헤죽헤죽 웃었다. 벨그리프는 아직껏 떨떠름한 표정으로 뭔가 생각에 잠겨 있었고.
안젤린이 자랑스럽게 말했다.
“어때? 아네……. 울 아빠, 엄청나게 강하지?”
“으, 응……. 굉장하네. 깜짝 놀랐어……. 그런데 안제, 적당히 싸운 건 아니지?”
“그럴 리 없잖아……. 적당히 한 걸로 보였어……?”

안젤린의 물음에 밀리엄이 고개를 휙휙 저었다.

"아냐, 평소의 안제였어. 기백은 별로 없었던 것 같기는 한데, 움직임이 느리다든가 그런 건 아니었는걸. 맞지? 아네."

"음, 맞아. 별로 움직임이 둔하단 느낌은 안 들었어……. 안제네 아버님, 굉장하구나."

"그렇지……? 음후후, 아빠는 역시 아빠야."

안젤린은 희색을 띠고 벨그리프의 머리카락에 푹푹 입가를 파묻었다. 벨그리프는 여전히 눈살을 찌푸린 채 입을 열었다.

"……안제."

"왜? 아빠."

"그게……. 네가 아빠를 잘 따라주는 것은 기쁘다만……. 너무 강하다든가 어떻다든가 다른 사람들한테 말하고 다니는 건 자제해주면 안 되겠니……."

"엥……. 그래도 아빠는 진짜 강하잖아. 나보다 더 강한데."

"아니, 그거야 전부 네……. 아무튼 부탁하마. 괜한 칭찬을 들어도 아빠는 별로 기쁘지가 않거든."

안젤린은 납득을 못 하겠다는 표정을 짓다가 불쑥 이제야 알겠다는 듯이 손뼉을 짝 쳤다. 몹시도 환한 얼굴이다.

"……알겠다! 호랑이는 발톱을 숨기는 법이지, 아빠……! 좋아! 이제 비밀로 할게……. 알려지지 않은 달인……. 그것도 꽤 멋있어."

"……그게 아니라. ……그게 아닌데 말이다. ……후유."

벨그리프는 뭔가 말하려고 한동안 입을 우물우물했지만, 한숨을 한 번 내쉴 뿐 아무 소리도 하지 않았다. 이래저래 포기한 듯싶다.

15 엷은 구름은 걷혔다만 곧 해가

엷은 구름은 걷혔다만 곧 해가 기울어졌고, 차차 땅거미가 지면서 찬바람이 불어 들었다. 톨네라는 서편에 산이 있기 때문에 일몰이 빠르고 밤은 쌀쌀하다. 눈 녹는 시기를 맞이했음에도 절기는 아직 겨울이었다. 추위는 주변 곳곳에 남아 있었다.

벨그리프는 마른고기와 건조 콩, 비축해 뒀던 감자 및 야채 따위를 써서 재빨리 스튜를 만들었다. 겨울간 홀로 생활했을 때는 소금도 절제했고 건더기도 적게 넣었지만, 오늘은 특별한 날이다. 건더기도 듬뿍, 소금도 넉넉하게 뿌려서 제대로 맛을 냈다. 선물로 갖고 온 향신료도 넣었다.

안젤린은 자기도 돕겠다며 자꾸 졸랑거렸지만, 그러지 말고 서리가 내리기 전에 선물을 집에 들여놓으라고 말하자 아넷사와 밀리엄과 함께 마지못해서 짐 정리를 했다. 산처럼 쌓인 선물을 보고는 안젤린이 누가 이렇게 잔뜩 들고 왔냐며 분개했지만, 결국 자업자득인지라 줄곧 입을 시옷 자로 구부렸다.

벨그리프는 다 만든 스튜 냄비를 난로 모퉁이에 걸었다. 빵 반죽을 주물러서 난로 곁에 놓고 헛간에서 큰 냄비를 꺼내다가 물을 끓였다.

"톨네라에는 욕실이 따로 없단다. 이렇게 천에 온수를 적셔서 몸을 닦는 게 고작이구나."

그렇게 말한 벨그리프는 들통에 길은 온수에 물을 더해서 온도를 조절한 뒤 수건을 담갔다가 짰다. 그리고 큰 냄비의 옆쪽에 초를 하나 밝혔다.

"몸을 따뜻하게 데우기는 좀 힘들겠지만, 뭐, 천천히 먼지를 닦아 내거라. 나는 한동안 바깥을 돌아다니고 올 테니까."

검을 휴대하고 외투를 걸친 뒤 나가려고 하는 벨그리프에게 안젤린이 안겨 들었다.

"아빠, 등 닦아줄게……. 그러니까 내 등도 닦아줘."

"요 녀석, 다 자란 여자애가 어린애처럼 투정 부리지 마라."

"부모 자식이니까 문제없어……. 아니면 아빠는 딸한테 욕정하는 변태……?"

"이런, 말버릇이 나빠졌군……. 잔머리 굴려 도발해도 소용없다."

벨그리프는 쓴웃음을 짓고 안젤린의 머리를 살짝 톡 찌르더니 집에서 나가 문을 닫았다. 안젤린은 입술을 삐죽거렸다.

"어렸을 때는 서로서로 자주 몸을 닦아줬는데……."

"얘 좀 봐, 당연히 이젠 좀 무리잖아……. 아버님이 난감해하니까 자제 좀 하지?"

아넷사가 어이없어하며 웃고 상의를 벗는다. 난로에서 불이 새빨갛게 타올라 집 안은 예상보다 많이 따뜻했다. 속옷 차림이 된 아넷사는 살짝 망설이며 중얼거렸다.

"으음……. 전부 다 벗고 닦아야 하나?"

"응? 뭐라고?"

밀리엄은 이미 모자를 벗고 두툼한 로브를 벗고 속옷도 벗어서 하얗고 부드러운 살결을 드러냈다. 풍만한 두 가슴 언덕이 포들포들 흔들린다. 그러고는 물기를 짠 수건으로 몸을 닦았다. 꼬리가 기분 좋게 좌우로 흔들거렸고 고양이 귀도 쫑긋 섰다.

"흐앙~ 기분 좋아라. 앗, 이거, 봐봐, 좀 닦았더니 벌써 이렇게 더러워졌어."

때일까 먼지일까, 수건은 금방 더러워졌다. 아넷사는 어이없어 하며 말했다.

"너 말이야, 어쨌든 젊은 아가씨가 대뜸 알몸으로……."

"잔소리 말고 아네도 벗어……."

"꺅?!"

어느 틈인가 뒤쪽에서 다가왔던 안젤린이 아넷사의 속옷을 홀렁 벗겼다. 저절로 비명을 지른 아넷사에게 안젤린과 밀리엄이 쿡쿡 웃어 보였다.

"꺅? 꺅이래……. 후후."

"아네는 진짜 소녀구나~."

"시, 시끄러워! 바보!"

아넷사는 새빨개져서 가슴을 가리며 소리쳤다. 둘은 깔깔 웃었다.

어찌 되었든 이제 결심이 선 아넷사까지 알몸이 된 아가씨 셋은 서로가 서로의 몸을 닦아주었다. 그러다가 점점 즐거운 기분도 들고 분위기가 달아올라서 간질간질 장난을 치기 시작했다.

“잠깐, 밀지 마! 여기서 넘어지면 진짜 큰일 난다고!”

“흐흥~ 아네는 피부가 매끈매끈~”

“미리는 말랑말랑……. 맛있겠다.”

“에잇, 말했겠다~! 은근히 신경 썼는데 말야!”

“과자를 너무 많이 먹은 거 아니야? 뭔가 예전보다 튼실해졌는데?”

“시끄러워! 아네, 너야말로 하체가 통통해졌거든! 삼각형! 순산형!”

“끅……. 이, 이건 단련의 성과니까 괜찮아! 튼튼한 하반신은 되게 중요하단 말이야!”

“……난 전혀 살이 안 불어. 대체 왜…….”

“으음……. 안제는 막 뛰어다니니까 그런 게 아닐까?”

“맞네. 제일 열심히 뛰어다니는 게 안제잖아. 말랐다기보다는 탄탄하다는 느낌이야.”

“맞아! 날씬한 몸이 부러워!”

“가슴 괴물이 무슨 소리야……. 놀리는 거냐, 나쁜 계집애.”

틈새 바람일까, 불현듯 바람이 휭 불어닥쳤다. 바깥 공기가 점점 실내로 새어 들어와 따뜻했던 실내가 자꾸 쌀쌀해진다. 서로 장난을 주고받던 세 사람은 부르르 몸을 떨고는 허둥지둥 여행 가방에서 깨끗한 옷을 꺼내 입었다. 어둡다. 이미 바깥은 해가 푹 저물었나 보다.

아넷사는 외투를 껴입었고 밀리엄은 모자를 눈까지 푹 눌러썼다. 두 사람은 올펜의 시가지에서 태어나 자란 까닭인지 이렇듯 오싹오싹 피부를 자극하는 추위는 익숙하지 않았다.

“후유……. 해가 지니까 제법 쌀쌀하구나…….”

“맞아, 톨네라는 밤이 썰렁해……. 방심하면 감기 걸려서 콜록콜록.”

안젤린은 대답하면서 램프를 손에 들고 불을 밝힌 뒤 들보에 매단 끈으로 묶어 늘어뜨렸다. 장작불과 초의 작은 불빛이 전부였던 실내가 희미하게 밝아진다. 그러고는 다 타서 숯불이 된 난로를 보며 눈살을 찌푸렸다.

“장작을 더 넣어야겠네…….”

가만히 중얼거리곤 옆쪽에 쌓아 둔 장작을 몇 개 숯불 위에 얹었다. 후우, 숨을 내뿜자 불이 되살아나서 활활 피어올랐다.

“이제 됐어…….”

“흐아~ 모닥불 따뜻해라~.”

세 사람은 바짝 붙어서 장작불을 쬈다. 안젤린은 모포를 잡아끌어서 셋이 한꺼번에 빙 둘렀다. 어쩐지 어릴 적으로 돌아간 기분이 들어 소녀들은 쿡쿡 웃었다.

“이런 식으로 말이야, 몰래 밤중에 모포 두르고 무서운 얘기라든가 했었어.”

“맞아, 맞아. 묘지의 유령 이야기라든가~. 수녀님한테 들켜서 혼났지.”

"꼬맹이가 엉엉 울었잖아! 얼른 달래주려는데 수녀님이 휙 날아오는 바람에……."

"그리워라……. 에헤헤."

밀리엄은 한가운데에 끼여 있는 안젤린에게 꾸물꾸물 몸을 갖다 붙였다.

"안제는 아빠랑 이렇게 지냈던 거야?"

"날 무릎 위에다 앉혀줬어……. 아빠는 어깨까지 모포를 걸치고, 그렇게 나랑 같이 둘러 덮었지……."

셋이 저마다 추억에 잠겨 있을 때 쿵쿵 문 두드리는 소리가 났다.

"이제 들어가도 되겠니?"

그 물음에 대답하기보다 먼저 안젤린이 문 쪽으로 휘릭 날아가서 열었다. 건너편에 서 있었던 벨그리프에게 몸을 날려서 목에 팔을 두르고 매달린다.

"다녀오셨어요, 아빠! 몸 닦을래?"

"그래그래, 나중에. 슬슬 저녁밥 먹자꾸나."

벨그리프는 안젤린을 그대로 안아 들고 하얀 입김을 뿜으며 집 안에 들어왔다. 손에는 목을 벤 시라기 새의 고기가 들려 있었다. 막 잡아서 아직 부드러울 것 같다.

새를 작업대 위쪽에 놓고 벨그리프는 안젤린을 아래에 내려줬다.

"안제, 빵은 구울 수 있겠지?"

"응! 철판?"

"그래."

벨그리프를 도울 수 있다는 것이 기뻐서 못 견디겠다는 듯한 안젤린이 부풀어 오른 빵 반죽을 잘게 떼서 모양을 만들고 납작한 팬에 늘어놓았다. 일어서서 다가온 아넷사와 밀리엄도 신기해하며 들여다봤다.

“와, 이렇게 굽는 방법도 있었네…….”

“재미있어라~. 오븐에서 굽는 게 빵의 전부가 아니었어~.”

“별로 폭신폭신하게 구워지지는 않는데 이것도 나름 맛있어……. 해볼래?”

“으, 응. 해볼까, 조금.”

“좋아~ 미리님의 솜씨를 보여주겠어~.”

소녀 셋, 꺄아꺄아 떠들며 둥글게 빵을 만든다. 벨그리프는 흐뭇하게 웃음 짓고는 끓는 물에 쓱 담갔던 새의 깃털을 뽑고 내장을 빼내고 남은 깃털 뿌리를 장작불로 태워 없앴다.

“때마침 잡혀서 참 잘됐어…….”

방금 전 순찰을 돌던 때 밭 안쪽을 걸어 다니던 한 마리를 투석으로 해치웠다. 날이 점점 어두워지고 있던 무렵인 덕에 운 좋게도 평소는 기민한 움직임을 자랑하는 이 새도 반응이 느렸다. 겨울 뒤라서 별로 살점이 넉넉하지는 않지만, 기름은 제법 올랐다. 식탁을 장식하기에는 충분하겠다.

고기를 통째로 꼬챙이에 꿰어 기름이 떨어지도록 구웠다. 내장 중 간과 심장 등 먹을 수 있는 부위도 꼬챙이에 꿰어 익혔다. 기름이 떨어질 때마다 숯불에 작게 불이 붙어서 모락모락 연기가 피어올랐다. 향긋한 내음이 난다.

잠시 후 빵과 새고기가 다 익어서 식탁 위 여러 접시에 올라갔다. 선물로 갖고 온 햣 와인도 김을 피워 올리고 있다.

"올펜의 식사에는 아마 못 미치겠지만 많이 먹거라."

"5년 만에 고향 집에서 저녁 식사……! 진수성찬이야……! 신난다!"

안젤린은 천진난만하게 기뻐하며 냄비 속 스튜 냄새를 맡았다. 올펜의 세련되고 호화스러운 식사보다 고향의 맛이 안젤린에게는 훨씬 더 기뻤다.

"음후후, 쿠리오 열매의 냄새……. 아빠는 이걸 좋아해! 나도 좋아해!"

"올펜에서는 아마도 거의 못 보는 열매일 게다. 입에 맞아야 할 텐데……."

벨그리프는 스튜를 그릇에 담아 각자의 앞에 놓았다. 익숙하지 않은, 그러나 결코 싫지는 않은 냄새가 김에 섞여서 피어오른다.

"좋아……. 먹자!"

안젤린은 그렇게 말한 뒤「잘 먹겠습니다」라며 손을 맞댔다.

벨그리프는 딱히 무신론자는 아니지만, 별반 신앙심이 두터운 편도 아니었다. 주신 뷔에나에게 식전 기도를 올리는 습관은 없었다. 하지만 하루하루의 수렵 및 먹거리 마련의 고됨을 잘 아는지라 자신 이외의 생명, 특히 은혜를 베풀어주는 자연에 대한 감사의 마음은 늘 잊지 않고 표현했었다. 그 모습을 보고 자랐던 안젤린도 자연히 흉내를 내게 되었다. 한편 아넷사와 밀리엄은 작게 기도를 올린 다음에 나무 숟가락을 손에 들었다. 교회 고아원 출신인 만큼 식사 전 기도는 버릇이 들었나 보다.

난로 한쪽에서 천천히 푹 끓인 스튜는 뿌리채소도 녹아들 만큼 부드러워졌고 마른고기의 국물 및 향신료의 맛이 잘 우러난 덕에 맛있었다. 안젤린은 만면에 미소를 짓고 먹어 치웠다. 아넷사와 밀리엄도 맛있게 식사를 한다.

"이거 진짜 맛있네. 먹어본 적이 없는 맛이야. 이렇게 살짝 콧속을 쿡 찌르는 향이 쿠리오 열매예요?"

"그래, 그렇단다. 어떠니? 먹기에 좀 힘들 수도 있는데."

"음, 그래도 저는 좋은데요……? 맛있어요, 안제네 아버님."

"저도 좋아요!"

"그렇구나, 다행이구나……."

벨그리프는 안심해서 가만히 미소 짓고는 핫 와인을 한입 머금었다. 그리운 맛이다. 아직 모험가로 활동하던 시절에 마시던 기억이 되살아났다. 지금 이 술을 안젤린이 즐겨 마신다고 생각하면 아무래도 시간의 흐름을 느낄 수밖에 없었다.

"아빠, 혹시 등화초 채집은 다녀왔어?"

"아니, 아직이란다. 나중에 같이 갈까?"

"응! 에헤헤, 만세."

아넷사가 고개를 갸웃거렸다.

"등화초?"

"맞아. 동그란 램프처럼 생긴 꽃인데, 증류주를 수술에 끼얹으면 색깔이 바뀌거든……. 그 꽃을 강에 흘려보내는 거야."

"톨네라의 풍습이란다. 지금은 종이를 쉽게 구할 수 있어서 다들 종이 등롱을 쓴다만, 옛날에는 쭉 등화초를 써왔더랬지."

"와아……. 재밌겠네요."

"군생지는 밤에 가보면 엄청나게 아름다워……. 저기, 아빠. 아네랑 미리도 같이 데려가면 안 될까?"

"물론, 되다마다."

벨그리프는 미소 짓고 와인을 홀짝였다.

시라기 새 구이를 얹은 접시에는 기름이 듬뿍 고여 있었다. 여기에 빵을 적셔 먹는다.

"이렇게 빵을……. 흘리지 않게 손을 받치고 접시에 살짝 입을 가져다 대서……."

안젤린이 먹는 방법을 두 친구에게 가르쳐줬다.

"흠흠, 이렇게…… 입을……. 앗."

얼굴을 탁자에 가까이 대는 동작에서 밀리엄이 여전히 쓰고 있었던 모자의 차양이 새고기를 담은 큰 접시에 닿아 기름이 묻었다. 벨그리프는 턱수염을 만지작거렸다.

"밀리엄, 모자를 쓰고 있으면 식사가 불편하지 않니? 벗는 게……."

"아! 그게요……. 실은……."

밀리엄은 방금 전까지 명랑했던 태도와 정반대로 갑자기 주뼛

주뼛 허둥거렸다. 아넷사도 깜짝 놀라서 밀리엄과 벨그리프를 번갈아 본다.

"미리."

안젤린이 이름 불렀다. 진지한 눈빛으로 밀리엄을 주시한다.

"아빠는 그런 사람이 아니야."

"……알아, 알지만……."

밀리엄은 고개 숙였다. 벨그리프는 살짝 당황했지만, 뭔가 자신이 쓸데없는 소리를 꺼냈음은 이해한 터라 서둘러 말했다.

"아니, 미안하다. 별 뜻은 없었어. 벗기 싫다면 물론 안 벗어도 된다."

밀리엄은 한동안 고개 수그린 채 있다가 불쑥 얼굴을 들고 모자를 벗었다. 고양이 귀가 살랑살랑 흔들린다. 벨그리프는 입을 쩍 벌리며 시선을 빼앗겼다.

밀리엄은 수인이다. 본래 숫자가 별로 많지 않았던 수인은 일찍이 순수한 인간보다 하등한 존재로 취급받았기에, 많은 수인들은 노예를 조상으로 두고 있다. 이미 로데시아 제국에서는 노예제가 폐지됐고 노골적인 차별도 금지됐지만, 무릇 인간은 자신보다 약한 자를 찾아내 공격하려고 드는 법이다. 그리고 약한 입장에 있는 인간일수록 그런 경향이 현저하다.

고아로 도시의 빈민가에서 유소년기를 보낸 밀리엄은 고아원에 의탁할 때까지 쭉 차별을 받아왔었다.

과거의 경험 때문에 AAA랭크 모험가가 된 지금도 귀에 쏠리는 호기심의 시선에서 공포를 느끼고 마는 처지다. 경멸 및 배타의 시선은 물론이고 불필요한 연민의 정이 무서웠다. 그런 태도가 오히려 얕보거나 비웃는 듯한 기분이 들어서였다. 그리고 발끈 화가 난다. 「당신들 따위한테 동정받을 이유가 없어」라고.

동료 관계로 신뢰하고 있는 안젤린 및 자매와 다를 바 없는 존재인 아넷사에게는 귀를 보여줘도 아무런 느낌이 안 든다. 심지어 귀나 꼬리로 장난을 쳐도 호의에서 비롯된 행동이라고 받아들일 수 있었다. 그러나 이제 막 만난 사람에게 귀를 노출하는 것은 밀리엄에게 공포였다. 설령 안젤린의 아버지가 대상일지라도.

벨그리프는 한동안 말이 없다가 이윽고 겸연쩍어하며 머리를 긁적였다.

"그렇군……. 그런 거였어."

밀리엄은 서글퍼져서 눈을 내리떴다. 역시 처음 귀를 본 사람은 괜히 자신을 동정하는구나 싶어 슬퍼졌다. 안젤린의 아버지도 예외는 아니었다는 뜻이다.

그러나 벨그리프가 이어서 꺼낸 말은 밀리엄의 예상을 빗나갔다.

"귀가 추웠구나……. 톨네라는 올펜과 비교하면 많이 쌀쌀하니까……."

놀라서 멍하니 있는 밀리엄은 내버려 둔 채 벨그리프가 쓱 일어나더니 두리번두리번 주위를 둘러보며 난로 곁으로 가 장작을 넉넉하게 지피고 숨을 불어넣었다. 불이 세차게 피어오른다.

"좋아……. 잠깐만 기다려주려무나, 분명히 양털 니트 모자가 있었는데……. 챙 없는 모자면 거추장스럽지도 않고 귀도 따뜻해지지……. 분명 이 주변에…….”

그렇게 말하며 방구석에서 바스락바스락 니트 모자를 찾는다.

여전히 멍하니 있는 밀리엄을 안젤린이 히죽히죽하며 바라봤다.

“맞지? 아빠는 그런 사람이 아니라니까.”

“귀가 춥다……? 쿡쿡…….”

아넷사까지 웃음을 꾹 참고 부들거린다.

밀리엄은 별안간 솟아나는 묘한 유쾌함을 느끼며 무심코 웃음을 터뜨렸다. 배꼽이 빠질 것 같았다.

수인이라는 출생 및 성장 환경을 괜히 동정받은 경험은 여러 번 있지만, 귀가 춥겠다는 말을 들을 줄이야! 이 귀는 따뜻한 털로 덮여 있어서 전혀 안 추운데!

“아하하하하핫! 아…… 맞네! 안제네 아버님은 안제의 아버님이잖아! 후훗……! 후, 아하하하하하! 히히, 우스워라~!”

니트 모자를 찾아 들고 온 벨그리프는 배를 부여잡고 웃음 짓는 밀리엄을 보고는 당황했다.

“무, 무슨 일이니?”

“아핫, 아무것도 아녜요! 에헤헤. 고맙습니다, 벨 아저씨!”

“……으음? 아무튼, 니트 모자를…….”

“괜찮아. 자, 아빠. 앉아……. 후후.”

“그래도, 음……? 밀리엄, 귀가…….”

“벨 아저씨, 벨 아저씨. 안제의 어릴 적 이야기를 들려주세요~.”

"그, 그래……."

여전히 혼란에 빠져 있는 벨그리프는 아랑곳 않고 소녀들은 즐겁게 스튜를 입에 가득 넣었다.

벨그리프는 자꾸 고개를 갸웃거리면서 나무 숟가락을 손에 들었다.

16 아직 동트기 전이다. 그러나 하늘이 엷게 하얘지면서 지상과

아직 동트기 전이다. 그러나 하늘이 엷게 하얘지면서 지상과 하늘의 경계가 흑색과 백색으로 뚜렷하게 나뉘어 있다. 공기는 맑고 차가워서 피부를 찌르는 듯하다.

벨그리프는 꼭 달라붙은 채 잠들어 있는 안젤린을 깨우지 않게 조심조심 일어났다. 재 속에 파묻혀 연기를 피워 올리는 숯을 파내서 위쪽에 가늘게 나눈 짚을 지핀다. 그리고 또 위쪽에 두꺼운 나무를 얹었다. 곧이어 숨을 불어서 불을 되살린다. 그럼에도 집 안은 으슬으슬 차가워서 내뱉는 숨이 하얀 자국을 남겼다.

난로 가까운 곳에서 아넷사와 밀리엄이 잠을 잔다. 꽤 추웠겠지. 같은 모포를 겹쳐서 덮고 사이좋게 서로 끌어안은 채 새근새근 숨소리를 내고 있었다. 푹 잠든 듯하니 다행이다. 벨그리프는 조용히 안도의 숨을 내쉬었다.

바스락바스락 아침 산책 겸 순찰 준비를 하던 때 안젤린을 눈을 비비적비비적하며 일어났다.

"아빠……. 나도 갈래."

"이런, 깨웠구나……. 더 자는 게 낫지 않겠니?"

"괜찮아……. 잠잘 시간에 같이 다니고 싶어."

안젤린은 재빨리 윗옷을 입고 외투도 꺼냈다.

부녀는 함께 바깥으로 나왔다. 집 안도 쌀쌀했지만, 바깥 공기의 싸늘함은 한결 더하다.

오랜만에 겪는 톨네라의 차가운 아침 공기를 안젤린은 가슴 한가득 들이마셨다. 들이마셨던 만큼 한껏 내뱉자 숨결이 하얗게 남아 천천히 흩어져 간다.

“……시원하다.”

“하하, 춥지는 않고?”

“아냐……. 상쾌한 기분.”

저 멀리 하늘이 점점 밝아지고, 그러나 하늘 꼭대기에서는 아직 별이 깜박깜박 빛나고 있다. 하늘이 밝아지는 만큼 지상은 어둠이 짙어지는 것 같다. 바람은 불지 않았다. 공기가 아래쪽에 가만히 고여 있는 느낌이 든다. 멀리서 닭이 울었다.

지면에는 크고 작은 서릿발이 일어서 있었다. 걸음을 옮길 때마다 발 아래에서 서벅서벅 소리를 낸다. 안젤린은 발의 감촉을 즐기면서 일부러 높이 무릎을 들어 걸었다. 어렸을 때도 이렇게 서릿발을 밟고 돌아다니곤 했었다.

두 사람은 마을의 주위를 둘러보며 천천히 걸었다. 집집의 마당 구석 및 길가에 밀어 둔 잔설이 밤의 냉기를 맞아 또 단단하게 얼어붙었다. 시냇물은 얼음에 덮여 있었다.

앞에서 걷는 안젤린은 깡충깡충 신이 나서 서릿발 밟는 감촉을 즐기고 있다. 몸은 부쩍 자랐어도 역시 내 딸이구나. 벨그리프는 묘한 안도감이 들었다.

"그리워라……. 옛날에도 이렇게 놀았는데."

"그래……. 날이 추워도 아침마다 열심히 일어났더랬지."

"후후……."

안젤린은 또 깡충깡충 뛰며 돌아와 폴짝 벨그리프에게 안겨 들었다. 그러고는 턱수염에 뺨을 꾹꾹 비빈다.

"까슬까슬해서 기분 좋아라……."

"웬 엉뚱한 소릴……."

벨그리프는 쓴웃음 짓고 안젤린을 어루만져줬다.

두 사람은 마을을 내려다볼 수 있는 작은 언덕에 올랐다. 크고 작은 돌이 데굴데굴 굴러다닌다. 겨울 중에도 사라지지 않은 마른 풀들이 주위를 덮고 있었고, 그 사이로 새로운 싹이 트기 시작했다.

내려다보이는 톨네라 마을의 정경은 고요했다. 그러나 몇몇 집에서는 이미 잠에서 깨어나 아침 식사를 만드는 연기가 굴뚝에서 피어오르는 게 보이고, 양과 염소의 울음소리에 양치기 개 짖는 소리가 들려온다.

폴짝폴짝, 두세 걸음 뛰어서 안젤린은 빙글 돌아섰다.

"나, 여기가 좋아. 마을이 전부 보여……."

"그렇군……. 이런, 안제. 발 주변은 조심하거라."

점점 태양이 떠오름에 따라 동쪽의 먼 능선이 눈부시게 빛을 발했다. 빛 덩어리가 얼굴을 슬쩍 내민다. 어둡게 덩이져서 보였던 주위 풍경에 눈 깜짝할 틈에 그림자가 만들어지며 입체감이 생겨

났다. 곳곳에서 새가 소리를 내는 것이 갑자기 세계가 깨어나는 듯한 기분이 든다. 돌에 내린 서리가 햇살을 받아 반짝반짝 빛났다.

두 사람은 나란히 서서 천천히 떠오르는 태양을 바라보고 있었다.

“와아……. 예쁘라.”

숨을 내쉬자 잠시 형태를 바꿔 가면서 떠다니다가 이윽고 위로 날아가 사라진다. 안젤린은 흥흥 코를 훌쩍이며 훤히 드러난 두 귀를 손으로 잡아서 데우고자 손끝으로 꼭꼭 문질렀다.

“톨네라는 전혀 안 바뀌었어…….”

“그래, 바뀌지 않는 곳이란다……. 아마도 아빠가 태어나기 이전부터 바뀌지 않았을 거야.”

“응……. 마음이 놓여. 올펜은 떠들썩하지만 눈이 핑핑 돌거든.”

“흠……. 올펜이 더 재미있지는 않니?”

“……아냐, 그거랑 이거는 달라. 나는 톨네라가 좋아.”

“하하, 그렇구나……. 그래도 이제 곧 길이 정비될 계획이거든. 어떻게 바뀌려나…….”

“길?”

“보르도 백작님이 말이다, 톨네라까지 가도를 정비하고 싶다더구나. 그렇게 되면 너도 조금 더 수월하게 왔다 갔다 할 수 있겠지.”

“셀렌이랑 사샤의 본가 말이네…….”

“아, 맞다. 사샤 님께서 셀렌 님을 구해준 보답이라며 금화를 백장 내어 주셨어.”

“그래……?”

"올펜으로 돌아갈 때 가지고 가렴."

"아니야……. 아빠가 갖고 있어. 나, 돈은 모자라지 않아."

"으음……. 그런가……. 그렇다면 내가 맡아 두마. 필요하면 꼭 말하고."

"응……. 있잖아, 아빠."

"뭐니?"

"사샤를 제자로 받아줬어?"

벨그리프는 난처해하며 볼을 긁었다.

"아빠는 딱히 그런 생각은 안 했는데……. 뭐, 두 번인가 대련했던 게 전부란다. 스승 소리는 혼자서 불러주는 거야."

"그랬구나……."

안젤린은 은근히 기뻐하면서 벨그리프의 팔을 붙잡고 꼭 끌어안았다.

"……세?"

"응?"

"사샤."

"그래, 강하더라. 또 대련을 하면 질 것 같던데."

"……지면 안 돼. 내가 이길 때까지 다른 사람한테 지지 마."

"엉뚱한 말 하지 말렴……. 게다가 안제, 너도 좀 검의 버릇을 고쳐야 하지 않겠니? 겨우 아빠한테 져서야 S랭크나 마왕 같은 강자를 상대한다는 게 너무 걱정되는구나……."

벨그리프가 그렇게 말하자 안젤린은 토라져서 입술을 삐죽였다.

"마왕은 아빠만큼 강하지 않았는걸……."
"이 녀석아, 그럴 리 없잖냐……."
벨그리프는 쓴웃음 지으며 턱수염을 쓰다듬었다.
"마왕은 어떤 마수였니?"
"음, 그게 말이야……. 뭐랄까, 검은색 사람 그림자가 막 움직인다는 느낌?"
그 말에 벨그리프는 턱수염을 쓰다듬던 손을 멈췄다. 그리고 의문이 담긴 눈을 가늘게 뜨고 안젤린을 바라봤다.
"사람 그림자……. 형태는 어땠고?"
"음……. 일단은 인간형. 그런데 되게 작아서 키는 겨우 내 허리 높이였어."
벨그리프는 욱신욱신 통증이 일어나는 환지통(幻肢痛) 때문에 얼굴을 찌푸리며 생각했다.
닮았다.
그러나 놈은 그림자와 비슷하다는 인상은 받았지만, 네 다리가 달린 짐승의 형태를 갖고 있었다.
"……다른 녀석일 테지. ……그게 마왕이라면, 우리는 지금쯤……."
"……응? 왜 그래? 아빠."
"으음……. 아, 아무것도 아니다. 괜찮아."
걱정스럽게 올려다보는 안젤린을 벨그리프는 웃으며 어루만져줬다. 환지통은 어느덧 사라졌다.

해가 떠올라서 근방은 온통 밝아졌다. 추위 때문에 발개진 안젤린의 뺨이 잘 보였다. 손바닥으로 살짝 만지면 선뜩하게 차갑다.

"차갑구나……. 한 바퀴 돌아보고 어서 돌아가자."

"응……. 에잇."

안젤린은 폴짝 뛰어서 벨그리프의 등에 매달렸다. 그리고 히히거리며 머리카락에 입가를 파묻는다. 머리카락 너머의 숨결이 간지러웠다.

"아빠는 내가 없어서 쓸쓸했어……?"

"그야 물론이지. 돌아와줘서 기쁘단다."

"음후후……. 나도 돌아올 수 있어서 기뻐……."

안젤린은 만족스럽게 벨그리프의 머리카락을 사락사락 만지작거렸다.

"이것 참……. 정말 안 바뀌었군……."

벨그리프는 쓴웃음 짓고 딸을 업은 채 그대로 천천히 길을 내려갔다.

○

해가 떠오른 숲속, 새들이 지면 위로 얼굴을 내민 벌레를 쪼아 먹고자 돌아다니고 있다. 초봄을 맞아 갖가지 생물이 깨어났고 나무들은 가지 끝에 부드러운 새순을 피워 냈다.

어느 쓰러진 나무에 작고 거뭇한 덩어리가 있었다. 손바닥에 얹어 둘 만한 크기이고 추위에 떠는 듯 흔들거린다.

한 마리의 새가 먹잇감을 찾아서 나무 아래 및 바위 뒤편을 들여다보며 부리로 지면을 찌르고 있다. 새는 검은 덩어리를 발견한 뒤 부리 끝으로 쪼았다. 불현듯 그 부리에 검은 덩어리가 달라붙었다. 새는 놀라서 날개를 퍼덕거렸지만, 검은 덩어리는 그대로 새에게 달라붙어서 녹여 내다시피 집어삼켜버렸다. 검은 덩어리는 새를 집어삼킨 만큼 커졌고, 유연하게 형태를 바꾸며 흔들거렸다. 생물 같기는 한데 손발이 없고 머리와 몸체의 경계도 불분명하다. 둥글었다.

태양의 빛을 싫어하는 듯 검은 덩어리는 굼실굼실 쓰러진 나무의 안쪽 깊숙이 파고들었다. 입과 비슷한 부위는 안 보였지만, 뭐라고 작게 중얼거리고 있다.

『어디……? 나…… 어째서……. 여기, 에? 나…… 누구? 주인님……. 주인, 님……? 주인님이…… 누구, 였더라…….』

하늘하늘, 아지랑이처럼 그것은 일렁였다.

이윽고 산토끼가 한 마리 다가와서 쓰러진 나무 그늘을 들여다봤다. 검은 덩어리는 쏜살같이 튀어나와서 산토끼를 덮치고 달라붙었다. 산토끼는 놀라 날뛰어도 검은 덩어리는 주둥이를 막고, 눈을 막고, 곧 몸 전부를 집어삼켜버렸다.

또 한 차례 몸이 커다래졌던 검은 덩어리는 잠시 살짝 떨었지만, 이윽고 일부가 점점 부풀어 올라서 마치 새의 날개와 비슷한 형태를 이루어 냈다.

『나…… 새야……? 아닌, 데…….』

날개 비슷한 부위가 천천히 형태를 바꾼다. 팔이 되더니 끝부분은 손가락으로 갈라져 손이 되었다.

『손……. 인, 간……? 나…….』

이윽고 그것은 인간의 형태가 됐다. 머리가 있고, 손이 있고, 다리가 있다. 다만 크기가 갓난아이와 비슷하다. 일어서는 자세가 익숙하지 않은 듯 제대로 서지 못하고 네 손발을 짚어 웅크렸다. 그것은 쓰러진 나무의 그늘에서 조용하게 몸을 떨었다.

『외로, 워…….』

○

"짚에 장작불…. 그리고 또 뭘까~? 양털이야? 건조 콩일까?"

"응, 아마도. 올펜에서는 별로 못 맡아본 냄새야…. 그래도 왠지 편안하네."

밀리엄과 아넷사는 모포를 어깨에 걸친 채 붙어서 난로 앞쪽에 앉아 있었다.

이미 해는 떠올라서 닫힌 출입구와 창문으로 빛이 새어 들어왔다. 밤중에 얼어붙었던 지붕이며 벽이 햇볕을 받아 삐걱거리는 것일까, 이따금 뚝뚝 소리가 났다.

부녀는 아직 돌아오지 않았다. 남겨진 두 사람은 자다 깨어나기는 했다만, 무엇을 해야 할지 모를뿐더러 날이 추워서 일단 난로 앞쪽에 붙어 있었다.

시골의 집이라는 곳은 다양한 냄새가 난다. 둘은 올펜의 도회지에서 태어나 자랐지만, 신기하게도 그리운 느낌을 받았다. 몸에 흐르는 선조의 피에 각인된 기억인지도 모르겠다.

추위 때문일까, 밀리엄은 고양이 귀를 바짝 수그린 채 꾸물꾸물 아넷사에게 바짝 다가붙었다. 아넷사는 장난스럽게 웃음 지었다.

"후후, 귀가 춥나 봐? 니트 모자 씌워줄까?"

"에잇! 괜히 얘기하니까 또 웃음이 나오잖아!"

그렇게 말하며 쿡쿡 웃는다.

벨그리프의 올곧은, 그러나 어딘가 세상 물정에 어두운 성격에 두 사람은 호감을 가질 수 있었다. 안젤린을 바라보는 다정함 가득한 아버지의 시선도 호의적으로 비쳤다. 이런 사람이니까 안젤린도 잘 따르고 항상 만나고 싶어 했던 것이라는 생각이 들었다.

밀리엄은 히죽히죽 웃으며 아넷사의 얼굴을 빤히 들여다봤다.

"아빠라는 게 정말 멋있지~. 안제가 자꾸 부러워진다니까."

"그, 그러게……. 응, 확실히."

두 소녀의 부모를 대신했던 사람은 교회 고아원의 원장 수녀였다. 수녀는 비록 엄격한 인물이었지만, 친어머니와 다를 바 없는 애정을 아이들에게 기울였다. 아넷사도 밀리엄도 그 부분에는 감사하고 있고, 지금도 원장 수녀를 무척 좋아한다. 그러나 어디까지나 모성의 이야기일 뿐 두 사람에게 부성을 느낀 경험은 없었다. 아버지의 슬하에서 지낸다는 감각이 좀처럼 잘 와닿지 않았다.

때때로 고아를 수양 자식으로 들이려는 독지가들이 찾아온 적은 있었다. 두 사람은 여자 쪽은 어쨌든 간에 돈 많은 남자에게 딱히 호의를 품었던 적은 없었다. 왜냐하면 부성이 아닌 애완 도구를 찾는 느낌을 받았기 때문이다. 물론 저러한 인간들의 제안에는 원장 수녀가 절대 고개를 위아래로 끄덕이지 않았다.

그러나 이제 겨우 하루 얼마간 얼굴을 맞댄 벨그리프에게는 분명 부성이라는 감정을 느낄 수 있었다. 남자 홀몸으로 길러 낸 경위도 있었던 만큼 벨그리프에게는 모성적인 측면도 물론 존재하지만, 역시 남자는 남자랄까. 특히 안젤린과 대련 중 버릇이 남아 있다며 질책하면서도 딸의 성장을 기뻐하는 모습은 그야말로 아버지다웠다. 모성에서 오는 포용감과는 뭔가 다르다.

여태껏 알 수 없었던 감각이었기에 아넷사도 밀리엄도 다소 당황했지만, 결코 싫다는 느낌은 들지 않는다. 만약 아버지가 있었다면, 그런 바람은 제법 진지하게 자극을 받았다만.

"아앙~ 벨 아저씨가 진짜 아빠였다면……. 안제처럼 막 어리광 부려보고 싶어."

"갑자기 무슨 소리야……."

"흐흥~ 아네도 마찬가지 아니야~? 내가 다 알거든?"

"그, 그럴 리 없잖아! 별로 목말을 태워주면 좋겠다는 생각은 안 했단……."

말하던 도중 아넷사는 깜짝 놀라서 얼굴을 들어 올렸다. 밀리엄이 히죽히죽 웃음 짓는다.

"거봐라~."

"시, 시끄러워!"

아넷사는 새빨개져서 볼을 부풀리고 손바닥으로 밀리엄의 머리를 퍽 때렸다. 그때 문이 열리고 안젤린이 돌아왔다. 두 팔에 장작을 안아 들었다.

"다녀왔습니다……. 이제 일어났구나?"

안젤린은 후우후우, 하얀 숨을 내뱉으면서 난로까지 다가왔다. 뺨은 추위 때문인지 발갛게 물들어서 본래 살짝 앳된 인상이었던 얼굴이 유난히 더 어려 보였다.

"응, 일어났어. 빨리 다니는구나."

"일과……. 톨네라에 있을 땐 매일 아침 아빠랑 순찰 다녔어."

"벨 아저씨는?"

"수련 중이야. 이것도 일과……."

안젤린은 들고 온 장작 몇 개를 불 위에 얹고는 외투를 벗어 검을 들고 두 친구를 봤다.

"나올래?"

둘은 얼굴을 마주 바라보다가 곧 일어섰다.

앞마당에서 서리가 반짝반짝 빛났다. 지면 위로 피어오르는 아침 안개가 햇살을 하얗게 반사하는 터라 멀리까지 내다보이지는 않는다.

벨그리프가 검을 휘두르고 있었다. 외투도 윗옷도 벗어서 얇은 옷차림이었다. 몸에는 크고 작은 흉터가 잔뜩 새겨졌다. 왼쪽 다리를 살짝 빼내서 선 채 두 손으로 검을 쥐고 상단에서 내리 휘두른다. 자세를 잡고 있을 때는 자연체 같아 보이는데도 내리 휘두르는 순간은 두렵도록 거센 기백이 쏟아진다. 팔뿐 아니라 허리 및 등에서 비롯되는 전신 탄력을 온전하게 쓴 힘찬 일격이다.

준비 자세, 일격, 재정비. 벨그리프는 일련의 동작을 하나하나 확인하듯 신중하게 수행했다. 그러나 우직하게 20년 이상을 수련했던 속도가 숙련의 영역에 다다른 터라 옆에서 봤을 때 평범하게 연속해서 내리 휘두르는 듯 보일 따름이었다.

안젤린은 윗옷을 벗으면서 총총 달려가 벨그리프의 옆에 서더니 똑같이 검 수련을 시작했다. 그 움직임은 같았다. 속도는 벨그리프를 앞지를 수도 있겠다. 과연, 확실히 안젤린의 스승은 벨그리프가 맞구나 하고 납득할 수 있는 광경이다.

아넷사도 밀리엄도 감탄하면서 바라봤다. 안젤린의 격렬하고 신속한 검격은 여기에서 첫걸음을 떼었다는 실감을 받게 되었다.

밀리엄이 아넷사에게 소곤거렸다.

"벨 아저씨의 오른쪽 다리, 의족이 맞지? 대단하다……."

"응, 대단해. 일찍 은퇴하지 않았으면 S랭크 모험가였을 텐데……. 왠지 아쉽네."

이윽고 수련을 마친 벨그리프는 크게 숨을 내쉬었다. 몸에서 김이 피어오른다. 땀도 살짝 흘렸다. 벨그리프는 두 소녀의 시선을 느끼고 빙긋 웃으며 손을 들었다.

"잘 잤니? 좋은 아침이구나."

"안녕히 주무셨어요?"

"좋~은 아침이에요~. 벨 아저씨."

벨그리프는 수건으로 이마를 닦으며 걸어왔다.

"추웠지? 자는 데 불편하진 않았고?"

"네, 생각보다 따뜻했어요……."

"그래도 아침에는 되게 춥네요. 역시 북부인가 봐요."

"하하, 그러게 말이다. 어쨌든 잘 잤다니까 다행이구나……. 밀리엄, 정말 모자를 안 써도 귀가 춥지는 않니?"

"푸훕…… 후, 후훕, 괜찮아요! 쿡쿡."

몹시 진지한 얼굴로 벨그리프가 묻자 밀리엄도 아넷사도 웃음을 꾹 참아야 했다.

벨그리프는 어리둥절 고개를 갸웃거리다가 윗옷을 걸쳐 입은 뒤 야채 저장고의 덧문을 들어 올리고 안쪽을 물색하며 곧이어 역시 수련을 마친 안젤린에게 말을 건넸다.

"안제, 감자를 삶을 테니까 냄비에 물을 끓이고……. 그리고 어제 먹다 남았던 스튜에 보리를 넣어서 익혀주겠니?"

"네에."

안젤린은 윗옷을 어깨에 걸치고 집 안에 들어갔다. 벨그리프는 감자를 몇 개 꺼내서 옆에 둔 바구니에 넣었다. 그런 모습을 보며 아넷사가 말을 붙였다.

"저기요, 안제네 아버님은 모험가로 복귀하겠다고 생각한 적은 없으세요?"

"음? 글쎄다……. 여기에 막 돌아왔을 무렵은 전혀 생각을 안 했던 게 아니었지만, 안제가 오고 나서는 생각했던 적이 없구나. 아이를 키우느라 딴생각할 틈도 없었지."

"지금은요? 벨 아저씨, 엄청나게 강하잖아요! 분명히 복귀하면 고위 랭크 모험가로 활약할 수 있을걸요?"

밀리엄의 말에 벨그리프는 쓴웃음을 지은 채 볼을 긁었다.

"그렇지는 않을걸, 나는 한참 모자라니까……. 게다가 이미 이곳 생활에 너무 익숙해졌단다. 하루를 벌어 하루를 사는 모험가 생활로 돌아갈 수 있을 것 같지도 않군. 그때는 나름 즐겁기는 했어. 동료가 있고, 꿈이 있었고……. 딱 너희들처럼 말이다."

그렇게 말한 뒤 벨그리프는 익살맞게 어깨를 으쓱거렸다.

"안 믿길지도 모르겠다만, 나도 옛날에는 10대였잖니."

둘은 웃었다.

감자 바구니를 들고 벨그리프는 집에 들어가고자 일어섰다. 문득 밀리엄이 막 떠올랐다는 듯이 말했다.

"저기요……. 벨 아저씨?"

"응? 왜 불렀니? 밀리엄."

"저기, 있잖아요. 잠깐만 제 머리를 쓰다듬어주시면 안 돼요?"

"흠……. 괜찮기는 한데……."

벨그리프는 의아하다는 표정을 지은 채 바구니를 들지 않은 다른 쪽 손을 뻗어서 밀리엄의 머리에 얹었다. 그렇게 다정한 손놀림으로 쓰다듬어줬다. 손바닥은 울퉁불퉁해도 폭 감싸줄 듯이 커다랗고 따뜻해서 밀리엄은 살짝 감동한 표정으로 탄성을 쏟았다. 옷 안쪽의 꼬리가 살랑살랑 움직인다.

"흐앙……. 좋아라……."

"……뭔가 의미라도 있는 거니?"

"네! 감사합니다! 후후……. 이게 아버지구나……."

벨그리프는 밀리엄을 쓰다듬어주며 의아한 표정을 짓고 아넷사를 돌아봤다. 아넷사는 쓴웃음을 짓고 말했다.

"하하……. 이 녀석이요, 조금 별난 구석이 있어서요……."

아넷사의 말에 밀리엄은 발끈해서 눈을 흘겼다. 그리고 곧 장난스러운 표정을 떠올리곤 벨그리프를 돌아봤다.

"벨 아저씨, 벨 아저씨. 하나만 더 부탁드려도 될까요~?"

"상관없다만……."

"후훗, 있잖아요. 아네한테 목말을 태워주세요!"

"목말……? 아넷사를?"

벨그리프는 역시 어리둥절한 표정을 짓고 아넷사를 돌아봤다. 아넷사는 멍하니 입을 벌리다가 곧 새빨갛게 뺨을 붉히며 손을 마구 흔들었다.

"아녜요, 그런 거 아니에요! 괜찮습니다! 안 태워주셔도! 상관없어요!"

"……안 태워줘도 된다는구나."

"흐흥~ 그냥 쑥스러워하는 거예요~. 어서요, 번쩍 들어서 목말 태워주세요!"

"으음……. 어떻게 하면 될까?"

"정말로! 정말로 괜찮습니다!"

벨그리프가 당황하며 우두커니 서 있으려니까 집 안에 들어갔던 안젤린이 소리도 없이 나타나더니 뒤에서 아넷사의 어깨를 붙잡았다.

"……나를 따돌린 틈에 뭐하는 짓이야."

"으엑?! 아, 아니야! 내가 아니라 미리가!"

"어머, 왜 딴소리일까? 목말 타보고 싶다 말한 사람은 아네잖아."

"아, 아니라고! 그건 생각만 잠깐."

"……울 아빠 목말을 타고 싶다면 먼저 나부터 쓰러뜨리게나……."

"아, 진짜 아니라니까!"

꺄아꺄아 떠들어 대는 소녀들을 보고 벨그리프는 영문을 알 수 없어서 머리만 긁적였다.

"……젊은 아이들 머릿속은 도통 모르겠군."

17 번화가는 항상 사람이 많고, 언제나 떠들썩하게

번화가는 항상 사람이 많고, 언제나 떠들썩하게 붐비는 곳이다. 글자 그대로 지붕 위쪽에 또 지붕이 올라간 듯 무턱대고 높은 건물들 사이에 있는 도로에 당장 무너질 것 같은 노점이 빽빽하게 늘어서서, 수상쩍은 물품이라든가 먹으면 배탈이 날 것 같은 식품을 판매하고 있다.

올펜은 큰 도시지만, 규모가 크면 물론 눈이 안 닿는 장소도 생긴다. 가난한 사람들의 거처, 불량배 소굴, 거리의 고아들, 집 없는 걸인 떼……. 그런 인간들이 자연스럽게 한데 모여서 빈민가를 형성했다.

그런 혼잡한 길을 라이오넬과 체보르그가 나란히 걷고 있었다. 큰 몸집에 기백이 있는 체보르그 때문일까, 때때로 어깨를 부딪쳐서 눈을 부라리던 건달들도 화들짝 놀라 아무런 말 없이 떠나갔다.

라이오넬은 변함없이 여위고 지친 모습이다. 그는 중앙 길드에서 거의 예산을 못 받게 되어버렸던 탓에 올펜에 사는 귀족들에게 융자를 부탁하러 돌아다니고 있었다. 하지만 귀족들은 어느 한 녀석도 도무지 만만하지가 않았고, 애당초 밀고 당기는 협상은 특기가 아니었던 라이오넬은 마음 편안할 틈이 없었다. 오늘 교섭도 역시 체보르그 옹이 옆에서 눈에 힘을 주었던 덕에 가까스로 성립될 수 있었다.

다만 라이오넬의 심로가 해결되지 않았다 뿐 길드 운영 자체는 제법 잘 돌아가고 있다. 모험가들이 제법 돌아온 덕분에 마수 토벌 및 소재의 수집 의뢰, 던전 탐색 따위는 이전과 마찬가지로 수행할 수 있게 되었다.

현재는 상인들과 연계하여 소재 중개의 업무를 이전보다 더욱 강화했고, 그럼으로써 어찌어찌 예산도 확보할 수 있도록 기를 쓰는 중이다. 복귀한 노인 파티와 라이오넬의 옛 파티 멤버들의 활약도 있어 겨우겨우 궤도에 오른 참이다.

그럼에도 아직 과제는 잔뜩 남았다. 어쨌든 100년 이상의 역사를 자랑하는 꽉 막힌 시스템에 시비를 붙인 셈이잖은가. 즐거워하는 인물도 많다지만, 모든 책임을 짊어져야 하는 라이오넬은 요즘 들어서 위통이 멎질 않았다. 배를 문지르면서 얼굴을 찌푸린다.

“설마 일이 이렇게 될 줄은……. 중앙과 지방의 관계를 중재하는 중간 관리직으로 끝난다면 얼마나 편했을까……. 스트레스 때문에 머리가 벗겨지겠어…….”

“엉?! 뭐라?! 라이오넬, 방금 뭐랬냐?!”

“혼잣말입니다, 체보르그 씨……. 그리고 목소리가 너무 큽니다.”

“껄껄껄껄!! 뭘 이리 풀 죽은 게냐!! 때마침 융자 약속을 받아냈잖냐! 기운 좀 내라, 이 녀석아!!”

“융자를 받은 다음이 더 큰일이라고요…….”

라이오넬은 탄식했다. 융자를 받은 이상 이래저래 방침에 간섭을 받을 게 틀림없다. 그런 난감함을 모험가의 실적과 세 치 혀로 잘 받아넘기며 버텨야 한다. 앞날을 상상하니 라이오넬은 더욱 우울해졌다.

"후유……. 뭐, 안제 양이 돌아와주면 실적 걱정은 안 하겠지만 말입니다……. 안제 양은 무사히 아버지와 만났을까요?"

"그 녀석이 길 가다 뻗을 리 없잖냐!! 지금쯤 아빠랑 오붓하게 지내고 있을 게 당연하고말고!!"

"그러면 좋을 텐데 말이죠……. 그나저나 안제 양이 극구 칭찬하는 실력의 아버지가 변경 마을에서 은둔한다는 게……. 이왕에 같이 돌아와서 복귀하면 좋겠습니다……."

"껄껄껄껄껄!! 괜찮지, 괜찮고말고!! 안제가 한 번도 칼을 못 맞혔다는 말이 신경 쓰여서 못 견디겠거든! 『적귀』 벨그리프!! 한번 승부를 겨뤄보고 싶구먼, 안 그런가!!"

"만약 실현된다면 변두리 바깥에서 붙어주십쇼? ……그나저나, 음, 『적귀』란 말도 벨그리프란 이름도 들어본 적이 없단 말이죠……. 외국에서 명성을 쌓은 사람인가?"

라이오넬은 벅벅 머리를 긁고 늦게나마 점심 끼니를 때우고자 가게를 찾아 주변을 둘러봤다.

어라, 조금 떨어져 있는 넓은 곳에서 사람이 북적북적 뭔가 웅성거리고 있다. 누군가가 뭐라고 연설을 하는 듯싶고 청중은 말 한 마디 한 마디에 야단법석이다. 두 사람은 고개를 갸웃거리며 가까이 다가갔다.

인파의 중심에 상자를 거꾸로 놓은 단상이 있고, 그 위에 승복 비슷한 검은 옷을 입은 소녀가 서 있다. 나잇대는 아직 열 살 언저리겠다. 검은 의복과 대조적으로 찰랑찰랑하는 긴 머리카락은 순백이다. 머리에는 역시 검은색 모피 모자를 눌러썼다. 대단히 단정한 용모를 지녔음에도 알비노일까, 피부는 병적으로 하얗고 눈동자 색은 검붉다.

그 옆쪽에는 후드가 딸린 망토를 눈까지 깊숙하게 뒤집어쓴 소년이 한 명 깃대를 들고 시립해 있다. 후드에 가려져서 얼굴은 안 보인다만, 키와 몸집으로 보건대 열대여섯쯤 됐겠다. 조금 음침한 분위기가 있는 소년이었다.

소녀는 과장된 몸짓을 구사하며 뭔가 큰 목소리로 떠들어 댔다. 몸집은 작은데도 목소리는 낭랑하고 맑아서 잘 울려 퍼진다.

"여러분! 이토록 많은 사람들이 가난에 괴로워하고 있건마는! 과연 구제는 이루어질 수 있겠습니까? 뷔에나 교의 사제들은 말합니다! 주신의 자애는 하늘로 뻗어 나가고 땅에 차오른다고! 그러나! 그렇다면 도대체 왜 이곳 빈민가에서 가난에 고통받는 사람들은 전혀 구제받지 못하는가!"

청중이 옳소, 옳소, 큰 목소리로 동조한다. 소녀는 의기양양한 얼굴로 계속 발언을 이어 나갔다.

"이제 곧 뷔에나 교, 그리고 그에 의지하는 로데시아 제국의 시대는 끝납니다! 인간을 구제하는 것은 신이 아닐지니! 그것은 인

간 자신입니다! 신이 아니었던 몸으로 지고의 경지에 다다랐던 마도사 솔로몬이 강조했던 길이야말로 유일한 구제의 길! 마도사 솔로몬에 의해 통치가 이루어지면 마수를 두려워할 필요가 없다! 신의 이름하에서 부당하게 재물을 얻고, 권력을 마음대로 휘둘러 대는 자들은 파멸하리라, 가난한 자는 구원받으리라!"

청중은 환성을 내질렀다.

옆쪽에 시립하고 선 소녀가 든 깃발에는 커다란 눈을 본뜬 마법진이 그려져 있다. 이단의 대마도사 솔로몬의 문장이었다.

소녀는 만족스럽게 웃다가 어깨에 맨 가방에서 묘한 부적을 꺼내 들었다. 솔로몬의 문장을 그려 놓았다. 소녀는 부적을 드높이 들어 올리며 말했다.

"자아! 여기에 마도사 솔로몬의 부적이 있습니다! 이 부적을 갖고 있기만 하면 그분께서 귀환하셨을 때도 파멸을 두려워할 필요가 없습니다! 본래는 문외불출의 귀한 부적! 금화를 쌓아줘도 절대로 팔지 않습니다만, 저는 여러분을 구하고 싶습니다! 특별히 동화 스무 장에 넘겨드리죠! 자! 싸다, 싸!"

청중들은 너도나도 달라며 손을 뻗는다. 부적은 날개 돋친 듯 팔려 나갔다.

저 녀석들이 소문의 사교도인가. 라이오넬은 탄식했다. 이리 황당한 말이 있는가. 대륙을 수중에 거두고도 광기에 사로잡혀서 시공의 저편으로 자취를 감췄다는 남자가 어떻게 좋은 통치자가 될 수 있겠나. 애당초 저런 마력도 느껴지지 않는 부적 따위에 어떤 쓸모가 있을까. 단순한 종교 사기가 아닌가.

그럼에도 현 상황에 불만을 품은 수많은 사람들은 이러한 변설에도 공감을 느끼고 만다. 라이오넬은 뭐라 말할 수 없는 먹먹한 기분에 휩싸였다. 체보르그가 히죽히죽 웃는다.

"세상 돌아가는 꼴이 제법 혼돈스럽군!! 칠칠찮기는!!"

"또 골칫거린가. 아이고, 못살아……."

그때 문득 요란하게 경적을 울리며 병사 한 부대가 달려왔다. 부대장으로 짐작되는 인물이 고함질렀다.

"이게 무슨 짓인가! 수상쩍은 변설로 몽매한 대중을 현혹시키려 하다니!"

연설하던 소녀는 흥, 코웃음 쳤다.

"진실을 말했을 뿐입니다! 여러분! 여러분을 몽매하다는 둥 조롱하는 것이 이 나라의 방식입니다! 우리 민중은 무지하고 어리석게 살아가기를 권력자들이 바라기 때문이죠! 그런 방식을 과연 옳다고 말할 수 있겠습니까?!"

소녀의 말에 동조하여 청중들이 투덜투덜 병사들에게 불만을 쏟았다. 물건을 집어 던지는 사람도 있다. 병사들은 당황했지만 부대장이 검을 뽑아 큰 목소리로 외쳤다.

"조용, 조용히! 질서를 어지럽히는 무법자 놈들! 저것들을 체포해라!"

병사들은 저마다 손에 무기를 들고 소녀에게 쇄도했다. 청중이 비명을 지르며 우왕좌왕 도망쳤다. 그러나 소녀는 앳된 외모와 달리 태연한 자세를 견지한다. 기막히다는 듯이 고개를 휘저었다.

"어리석은 자에게 쓸 약은 없는 법이죠……."

그리고 쓱 손을 들어서 뭔가 중얼중얼 읊는다. 즉각 병사들의 움직임이 멎었다. 몸을 움직이려고 해도 안 움직여진다는 모습이다. 아연실색하는 청중들의 앞에서 병사들은 몸부림치며 공중으로 떠올랐다. 숨이 안 쉬어지는지 몹시 괴로워한다. 소녀는 싸늘한 눈빛으로 그들을 바라봤다.

"마도사 솔로몬을 거역하는 어리석은 인간들, 후회한들 때는 늦었다."

라이오넬은 즉각 허리에 손을 뻗었다. 그러나 귀족의 거처를 방문하는 것이 목적이었던 터라 무기가 없다. 눈살을 찌푸린 채 곧장 체보르그에게 시선을 줬다.

"막읍시다."

"껄껄껄껄!! 병사 녀석들도 칠칠치 못하군!!"

두 사람은 도약하여 인파를 뛰어넘고 소녀의 앞에 착지했다. 체보르그가 손을 뻗어 소녀의 팔을 붙잡아 막무가내로 끌어내렸다. 병사들이 털썩털썩 바닥에 떨어져서 헉헉 숨을 몰아쉰다. 놀란 소녀의 눈이 휘둥그레졌다.

"꺄……! 뭐, 뭐야?!"

"거 살짝 장난이 지나치구나!! 꼬마 아가씨는 집에 돌아가서 얌전히 지내려무나!!"

체보르그는 수도(手刀)를 치켜들었다. 급소를 찔러 기절시킬 작정이었다. 소녀는 공포에 굳어지는 얼굴로 옆쪽에 선 소년을 돌아보며 외쳤다.

"벡! 도와줘!"

그 순간 체보르그가 치켜든 팔이 보이지 않은 힘에 튕겨 나갔다. 놀란 체보르그는 눈살을 찌푸렸다. 소녀의 옆쪽에 선 소년이 체보르그에게 손가락을 겨누고 있다. 동시에 온몸을 탄환이 때리는 듯한 맹렬한 충격이 덮쳐들었다. 눈에 보이지 않는 작은 마력 덩어리가 잇따라 날아와서 적중된 듯 체보르그의 피부는 울룩불룩하게 뒤흔들렸다.

"우오오오오오오?!"

예상 밖의 맹공에 어쩔 수 없이 체보르그도 소녀를 붙잡았던 손이 떨어졌다. 몸을 뒤로 빼내서 두 팔을 앞쪽에 교차시키고 방어 자세를 취한다. 그 모습을 보자마자 소년은 뒤쪽으로 크게 휘둘렀던 두 손을 단박에 앞쪽으로 내밀었다. 더욱 큰 보이지 않는 마력 덩어리가 체보르그를 멀리 날려버렸다.

날려 가면서도 체보르그는 큰 목소리로 웃었다.

"우왓!! 핫핫핫!! 제법이구나!!"

"마탄……? 마탄이라기에는……."

라이오넬은 납득이 가지 않아서 눈에 힘을 줬다.

마탄이라는 마법은 보통 색깔이 있는 마력 덩어리를 발사하는 법이다. 그러나 이것은 완전히 투명하다. 주먹을 휘둘렀을 때 발생하는 충격파를 마력과 팔의 술식 문신으로 증폭시키는 체보르그의 기술과도 다르다. 이런 마법은 들은 적이 없었다.

라이오넬은 사고하면서도 재빨리 소년의 배후로 돌아들었다. 그리고 제압하고자 몸을 날린다. 그러나 그 손은 소년에게 닿기 전에 막혀버렸다. 손이 멈춘 곳에서 반투명의 기하학적 문양이 명멸하고 있다. 놀라서 눈이 휘둥그레졌다.

"마술식 자동 장벽인가?!"

움직임이 멈춘 라이오넬을 향해 손바닥 아래쪽을 들이밀면서 소년이 손을 척 내밀었다. 투명한 마력 덩어리가 발사되었는지 라이오넬은 뒤로 튕겨져 날려 갔다. 놀랐지만 위력이 특별히 강하지 않아 대미지는 거의 없었고, 몇 차례 공중에서 회전하다가 차분하게 잘 착지했다. 그러나 거리가 제법 벌어지고 말았다. 라이오넬은 즉각 거리를 좁히고자 지면을 박찼다. 체보르그도 달려왔다.

소년은 바닥에 주저앉은 소녀에게 다가가서 툭 중얼거렸다.

"……이봐, 괜찮은가? 성녀님."

"바보! 바보야! 벡! 네가 뭐하러 있는 건데! 저런 녀석들이 나한테 오게 두지 말란 말이야!"

"흥……. 어쨌든 간에 철수한다. 전 S랭크 두 사람을 상대하라니…… 농담도 안 될 소리야……."

소년은 지긋지긋하다는 듯이 마구 소리치는 소녀를 안아 들고는 재빨리 뭔가 영창하며 손을 흔들었다. 그 순간, 두 사람의 모습이 아지랑이처럼 흔들리더니 처음부터 아무도 없었던 것처럼 사라졌다.

눈앞까지 접근했었던 라이오넬은 어안이 벙벙한 기분이었다.

"저…… 전이 마법이라고? 제국에서도 손에 꼽히는 몇몇 마법사밖에 못 쓰는 초고등 마법……. 그런 데다가 보이지 않는 마탄에 마술식 자동 방벽……. 도, 도대체 정체가 뭐야……?"

"껄껄껄껄!! 재미있는 꼬맹이들이군!! 놓쳐버리다니 나도 참 칠칠찮아!! 다음에는 방심 안 하겠다!!"

체보르그는 유쾌하게 웃어 젖혔다. 라이오넬은 또 뭔가 골칫거리 사건이 일어날 것 같다는 예감을 절절하게 느꼈다. 더욱더 위가 아파지는 기분이었다.

○

밭 일구기가 다 끝나고 여기저기에서 야채 파종이 시작됐다. 보리밟기도 일단락되어 이제 곧 봄맞이 축제가 찾아온다.

봄맞이 축제는 가을 수확제와 달리 바깥에서 객들이 다수 방문하는 행사는 아니었다. 고단한 겨울을 탈 없이 넘길 수 있었던 감사의 뜻을 주신이자 여신인 뷔에나에게 바치고, 겨우내 집에 돌아와서 지냈던 선조의 영령을 등롱 불빛에 태워 배웅한다. 그리고 따뜻한 봄의 도래를 먹고 마시며 축하하는 자리다. 겨울이 막 지난 다음인지라 식자재가 풍부하게 있는 것은 아니다만, 그럼에도 술통을 따고 고기 및 보리죽, 산나물 등등 맛있는 식사를 먹을 순 있었다.

그런 봄맞이 축제를 하루 앞둔 따뜻한 어느 날, 안젤린이 머리를 감싸 쥐고 앞마당에서 쪼그려 앉아 있었다. 또 벨그리프에게 딱 얻어맞아서다. 벨그리프는 눈살을 찌푸리며 탄식했다.

"안제……. 몇 번을 말해야 알아듣겠니? 움직이기 전에 시선을 보내면 안 돼. 지금 너라면 충분히 가능할 텐데?"

"으으……. 그래도, 아빠 말고 피한 사람은 없었는걸……."

"앞으로도 쭉 피할 수 있는 사람이나 마수가 안 나타난다고 단언할 순 없잖니? 자만하면 안 돼. 모험가는 일단 살아남는 게 기본이라고 몇 번이나 말했을 텐데?"

"그치만……."

안젤린은 주눅 들어서 볼을 뾰록 내밀었다. 그리고 삐친 사람처럼 휙 시선을 외면한다. 마치 떼쟁이 아이 같았다.

이제 귀성한 지 2주쯤 되었던가. 날이 갈수록 완연한 봄의 기운이 들어차고 있는 톨네라 마을에서 안젤린은 마을 주변의 숲과 산을 돌아다니며 놀거나 밭일 및 가사를 돕고 매일매일 벨그리프와 수련을 했다. 마치 동심으로 돌아간 양, 자신의 실력을 갈고닦으려고 하기보다는 수련 자체를 즐거워하고 있었다. 전혀 공격을 성공시키지 못했다는 것도, 벨그리프의 실력이 뛰어나기를 바라는 안젤린에게는 전혀 신경 쓰이는 일이 아니었다. 오히려 패배에 한껏 익숙해진 탓에 이기려는 자세마저 희박해지고 있는 형편이다.

한편 벨그리프는 수련 때마다 매번 씁쓸한 표정이었다. 안젤린은 깔깔 웃어넘긴다만, 아버지로서는 이리도 떨떠름할 수가 없었다.

과연 안젤린은 제법 강하다. 마왕을 쓰러뜨렸다는 말도 분명히 진짜일 테지. 그러나 결국 지금은 고작 자신에게 지고 있지 않은가. 필시 언젠가 감당하지 못할 상대와 마주칠 게 틀림없다.

그러나 몇 번씩 똑같은 말을 해도 안젤린은 진지하게 받아들이지 않았다. 열일곱이라는 나이에서 비롯된 근거 없는 자신감과 이제껏 모험가로서 쌓아왔던 여러 실적이 딸에게 자만심을 안겨줬다는 것은 분명하다.

벨그리프는 눈을 내리깔고 턱수염을 쓰다듬었다. 어리광을 마냥 받아준 자신의 잘못도 있다 여겨지는 만큼 도무지 강하게 말할 수가 없었다. 그러나 지금 버릇을 고쳐 두지 않는다면 부모로서, 스승으로서, 또다시 모험가의 신분으로 죽음의 위기가 있는 전선에 내보낸다는 것이 너무도 불안하여 못 견딜 것 같다. 독선에 가까운 비슷한 불안감일 수도 있겠지만, 부모에게 아이란 존재는 언제든 걱정거리가 아니겠는가.

"벨 아저씨~ 안젤린~. 식사 준비 됐어요~."

밀리엄이 집 안에서 얼굴을 내밀고 이름 불렀다. 아넷사도 얼굴을 쏙 내보였다.

"산토끼 고기랑 보리죽인데 괜찮으시죠?"

"음, 아, 고맙다. 미안하구나, 두 사람에게 다 맡겨버려서……."

"아뇨, 아녜요. 저희도 즐거워서 하는 일이니까요……."

두 사람 모두 톨네라의 전원생활을 무척 즐겁게 느끼게 된 듯 지금에 이르러서는 밭일 및 가사, 아침 산책에 단련까지 함께하고 있다. 게다가 아넷사는 본직인 활 솜씨를 살려서 벨그리프보다 훨씬 능숙하게 사냥을 한다. 이렇게 식사 준비를 하는 경우도 늘었다.

오늘이야말로 안젤린의 움직임을 고쳐주고자 다짐한 벨그리프는 두 사람에게 가사를 맡겼다만, 그만큼의 성과는 아직 거두지 못했다. 벨그리프는 겸연쩍어하며 벅벅 머리를 긁다가 안젤린에게 일어서라 재촉했다.

안젤린은 방금 전까지 삐쳐 있었던 분위기가 거짓말처럼 일어서서 가벼운 걸음걸이로 현관에 향한다. 그리고 고개 돌리며 장난스럽게 웃었다.

"아빠, 밥!"

"……안제."

"응?"

"너는…… 아직 모험가를 계속할 마음이겠지?"

"응! 왜냐면, 즐겁거든……. 분명히 나랑 제일 잘 맞아……."

안젤린은 천진난만하게 답했다. 벨그리프는 이마에 손을 가져다 대고 땅이 꺼져라 한숨을 쉬었다. 이대로 두면 안 된다. 뭔가 수를 내야 하는데.

탁자를 보면 식사 준비가 이미 끝났다. 산토끼를 구운 고기와 보리죽이 김을 피워 올리고 있고, 건조시킨 염소 치즈를 곁들였다. 아넷사도 밀리엄도 고아원에서 지낸 경험이 있고, 또한 자기들끼리 자취도 아예 안 하는 처지는 아닌지라 요리 솜씨가 제법 괜찮았다. 보리죽에도 올펜에서 갖고 온 향신료를 넣어서 향이 달라진 만큼 신선하다.

벨그리프는 산토기 구운 고기를 먹고 보리죽을 훌쩍 마셨다. 소녀 세 명도 맛있게 먹고 있다.

평화로운 광경이다. 어젯밤에도 넷이 산을 올라서 봄맞이 축제 때 강에 흘려보낼 등화초를 채집하러 갔다. 푸르스름하게 빛나는 등화초가 지면을 뒤덮었고, 소녀들은 그 안에 헤치고 들어가서 싫증도 내지 않고 왔다갔다했었다.

그런 생활을 앞으로도 쭉 계속한다면 딱히 검의 버릇 따위는 안 고쳐도 상관없었다. 그러나 안젤린은 아직 모험가로 더 활동할 작정이다. 자신의 힘을 더욱더 발휘하고 싶다는 마음이 있을 테고, 모험가가 천직이라고 받아들이는 성향도 있다. 그만두고 싶어도 차마 그만둘 수가 없을 것이다.

따라서 더더욱 가능한 한 약점을 없애 놓아야 한다. 한순간의 실수가 생사를 가르는 경우도 많다. 그리하지 못했기 때문에 자신은 오른 다리를 잃지 않았던가.

오른 다리라면 차라리 낫다. 그러나 목숨을 잃어버린다면 끝장이다. 이렇게 가족 및 친한 친구와 식탁에 마주 앉지도, 담소를 나누지도, 여름의 더위나 겨울의 추위를 느끼지도, 기뻐하거나 슬퍼하지도 못한다. 전부 다, 아무것도 못 하게 된다.

딸이 마수에게 살해당해서 기뻐할 부모가 있을 리 없다. 이렇듯 지금 한순간의 약한 마음에 어떤 의미가 있을까.

이리된 이상 자신이 진짜 호랑이가 될 수밖에 없다. 벨그리프는 크게 숨을 들이마셨다.

내내 얼굴을 찡그리고 있는 벨그리프를 보고는 고기를 발라 덜어주거나 차를 따라주는 등 바지런하게 식사 시중을 들어주던 안젤린도 이제는 좀 불안해졌나 보다. 주뼛주뼛하는 어투로 말을 건넸다.

"아빠……. 왜 그래? 화났어……?"

벨그리프는 대답은 않고 가만히 일어서서 검을 손에 들었다. 그리고 턱짓으로 바깥에 나오라 안젤린을 채근했다. 안젤린은 흠칫흠칫하는 모습으로 일어나 검을 들고 벨그리프를 따라 바깥으로 나섰다. 아넷사와 밀리엄도 불안하게 얼굴을 마주 바라보다가 조용히 둘의 뒤를 쫓았다.

마당에 나온 벨그리프는 잠시간 의족으로 지면을 똑똑 두드렸지만, 이윽고 안젤린을 휙 돌아봤다. 평소의 다정한 분위기는 온데간데없이, 표정에서는 어떤 감정도 읽어 낼 수 없었다. 싸늘한 시선이다.

"안제."

"으, 응, 아빠……."

"네가 모험가를 계속하고 싶다면 이번 대결에서 아빠를 이겨보거라."

"어……. 그, 그래도……."

"어중간한 각오와 실력으로 모험가를 계속하도록 놔둘 순 없구나. 만약 아빠를 이기지 못하는데도 모험가를 굳이 계속하겠다면……."

벨그리프는 날카롭게 안젤린을 노려봤다.

"더 이상 너를 딸로 여기지 않겠다."

안젤린은 얼어붙었다. 손에 든 검을 떨어뜨리고 세상의 종말을 맞이한 표정을 지은 채 멍하니 못 박혀 서 있었다. 눈에서는 눈물이 뚝뚝 맺혀 떨어졌다.

"거, 거짓말이지……. 아빠? 그런 말…… 할 리가, 없잖아……?"

욱신, 벨그리프는 가슴이 아팠다. 그러나 이렇게라도 하지 않으면 안젤린은 끝내 성장할 수 없다. 아이는 언젠가 둥지를 떠나가는 법이다. 지금 당장에라도 말을 취소하고 꽉 끌어안아주고 싶은 기분이었지만 힘겹게 꾹 눌러 참고는 날카로운 눈빛으로 안젤린을 주시했다.

"검을 들거라."

"……싫어."

안젤린은 옷자락을 꾹 부여잡고 눈물을 참는 눈으로 벨그리프를 가만히 마주 봤다.

"싫어, 싫어, 싫어! 이런 거 싫단 말이야……."

"마수에게 싫다 말하면 들어주겠나! 응석 부리는 짓도 적당히 하거라!"

자신의 감정을 속이기 위해서일까, 본의 아니게 말투가 거칠어졌다. 안젤린은 움찔 몸을 떨고는 여전히 멍한 눈으로 검을 주워 들었다. 그러나 자세라고 할 만한 자세는 취하지 않았다. 흔들흔들 작게 좌우로 비틀대면서 뭔가 우물우물 중얼거리고 있다.

“거짓말이야……. 이런 거……. 아빠가 그런 소리를 할 리가 없어…….”

마음이 여기에 없는 분위기였다. 벨그리프는 번쩍 눈을 부릅뜨고 고함질렀다.

“안젤린!!”

“……아!”

동시에 벨그리프는 의족이라 여겨지지 않는 무시무시한 속도로 안젤린에게 육박했다. 이제껏 후발선제(後發先制)의 전법만 고수했던 벨그리프가 이번에는 선제공격을 건다. 안젤린도 눈을 커다랗게 뜨며 반응했다.

내리 휘둘러 치는 검을 막아 낸다.

이제껏 겪은 바 없는 과격한 기세였다. 분명 칼집에 납검되어 있음에도 가격당하면 베여서 찢겨 나갈 것 같았다. 이런 벨그리프는 본 적이 없었다. 아니, 단 한 번, 아직 안젤린이 어렸을 때 겨울의 눈 속에서 이런 아버지를 보았다.

일찍이 안젤린을 지키고자 휘둘러졌던 검이 지금은 자신을 노리며 날아들고 있다.

어째서? 대체 왜?

잇따라 덮쳐드는 무거운 검격을 어찌어찌 받아넘기면서 안젤린은 생각했다. 내가 아빠를 화나게 만들어버린 걸까? 아빠는 나를 정말로 미워하는 걸까?

아니다.

벨그리프의 검은 격렬하다. 그러나 어딘가 서글프다.

아빠는 화를 내는 게 아니라 슬퍼하는 거야. 내가 한심해서.

쿵, 강렬한 일격이 검과 함께 안젤린을 후방으로 튕겨서 날려 보냈다.

줄곧 무시무시한 기세로 검을 휘둘렀던 벨그리프는 잠시 움직임을 멈췄다. 익숙지 않은 움직임을 감행한 탓에 호흡도 거칠어졌다. 크게 숨을 내뱉어서 호흡을 가다듬고는 자세를 바로 했다.

튕겨서 날려 간 안젤린은 천천히 고개를 들어 올리더니 마치 온몸의 힘을 빼낸 것처럼 축 팔을 늘어뜨렸다.

벨그리프는 눈에 힘을 주었다. 언뜻 보기에는 빈틈이 가득하건마는 한 걸음 내디디면 눈 깜짝할 틈에 베여 쓰러질 것 같은 그런 투기를 발출하고 있다.

오싹, 벨그리프는 몸을 떨었다. 강자에 대한 흥분인가, 공포에서 비롯된 감정인가. 그것은 분명하지 않았다.

어쨌든 떨림이 오는 동시에 안젤린은 움직였다. 마치 유령과 같은 발놀림으로 미끄러지듯 다가든다. 움직임을 전혀 읽을 수 없었다.

그럼에도 타앗, 검을 휘둘렀다. 발 내딛는 기세를 온전하게 써서 위력을 살린 일격이다.

그러나 안젤린은 무난하게 쓱 피했다. 아니, 피했다기보다는 흡사 처음부터 안젤린이 없는 곳에 검이 휘둘러지는 듯 보였다.

당했구나.

벨그리프는 패배를 직감했다. 자신은 이미 검을 내리 휘둘러서 빈틈이 가득하다. 반면에 안젤린은 이미 품속까지 파고들었다. 이런 움직임이 가능한 줄은 몰랐다. 이만하면 안심할 수 있겠군. 스승으로서 무엇을 더 바라랴.

그러나 강렬한 일격을 예상한 채 바짝 몸을 굳혔던 벨그리프의 가슴팍에 뭔가 부드러운 감촉이 세차게 뛰어들었다. 너무나 예상 밖이었던 터라 벨그리프도 기세에 밀려 등부터 바닥에 쓰러졌다.

"……안제?"

검은 집어 던지고 벨그리프의 가슴에 얼굴을 파묻은 안젤린은 아무 말 없이 작게 떨고 있었다. 그 모습을 보고 벨그리프는 온몸을 감싼 긴장감이 빠져나감을 느꼈다. 비록 일격을 얻어맞지는 않았지만, 자신이 패배했음은 이해할 수 있었다.

벨그리프는 안젤린의 머리에 손을 얹고 다정하게 쓰다듬어줬다.

"……잘했다. 역시 아빠 딸이야."

그러나 안젤린은 새빨갛게 화난 얼굴을 들어 올리더니 벨그리프를 쏘아봤다. 눈은 눈물로 축축하게 젖었다.

"……사과해."

"……음?"

"못된 말 했던 거 사과해! 딸로 여기지 않겠다는 말 절대로 하지마! 그런 거 싫단 말이야! 나는 누가 뭐래도! 앞으로도 쭉 아빠 딸인걸!!"

그렇게 쏘아붙이고 안젤린은 벨그리프의 가슴에 얼굴을 꾹 누른 채 엉엉 흐느꼈다. 벨그리프는 당황해서 안젤린을 쓰다듬어줬다.

"미안해, 미안하다. 아빠가, 너의 진짜 실력을 보고 싶어서 그만……."

"싫어! 용서 못 해! 용서받고 싶으면 안아줘! 꽉 안아줘!"

안젤린은 여전히 화난 모습으로 벨그리프의 등에 팔을 둘러서 꽉 끌어안았다.

혹시 딸의 뭔가를 악화시키기만 하고 끝난 게 아닌가 염려된다. 그래도 방금 전 대결 때 움직임은 벨그리프가 보기에도 분명 훌륭했다. 그런 기량이 있다면 다소 어리광을 부린들 어쩔 수 없다고 생각을 고쳐먹고 마주 꼭 안아서 쓰다듬어줬다. 역시나 벨그리프도 결국 딸에게는 팔불출이었다.

흐느껴 우는 안젤린을 달래고자 안아서 쓰다듬어주는 벨그리프를 보고 아넷사와 밀리엄은 안도해서 가슴을 쓸어내렸다.

"다행이다……. 잠깐 정말로 어떻게 되는 줄 알았어……."

"그러게 말야……. 그나저나 역시 저 둘은 사이좋은 게 잘 어울리네."

밀리엄은 쿡쿡 웃었다. 아넷사도 고개를 끄덕거린다. 그리고 두 사람은 벨그리프의 무시무시한 기백을 떠올리며 전율하고는 확실히 벨그리프는『적귀』가 맞다고 전적으로 납득하고 말았다.

18 모처럼 봄맞이 축제를 맞이했건마는

모처럼 봄맞이 축제를 맞이했건마는 벨그리프는 온몸의 통증 때문에 얼굴을 찡그렸다. 어제 안젤린과 대결하면서 평소에는 취한 적 없는 움직임을 감행하기도 했고, 전력을 넘어서는 무리한 힘을 쏟아부은 탓도 있다. 몸을 움직일 때마다 뿍뿍 삐걱거리는 기분이다. 근육통 같기도 하고 관절염 같기도 하다.

그렇지만 고생을 감수할 만한 의미는 있었다. 안젤린은 자신이 아는 이상의 움직임이 가능하다는 사실을 알게 된 것은 다행이다. 자신 따위에게 이겼다고 절대 안전하다는 말은 당연히 못 하겠다만, 적어도 훤히 들여다보이는 빈틈이 있는 움직임이 전부는 아님을 겪고 알게 된 만큼 벨그리프는 안심할 수 있었다.

그러나 부녀 간의 인연을 끊겠다 작전은 그 반동도 어마어마한 터라 어제의 대결 이후 안젤린이 찰싹 달라붙어서 떨어지질 않는다. 볼을 뿔룩 내민 채 줄곧 언짢은 기색으로 벨그리프를 안고 다녔다. 이제는 좀 불편한 터라 떼어 놓으려고 하면「그르르」소리 높여서 위협하는 통에 손댈 수가 없었다.

"……안제."

"……왜."

"으음……. 아빠가 잘못했다. 그러니까 이제는 좀 놓아주면 안 될까?"

"안 돼……. 아직 용서 안 했어."

결국 안젤린을 등에 찰싹 붙인 채 봄맞이 축제에 나가야 했고, 그 모습을 본 마을 주민들은 너털웃음을 터뜨렸다.

케리가 웃음 지으며 벨그리프의 어깨를 쿡쿡 찌른다.

"와하하핫, 이봐, 벨! 꽤나 큼지막한 아기군!"

"하하, 사연이 좀……. 안제, 다들 웃잖니. 이제 내려오면 안 될까?"

"싫어!"

안젤린이 더욱더 꽉 힘을 넣어서 안겨 들기에 벨그리프는 포기하고 씁쓸하게 웃었다.

가을 수확제와 달리 마을 주민들의 조그만 축제인지라 예배는 교회에서 올린다. 모리스 신부가 기도의 말을 낭송하여 바치자 마을 주민들은 눈을 감고 손을 맞잡았다.

자연의 혹독함을 알고 있는 사람들은 신기하게도 경건하다. 톨네라의 사람들도 그 사례에서 벗어나지 않는다. 하지만 이 주변은 제국이나 공국의 수도와 달리 자연에 대한 토착 정령 신앙 비슷한 관습과 뷔에나 교가 함께 뒤섞여 있는 신앙을 갖고 있는 사람이 대부분이다. 주신 뷔에나를 공경하며 자연의 정령에게도 감사의 뜻을 바친다. 벨그리프도 마찬가지였다.

이제 예배가 끝난 뒤 광장에 나온 주민들은 모두 부어라 마셔라

야단법석이다. 유랑민들처럼 능숙하지는 않아도 마을 주민 중 솜씨가 좋은 인물들이 악기를 들고 나와서 활기차게 연주를 하고, 젊은 아가씨들이 빙글빙글 신나게 춤을 춘다. 큰 솥에 끓인 스튜와 죽, 말린 머루 및 바위월귤을 넣어 반죽한 달콤한 빵, 장작불로 구운 고기 및 생선을 늘어놓았고 사과주 통을 열었다.

안젤린이 올펜에서 갖고 온 수많은 선물도 이번 기회에 듬뿍 대접하기로 했다. 톨네라에서는 자주 맛볼 수 없는 설탕 과자 및 증류주에 마을 주민들은 기뻐했다. 이제야 집 안이 좀 정리된지라 벨그리프도 마음을 놓았다.

벨그리프는 광장의 한쪽 구석에 자리를 잡고 앉아서 연주와 춤을 구경하며 사과주를 홀짝거렸다. 안젤린도 꼭 껴안고 다니던 팔은 떼어 냈다만, 벨그리프의 옆쪽에 찰싹 다가붙은 채 역시 사과주를 마시고 있다. 그 광경을 본 아넷사와 밀리엄은 뭔가 우습다는 기분이 들어서 쿡쿡 웃었다. 안젤린이 의아한 표정을 짓고 돌아봤다.

"……왜?"

"아니……. 아빠랑 딸이 맞구나 싶어서. 그렇지? 미리."

"응. 사이가 참 좋아."

"당연하지……. 후후."

안젤린은 빙긋 웃고는 벨그리프에게 꾹꾹 체중을 실었다. 몸의 통증에 박차가 가해지는 터라 벨그리프는 얼굴을 찌푸렸다.

"……안제, 너무 힘줘서 기대면 아프다만."

"안 돼. 가만히 있어."

"으음……."

벨그리프는 포기하고 떨떠름한 얼굴로 턱수염을 만지작거렸다.

여기저기에서 담소를 나누고 기운 넘칠 뿐 음정은 안 맞는 노래에 웃음소리가 터져 나온다. 마을의 젊은 청년들이 우물쭈물하며 아넷사와 밀리엄에게 요리를 덜어 주거나 꽃을 선물하고 그러다가 마을 아가씨들에게 타박을 듣는다.

이제 곧 안젤린과 친구들도 올펜에 돌아간다. 세 소녀는 올펜에서도 필요로 하는 인재들이다. 돌아갈 수밖에 없다. 그 사실을 떠올리면 벨그리프는 조금 쓸쓸해졌지만, 딸이 높은 평가를 받아 의지되는 존재라는 사실은 기뻤다. 미련 없이 기분 좋게 배웅해주도록 하자.

그런 생각을 떠올리는 사이에 스스로도 깨닫지 못하는 동안 사과주를 몇 잔인가 비워버렸나 보다. 벨그리프는 살짝 들떠서 좋은 기분에 휩싸였다. 몸이 둔감해졌는지 통증도 별로 버거운 느낌이 아니었다.

내내 언짢은 기색이었던 안젤린도 표정이 완전히 부드러워져서 헤실거리는 눈빛으로 어디라고 할 것 없는 먼 곳을 바라보고 있었다.

그때 호프만이 기분 좋은 모습으로 다가들었다.

"이봐, 벨! 좀 마셨나?"

"그래, 몇 잔 마셨어. 올해도 봄맞이 축제는 좋은 날씨군."

"하핫, 정령과 주신 뷔에나의 은총이지!"

그렇게 말한 뒤 호프만은 벨그리프의 옆쪽에 털썩 앉았다.

"아무튼, 가도 정비의 안건 말인데."

"흠……. 어떻게 됐나?"

벨그리프는 몸을 기울이며 무릎에 팔꿈치를 짚었다.

안젤린이 귀성한 이후 벨그리프는 마을 회의에는 때때로 얼굴을 비출 뿐 제대로 시간을 내서 참석한 적이 없었다. 가끔 들여다볼 때면 거리낌 없이 시끌벅적하게 의견을 주고받고 있었는데, 어쨌든 간에 아주 법석인지라 이야기가 어떻게 흘러가는지도 몰랐다.

호프만은 히쭉 웃더니 손에 든 사과주를 한 모금 마셨다.

"영감님들은 난색을 표했는데 말이야, 어제 드디어 다들 뜻을 굽혀줬다네. 부끄러움 없이 보르도 백작님께 답장을 보낼 수 있겠어."

"그거 잘됐군. 이제 톨네라도 세상살이에 뒤쳐지지 않겠어."

호프만은 목청껏 웃었다. 그리고 품에서 편지를 꺼내 들었다.

"그래서 말인데, 벨. 이 답장을 보르도 백작님께 전해드려야 할 텐데……. 자네가 좀 맡아주겠나?"

"내가 말인가?"

벨그리프는 의아한 얼굴로 사과주를 입에 머금었다. 호프만은 고개를 끄덕거렸다.

"아주 중요한 편지잖은가. 믿을 만한 녀석에게 맡기고 싶어. 자네라면 실력도 좋고, 게다가 보르도 백작님께서 신뢰하는 인재 아닌가. 편지를 전해드리고 자세하게 나눌 이야기가 있다면 듣고 와주게."

"……그런 건 촌장이 맡아서 할 일 아닌가?"

벨그리프가 심술궂게 웃자 호프만의 표정이 부루퉁해졌다.

"내 예절이 이상하다니까 자네에게 부탁하는 게 아닌가."

"거참, 삐치지 말게. 알겠다니까."

웃으며 사과주를 마시는데 옆쪽에 앉아 대화를 듣고 있었던 안젤린이 쏙 몸을 내밀었다.

"……언제 갈 거야?"

"응? 그렇군……. 언제쯤 가야 하나?"

"음, 글쎄, 빠를수록 좋기는 한데……."

그 말을 듣고 안젤린은 눈을 반짝거리며 벨그리프의 팔을 부둥켜안았다.

"그럼 있잖아……. 우리가 올펜에 갈 때 같이 출발하자, 아빠!"

"흠……. 그렇군. 그런 방법도 있었어."

확실히 안젤린과 친구들도 이제 곧 올펜에 돌아가야 한다. 그때 마차를 달려서 함께 간다면 시간도 단축할 수 있을 것이다. 무엇보다 함께 지낼 수 있는 시간이 늘어난다. 안젤린의 입장에서는 벨그리프와 함께 여행할 수 있다니 정말이지 최고다.

벨그리프는 술잔에 남은 사과주를 다 마시고 고개를 끄덕였다.

"그렇게 하자꾸나. 안제와 친구들이 나를 좀 지켜다오."

"만세……! 언제 출발할 거야?!"

"빠를수록 좋다면 내일이라도 괜찮다만……. 안제, 너는 조금 더 톨네라에서 지내고 싶지는 않니?"

"아니야, 아빠랑 여행할 수 있다면 상관없어……. 내일 출발하자!"

안젤린은 희색을 띠고 일어서서 마을 젊은이들을 상대하고 있는 아넷사와 밀리엄에게 말을 건넸다.

"내일 올펜으로 돌아갈 거야! 아빠도 같이!"

"응? 벨 아저씨도?"

"와아, 벨 아저씨, 복귀하시는 거예요?!"

둘은 흥분한 모습으로 가까이 달려왔다. 벨그리프는 허둥지둥 손을 저었다.

"아니, 아니야. 다른 용건이란다. 나는 보르도에 볼일이 있단다."

"아…… 그렇군요, 유감……."

"엥, 벨 아저씨랑 모험하기를 기대했는데."

아넷사는 유감스럽게 볼을 긁적이고 밀리엄은 불만스럽게 볼을 뿔룩 내민다. 어느 틈인가 꽤나 친근한 관계가 되었음을 깨닫고 벨그리프는 쓴웃음 지으며 턱수염을 어루만졌다. 조금 쑥스러워도 썩 나쁜 기분은 아니었다.

어쨌든 간에 출발이 결정된 이상 준비를 갖춰야 한다. 아직 봄맞이 축제는 한창 흥겨운 무렵이지만, 벨그리프는 딸과 친구들을 데리고 집에 돌아가서 짐을 꾸렸다. 지금 미리 준비를 마치고 밤의 등롱 흘려보내기에 참석하고 싶었다.

보르도까지 갔다가 돌아오려면 1주일 가깝게 집을 비워야 하니까 청소도 해 뒀다. 부재중 쥐가 여기저기 갉아 먹지 않아야 할 텐데, 그렇게 벨그리프는 귀중품을 튼튼한 상자에 잘 보관했다.

그러나 몸의 통증 때문일까, 평소처럼 민첩하게 움직일 수가 없어서 준비에 제법 시간이 걸려버렸다. 애를 먹으며 간신히 준비를 마친 무렵에는 해가 기울어졌고 주위도 꽤 어두워졌다. 다 같이 광장에 돌아왔을 때는 마을 주민들이 화톳불을 피워 놓은 채 집집에서 종이 등롱을 들고 나와서 모이고 있는 참이었다.

"오, 왔는가!"

케리가 웃으면서 맞이해줬다.

"안 늦게 왔군. 딱 출발하려는 참이야."

"하하, 다행이군."

줄줄이 늘어서서 강으로 이동한다. 흔들흔들 타오르는 화톳불이 여기저기에 불규칙적인 그림자를 뻗어 내거나 잡아끌면서 일렁이고 있다. 해가 막 떨어진 참인지라 희뿌연 색을 띤 서쪽 하늘에 유난히 또렷하게 산의 능선이 떠올랐다. 그러나 하늘 높은 쪽으론 갈수록 어두워지며 별이 반짝반짝 빛났다.

눈석임물이 흐르고 있는 까닭에 강의 수량은 상당하다. 쏴아쏴아, 소리를 내며 세차게 흘러간다. 강가에는 아직 얼음이 남아 있어서 조심하지 않으면 미끄러질 것 같았다.

신부가 축사를 읊고 등롱을 흘려보냈다. 수많은 주홍색 빛이 흐르는 강에 올랐다가 이윽고 물속으로 잠겨 사라져버린다. 그런 가운데 등화초의 불빛만은 물속에서도 한동안 희미하게 빛을 발했다.

아넷사가 호호, 하얀 숨결을 뱉었다.

"……뭐랄까, 참 신기한 기분이야."

“뭐가~?”

“되게 고요해서. 음, 올펜은 축제 때 항상 떠들썩하잖아? 이런 고요한 축제는 익숙하지 않달까, 뭐라고 해야 하나…….”

“아, 하긴 그렇네. 교회 예배도 좀 달라.”

벨그리프가 쿡쿡 웃었다.

“광장에 돌아가면 또 연회를 벌인단다. 가만히 선조의 영을 강물에 흘려보내고 그다음은 밝게 떠들며 배웅하는 거지.”

“와, 재밌네요. 좋은 곳이군요, 톨네라.”

“하하, 그렇게 말해주니까 기쁘구나. 뭐, 우리는 내일 출발해야 하니까 곧장 집으로 돌아가야겠지만. 안제, 가자.”

“응!”

흘러가는 불빛을 지켜보던 안젤린은 벨그리프가 이름을 부르자 고개 돌렸다.

네 사람은 집에 돌아와서 파묻어 놓은 난로의 불을 다시 살렸다. 그리고 벨그리프는 호프만에게 확인할 게 있다며 외출했다. 함께 여행을 떠날 수 있다는 말에 기분이 좋아진 안젤린은 따라가겠다고 조르지 않았고, 집에 남은 소녀 세 명은 몸을 닦은 뒤 난로 앞에서 멍하니 앉아 있었다. 주간의 연회에서 줄곧 내키는 대로 이것저것 집어 먹었던 터라 배는 조금도 고프지 않다.

밀리엄이 불쑥 중얼거렸다.

“후유……. 뭔가 눈 깜짝할 사이였어…….”

“응. 2주는 지냈는데도 뭔가 엄청나게 빨랐단 느낌이야.”

그렇게 말한 뒤 아넷사는 끌어안은 무릎에 턱을 톡 얹고는 탄식했다.

“어쩐담……. 너무 편안하게 지내서 본래 생활로 돌아갈 수 있을까 불안해…….”

“와아~ 맞아. 감이 돌아오려냥……. 안제랑 벨 아저씨가 훈련할 때 같이 참가는 했지만 말이야.”

“뭐, 우리는 전위가 아니니까……. 응, 어쨌든 괜찮을 거야. 아마도.”

“맞아, 맞아. 상쾌하게 재충전한 만큼 파워 업 끝났을 거야. 안제도 호되게 당했겠다, 올펜에 돌아가면 파워 업일까~?”

침상에 위쪽을 보고 누워 있는 안젤린의 옆구리를 밀리엄이 손가락으로 쿡쿡 찔렀다. 안젤린은 「에잇」 소리 내면서 몸을 비틀었다.

“……나는 원래 절대로 방심하지 않아. 아빠가 특별한 거야.”

“애 봐라, 그런 소리 늘어놓으면 또 벨 아저씨한테 혼날걸.”

“흐흥~ 부모 자식의 연을 끊는 거 아냐~? 그러면 내가 벨 아저씨한테 아빠가 되어달라고 말해야지~.”

“뭐랏……! 용서 안 한다, 미리!”

“꺄~.”

안젤린은 밀리엄에게 달려들어서 간질였다. 두 사람은 깔깔 웃으며 장난친다. 난로 가까운 곳이라 아넷사가 조마조마한 표정으로, 그러나 어떻게 해야 알 수 없어서 몸을 좌우로 움직이며 장난치는 두 사람을 보고 있다.

올펜에서 매일 마수를 쓰러뜨리는 생활과 톨네라에서 보냈던 지난 2주 간의 생활은 전혀 달랐다. 이렇듯 S랭크 모험가 파티도 완전히 마음이 풀어지고 말았다.

올펜의 휴일은 자극이 있고 눈이 핑핑 돌아가서 분명히 즐겁지만, 이렇게 몸에 휴식을 줄 수 있는 느낌은 아니었다. 그랬건만 지난 2주 안팎은 어떤 번거로움도 없이 매일매일 한가롭게 일을 했고, 혼잡함과는 거리가 먼 산과 들판을 돌아다녔고, 밤에는 난로 앞에서 웃고 이야기를 나눴다. 그런 편안함이 뿌리가 내려서 막상 돌아갈 때가 온 지금은 마음이 이래저래 복잡했다.

그때 벨그리프가 돌아왔는지 똑똑, 문 두드리는 소리가 났다. 분명 밀리엄과 장난치면서 놀고 있었던 안젤린이 눈 깜짝할 틈에 달려가서 문을 열어준다. 바깥 공기가 휭, 들어오면서 난로와 램프 및 촛불을 흔들거렸다.

벨그리프는 외투를 벗어 벽면에 걸어 두다가 몸이 아파서 얼굴을 찌푸리고는 추위로 딱딱하게 굳은 목을 뚝뚝, 소리가 나게 꺾었다.

"이런 참, 밤은 아직도 제법 싸늘하군……. 얘들아, 춥지는 않니?"

"괜찮아요~."

"처음에 막 왔을 때보다는 많이 따뜻해진걸요. 그냥 익숙해진 건지도 모르겠지만요."

"그래, 다행이구나. 그나저나, 겨우 익숙해졌는데 돌아가기도 좀 아쉬운가?"

벨그리프는 가만히 말하며 웃고 장작을 들어 난롯불을 지폈다. 안젤린이 등에 달라붙는다.

"아빠……. 내일은 언제 출발하는 거야?"

"침상을 정리하고, 아침 식사를 먹고……. 점심 전에는 떠나야겠지. 아니면 야숙을 해야 하니까."

"응! 알았어!"

안젤린은 헤살헤살 웃으며 벨그리프의 머리카락에 입가를 파묻었다. 함께 바깥에 나간다는 것이 기뻐서 못 견디겠다는 모습이다.

벨그리프는 쓴웃음 짓고는 신발을 벗고 침상의 모포 위쪽에 걸터앉았다. 그러고는 주의 깊게 오른쪽 의족을 떼어 헝겊으로 정성들여서 닦고 옆쪽에 놓았다.

문득 모두가 다 입을 다물고 조용해졌다. 바깥에서 바람이 불어 문이 덜컹덜컹 흔들린다. 방금 전 넣은 장작에 불이 옮겨붙어 타오르면서 깜박깜박 일렁거렸다. 온통 조용해지면 대수롭지 않은 조그만 소리도 몹시 커다랗게 들린다.

밀리엄은 살짝 흔들거리며 꾸벅꾸벅 어디라고 할 것 없이 시선이 움직거리고, 벨그리프의 등에 달라붙어 있는 안젤린도 눈을 쓱 절반쯤 감은 채 겉잠이 들었다.

딱, 나무가 터져 나가며 불붙은 숯이 난로의 바깥쪽으로 굴러 나왔다. 벨그리프는 아무렇지도 않게 그것을 손으로 잡아 난로에 던져 넣었다.

"앗, 안 뜨거우세요?"

“응? 아, 숯 말이구나? 오래도록 농사일이며 검 수련이며 하다 보니까 손 가죽이 두꺼워졌거든. 그야 내내 쥐고 있으면 뜨겁지만, 잠깐 집어서 던지는 정도라면야 괜찮단다.”

그렇게 말한 뒤 벨그리프는 아넷사에게 손바닥을 보여줬다. 확실히 울퉁불퉁 딱딱하고 두껍다. 아넷사는 무심코 만져보려고 손을 뻗다가 깜짝 놀라서 얼굴을 들어 올렸다.

“저기요……. 만져봐도 돼요?”

“그래, 괜찮다.”

살며시 만져봤다. 뭐라 표현할 수 없는 감촉이다. 물집이 터져 딱딱하게 굳은 곳도 많고 사이에 먼지나 흙이 파고들어서 떼어 낼 수 없는 부분도 있었다. 그러나 싫단 느낌은 안 든다. 뭔가 벨그리프가 살아온 증거이고 흔적처럼 느껴졌다. 그런 까닭에 아직 자신이 한참 애송이 같다는 기분이 느껴져서 아넷사는 어쩐지 부끄러워졌다.

“……대단하네요. 이렇게 될 때까지 이것저것 노력하셨군요.”

“뭐, 단지 우직했다는 증거 아니겠니. 다른 방법을 몰랐던 거야.”

벨그리프는 쿡쿡 웃고는 손을 뻗어서 난로에 걸어 둔 주전자를 들고 잔에다가 데운 물을 따랐다.

“자, 톨네라의 바깥에 나가는 게 아주 오랜만이거든……. 아저씨를 잘 데리고 다녀주시길, 모험가님.”

벨그리프는 익살스럽게 말하고 데운 물을 홀짝였다. 아넷사도 쿡쿡 웃었다.

꾸벅꾸벅 졸던 안젤린이 퍼뜩 눈을 뜨더니 굼실굼실 움직여 다시 벨그리프에게 안겨 들었다.

"졸려……."

"음, 내일 출발이니까 이만 자자꾸나……. 밀리엄은 벌써 잠들었고."

"아, 정말이네……."

아넷사도 못 알아차리는 동안 밀리엄은 이미 침상에 똑바로 누워 새근새근 잠들어 있었다.

벨그리프는 안젤린을 침상에 눕혀주고 일어서서 램프를 껐다. 그러고는 촛불도 불어서 껐다. 난로의 불빛만 남았고 천장 구석 및 벽면은 온통 캄캄한 어둠에 감싸였다.

모포를 덮고 드러눕는다. 아넷사도 아직 잠들지 않았다 뿐 제법 졸렸는지 잠시 후에는 곧 새근새근 숨소리가 들려왔다.

벨그리프는 눈만 감은 채 가만히 있었다. 옆쪽에 있는 안젤린의 호흡 소리와 때때로 난로의 장작이 터져 나가는 소리가 들린다. 이런 형태로 톨네라의 바깥에 나가게 될 줄은 생각하지 못했다만, 어쨌든 제법 재미있게 되었다. 딸과 함께하는 여행도 꽤 멋지지 않은가. 이러니저러니 해도 안젤린이 올펜으로 가버린다면 벨그리프도 많이 섭섭하다. 조금이라도 더 함께 지낼 수 있다면 기쁜 일이었다.

다만 자신이 톨네라를 떠난 동안에 마수 따위의 대책은 어찌하나 싶었다. 그러나 방금 외출했을 때 몇 마디 말하자 호프만은 웃어넘겼다. 곧이어 설명하기를 벨그리프가 검을 가르쳤던 젊은이들 중에도 제법 실력을 갖춘 녀석이 있으니까 안심하라던가. 또한 벨그리프 한 명이 부재중이라고 어떻게 될 곳이었다면 애당초 톨네라 따위 존재할 수도 없었다는 말까지 덧붙였다.

그 말은 확실히 맞을 수도 있겠다. 자신이 너무 과하게 걱정했달까, 자만했달까. 조금 부끄러운 기분이었다.

어쨌든 간에 수면을 취하는 게 좋겠다. 그러나 나잇값도 못 하고 고양된 까닭일까, 좀처럼 잠이 오지 않았다. 가만히 누워 있자니 몸의 통증도 자꾸 신경 쓰여서 못 배기겠다. 이토록 시달릴 줄은 몰랐다. 어지간히도 어제의 움직임이 과도한 부담이었구나 느꼈다.

양이라도 헤아려볼까 고민하던 때에 옆에서 잠들어 있는 줄 알았던 안젤린이 작게 말했다.

"아빠……. 자?"

벨그리프는 눈을 감은 채 조그맣게 답했다.

"아니……. 아직 안 잔다."

"에헤헤……. 왠지 잠이 안 와……. 아까는 막 졸렸는데."

"그랬구나……. 아빠도 마찬가지야."

"있잖아……. 이대로 올펜에 가지 않을래? 나, 돈은 잔뜩 벌 수 있고……. 집도 넓은 곳 빌리면 둘이서 살 수 있는데……."

벨그리프는 잠시 아무런 말 않고 눈을 감고 있었지만, 이윽고 천천히 손을 뻗어서 안젤린의 머리를 쓰다듬었다.

"기특한 말을 다 하는구나."

"……와주는 거야?"

긍정으로 받아들였을까, 희색을 띠는 안젤린을 제지하고 벨그리프는 계속 말했다.

"그런데 말이지……. 그렇게 하면 더 이상 톨네라에 올 일은 없어질 거야."

"으음……. 그렇기는…… 한데……."

"아빠는 말이다……. 이곳이 고향이라고 생각하거든. 아빠한테도, 안제한테도……. 물론 안제의 마음은 기쁘단다. 그래도 있잖니, 아빠는 안제가 돌아올 장소로 이곳을 지켜 나가고 싶어. 안제는 톨네라를 좋아하잖니?"

"응……. 좋아해."

안젤린은 굼실굼실 모포 속을 움직여 와서 벨그리프에게 꼭 안겨 들었다.

"알았어……. 그래도 보르도까지는 같이 갈 거야!"

"그래, 그러자꾸나……. 그러니까 어서 자거라."

"응……. 안녕히 주무세요, 아빠."

"잘 자렴, 안제."

밤은 천천히 깊어져 간다.

19 다음 날 아침도 동트기 전에

다음 날 아침도 동트기 전에 일어나서 또 마을 주변을 걸어 돌아다녔다.

안젤린은 이번이 마지막이라고 잔뜩 기운을 내서 마음에 드는 언덕 위까지 올라 해돋이와 마을을 바라봤다. 내뱉는 숨결은 아직 하얗지만, 언덕에서 보는 풍경은 눈에 띄게 녹음이 짙어졌다.

집에 돌아와서 가볍게 아침 식사를 먹은 뒤 침상의 모포를 개었고, 밀짚은 헛간으로 옮겨 놓았다. 바닥을 깔끔하게 쓸어서 치우고, 난로에 불씨는 없나 확인했다. 거의 매일같이 쭉 불을 피워 놓았던 난로에서 불씨가 사라지는 것은 오랜만이다.

그러고는 짐칸에 이것저것 짐을 싣는다. 그렇다 해도 톨네라에 왔을 때처럼 짐이 많지는 않다. 톨네라에서 올펜에 갖고 갈 만한 선물은 그리 많지 않아서다.

대강 준비를 마치고 나서 벨그리프는 마지막으로 집 안을 쭉 둘러보면서 잊어버린 물건, 깜빡한 할 일은 없나 확인했다. 아마도 괜찮겠다.

"……오래도록 이 집을 비우는 것도 오랜만이군."

벨그리프는 집의 기둥을 어루만졌다.

“며칠 좀 나갔다가 오마. 잘 기다려주렴.”

끼익, 작게 집울림 소리가 났다. 벨그리프는 씩 웃고는 기둥을 톡 두드린 다음 바깥으로 나갔다. 아침에는 없었던 엷은 구름이 끼어 있었다. 북쪽 하늘에는 더 두꺼운 구름이 넘어오고 있는 듯 왠지 모르게 싸늘한 바람이 불어, 최근의 따뜻한 봄기운도 수그러들었다는 느낌이다.

마당으로 나와서 보니 배웅을 나온 녀석들이 이래저래 말을 붙이고 있다.

젊은 청년들은 도시 아가씨들이 돌아가 버린다는 것이 유감스러운 듯 절망적인 표정을 지은 채 뭔가 이래저래 말을 늘어놓고 있다. 아넷사는 쓴웃음을 지은 채 머리를 긁고, 밀리엄은 깔깔 웃고 있었다. 상대를 하지 않으려는 듯싶다.

아버지에게 찰싹 달라붙어 다닌다는 사실이 온 마을에 전부 알려져 있는 안젤린에게 말을 붙이는 남자는 없다. 그러나 안젤린도 박한 대접은 전혀 신경 쓰지 않은 채 남자들 때문에 난처해하는 아넷사와 밀리엄을 짐칸 위에서 히죽히죽하며 바라보고 있었다.

이러다가 신부로 데려갈 녀석이 안 나타나면 어쩌나, 벨그리프는 살짝 불안해졌다.

케리가 웃으며 벨그리프의 어깨를 두드렸다.

“자네도 참 바쁜 사람이군, 벨!”

“하하, 뭔가 일이 묘하게 돌아가는군.”

“조심해서 다녀오라고. 밭은 돌봐줄 테니까 걱정 말고.”

"그래, 신세 지겠네. 고마워."

벨그리프는 빙긋 웃고는 케리의 어깨를 두드린 뒤 짐마차에 천천히 올라탔다. 통증이 아직 남아 있어서 그리 재빨리 움직일 수는 없었다.

짐칸에는 짐이 별달리 많지 않아서 괜히 넓기만 했다. 안젤린이 부리나케 다가들었다.

"아빠, 준비 다 됐어?"

"음, 가자꾸나."

"좋아, 출발이다!"

"그래그래, 갑니다."

아넷사가 고삐를 움직이자 말이 천천히 걸음을 뗐고, 짐마차가 삐걱삐걱 앞으로 나아갔다. 벨그리프는 짐칸에서 몸을 내밀어 케리에게 말했다.

"그럼 다녀오지. 나 없는 동안은 잘 부탁하세."

"그래, 느긋하게 즐기고 오게!"

"……놀러 가는 게 아니잖나, 이 친구야."

벨그리프는 쓴웃음 짓고 뺨을 긁적였다.

마차는 마을을 나와 바깥쪽 평원을 달려서 차츰 산길에 들어섰다. 길이 험한지라 딱딱한 마차 바퀴가 돌을 밟을 때마다 덜컹덜컹 흔들린다. 그러나 올 때보다 짐이 한결 적은 덕택인가 속도는 빠른 듯하다.

경사가 급해지는 곳은 짐칸에서 내린 뒤 뒤쪽을 밀어줬다. 말도 생물이다. 과한 부담을 떠안기면 못 움직이게 된다. 이 길이 머지않아서 정비되면 마차도 더욱 다니기 쉬워질 테지. 그렇게 벨그리프는 생각했다.

톨네라에서 멀어짐에 따라 구름이 엷어지고, 주위에 온통 화창한 기운이 들어찼다. 북쪽에서 넘어오고 있는 구름은 이쪽까지 쫓아오지는 않을 듯싶다.

짐칸 뒤편에 몸을 기대고 앉았다. 급조 덮개가 그늘을 만들어준다.

아넷사는 마부석에서 등을 보인 채 고삐를 쥐고 있고, 안젤린과 밀리엄은 벨그리프를 사이에 두고 앉아서 아까 전부터 줄곧 턱수염을 만지작거렸다. 자기에게는 없어서 괜히 더 신기한지도 모르겠다. 그러나 간지러운지라 벨그리프는 마음이 편치 않았다.

"수염……. 이쪽은 까칠까칠. 이쪽은 또 수북수북."

"재미있어라~. 벨 아저씨, 혹시 수염도 손질을 하시나요?"

"뭐, 특별히 신경을 쓰진 않는다만……. 그나저나 얘들아, 좀 간지럽다만."

그리 말해도 두 사람은 쿡쿡 웃을 뿐 멈추지를 않는다. 뭐랄까, 딸이 늘어난 기분이라 벨그리프는 가볍게 탄식했다.

말은 느릿하게 걷고 있다만, 그럼에도 도보로 하는 이동보다는 당연히 속도가 빠르다. 이렇게 쭉 가면 일몰 전, 혹은 비슷한 시간에는 로디나 마을까지 당도할 수 있겠다.

로디나는 톨네라와 가장 가까운 곳에 위치하는 마을이다. 마을치고는 별로 큰 규모는 아니지만, 주위에 도토리 숲이 있고 돼지

목축이 활발한 덕에 훈제 고기 및 소시지, 돼지기름 등의 품질이 높다. 톨네라는 로디나에서 앞서 언급된 물품을 사고, 양모나 농산물 및 염소 가죽 따위를 판매한다. 그러한 거래 관계의 만남 말고도 가을 수확제 때는 로디나에서도 손님이 오는 등 그런대로 교류는 있다.

그러나 벨그리프 자신은 일찍이 모험가가 되기 위하여 올펜으로 떠날 때, 모험가를 그만두고 톨네라로 돌아오는 도중 두 번을 들렀던 경험이 전부였다.

이렇게 생각하면 자신은 제법 오래도록 마을 바깥에 나간 적이 없었음을 새삼 깨닫는다. 톨네라의 주변 사정이라면 지긋지긋하게 걸어 다녔던 만큼 잘 알고 있다만, 이 산길을 넘어가는 저편의 상황은 전혀 알지 못한다. 옛 기억도 애매모호했다. 그러니까 신선한 기분이 들어 나잇값도 못하고 자꾸 마음이 들떠 오른다.

점점 태양은 서편으로 기울었고 그림자가 길어진다. 초봄의 따스함은 느껴져도 바람이 불면 부르르 몸이 떨린다. 오늘은 북풍인가 보다.

비록 아래에 천을 깔아 뒀다지만, 같은 자세로 줄곧 앉아 있으면 엉덩이가 아픈 법인지라 벨그리프는 거듭 자세를 바꾸고는 했다. 소녀 셋은 익숙하다는 표정을 짓고 있었다. 아주 안 아픈 것은 아닌지 때대로 자세를 바꾸거나 몸을 움직이기는 해도 벨그리프보다 훨씬 빈도가 적다. 심지어 아넷사는 줄곧 마부석에 앉은 채 꿈쩍도 않고 고삐를 쥐고 있었다. 현역 모험가와 격의 차이를 실감하게 된 기분이 들어 벨그리프는 씁쓸하게 웃었다.

이런 식으로 마차에 앉아 이동하는 것도 오랜만이다. 기껏해야 밀이나 감자의 수확 시기에 짐칸에 실은 짐을 헛간으로 운반할 때 정도나 탔던가.

"다들 여행이 아주 익숙하구나. 정말 대단해."

벨그리프가 말하자 안젤린이 자랑스럽다는 표정을 지었다.

"굉장하지……? 기특해?"

"그럼, 기특하고말고."

안젤린은 만족스럽게 흠흠 웃고는 벨그리프에게 바짝 붙어서 살며시 눈을 치뜨고 올려다봤다. 그러고는 여봐란듯이 머리를 어깨에 꾹꾹 비비적거린다. 벨그리프가 쓰다듬어주자 만족했다는 듯이 헤실헤실 웃었다.

안젤린의 응석 부리는 버릇이 전혀 나아지지 않았다는 데 쓴웃음을 짓고 있을 때 반대쪽에서도 무게가 느껴졌다. 밀리엄이 부럽다는 표정을 지은 채 벨그리프에게 몸을 기대고 있다. 아까는 쓰고 있었던 모자를 벗어서 손에 들고 안젤린과 마찬가지로 머리를 어깨에 비비적댔다.

"안제만 귀여워해주고 치사해요~. 벨 아저씨, 저도 기특하잖아요~? 쓰다듬어주세요."

"음, 뭐, 상관없다만……."

쓰다듬는다고 왜 기쁜가 하는 생각이 든다. 그러나 딱히 쓰다듬어주지 않을 이유도 없다. 벨그리프가 쓰다듬어주자 밀리엄도 만족스럽게 웃었다.

"벨 아저씨, 손이 커요~."

"그런가? 그나저나 귀가 참 근사하구나. 바람을 받으면 추울 것 같다만……."

벨그리프가 말하자 밀리엄은 웃음을 터뜨렸다.

"훗, 후후후! 그게요, 전혀 안 춥답니다. 자요, 만져보세요. 털이 자라나서 복슬복슬하거든요~."

"……정말이구나."

오호라, 길지는 않아도 가늘고 부드러운 털이 표면을 빈틈없이 덮고 있고 감촉이 무척 좋다. 질 좋은 모피 같았다. 이 정도면 바람이 쌀쌀하지는 않을 테고 추위에도 강하겠구나. 그러나 뒤늦게나마 자신이 꽤나 엉뚱한 소리를 늘어놓았다는 생각이 들어 벨그리프는 살짝 부끄러워졌다.

"이런, 내가 괜히 참견쟁이 짓을 했었구나……."

"아뇨, 아녜요! 걱정해주셔서 아주~ 기뻤는걸요. 우후후."

밀리엄은 히쭉히쭉 웃으며 벨그리프에게 다가붙었다. 그때 손가락이 뻗어 오더니 볼따구니를 콕 찔러 밀었다. 안젤린이 언짢은 표정으로 손을 내뻗고 있었다.

"미리……. 자꾸 아빠한테 추근추근하지 마."

"엥, 뭐 어때서. 독차지는 치사하잖니."

"안 돼……. 아빠는 울 아빠야."

"치사해! 벨 아저씨~. 아이가 한 명은 더 늘어나도 괜찮지 않을까요~?"

"음……. 무, 무슨 말이니?"

"이 녀석, 아빠한테 그런 소리를 하는 건 반칙이야……. 내 여동생이 되고 싶다면 먼저 나를 이겨보게나."

"잠까안! 내가 더 언니라는 사실을 잊지 마~!"

두 사람은 영문 모를 말다툼을 벌이며 밀치락달치락 뒤얽혀서 실랑이했다. 벨그리프는 허둥지둥 짐칸의 앞쪽으로 도망쳐서 중얼거렸다.

"사이가 좋구나……. 아야야."

그러다가 몸이 또 아파서 얼굴을 찌푸린다. 마부석에서 아넷사가 웃고 있었다.

"아하하, 어쩔 수 없네요. 저 녀석들은……."

"아네, 피곤하지는 않니? 바꿔줄까?"

벨그리프가 묻자 아넷사는 고개 돌려서 빙긋 웃었다.

"아니에요, 원래 좋아하거든요. 이런 일."

"오호……. 동물을 좋아하는구나?"

"그러게요. 뭐, 언제나 덩치 큰 동물이랑 같이 다니는 셈이니까요……. 꽤 익숙하죠."

뒤쪽에서 안젤린과 막 장난치고 있는 밀리엄을 보면서 쓴웃음을 짓는다. 이 세 사람은 정말로 사이가 좋다. 안젤린에게 좋은 친구가 생겨서 정말 잘됐다고 벨그리프도 웃었다.

도중에 휴식 겸 늦은 점심을 먹고, 때때로 말을 쉬게 하면서 쭉

쪽 이동했더니 머지않아 도토리 숲 안쪽에 진입했다.

점점 옅은 어둠이 드리워지니 앞이 잘 보이지 않는다. 그러나 사람들이 오가는 까닭인지 길은 알아볼 수 있었다. 마차 바퀴의 아래에서 마른 도토리가 딱딱 소리를 냈다. 돼지에게 먹히지 않은 열매가 떨어져서 껍질만 남았나 보다. 바람을 타고 돼지 냄새가 전해졌다.

이윽고 해가 푹 저물었을 무렵, 숲의 건너편에 불빛이 살짝 보이는가 싶더니 나무 울타리에 둘러싸여 있는 마을이 보였다.

"도착했군, 로디나다."

"후유, 오래 걸렸네."

저마다 마차에 탄 채 딱딱해진 몸을 쭉 뻗어서 풀어준다. 뚜둑뚜둑 시원한 소리가 났다. 입구에서 자경단 젊은이와 대화 나누자 마을 안쪽으로 들여보내줬다.

변경에 있는 톨네라와 달리 이 주변에는 강도가 나타나는 경우도 있다. 경비는 빈틈없이 이루어지고 있고, 돼지고기를 원하는 상인들의 출입도 빈번한 터라 식당이 딸린 작은 숙소도 있다. 오늘 밤은 그곳에서 묵을 예정이었다.

마차 위에서 마을을 내다보며 벨그리프는 중얼거렸다.

"여기에 오는 것도 오랜만이군……. 전혀 기억이 안 나."

"벨 아저씨는 얼마나 오래 톨네라에서 안 나오셨던 거예요?"

아넷사의 물음에 벨그리프는 쓴웃음을 지은 채 머리를 긁적였다.

"으음……. 벌써 20년은 훌쩍 넘었구나."

"아하하, 대단하세요. 그럼 정말로 오랜만에 나온 여행이네요."
"그렇구나……. 꽤나 신기한 기분이야."
이제 나머지 인생 전부를 톨네라에서 보내리라는 생각만 하고 있었다. 그러나 안젤린이 멋대로 퍼뜨리고 다닌 까닭에 뜬금없이 적귀라고 불리게 되질 않나, 그게 원인이 되어 헬베티카가 톨네라에 왔고, 그러다가 가도 정비의 이야기가 나왔다. 이제는 답변 편지를 가지고 이렇듯 딸과 친구들과 이곳까지 나왔다. 그리고 당분간 여행은 계속된다.
딸이 모험가가 됨으로써 자신도 역시 이렇게 여행을 나오게 될 줄이야. 벨그리프는 뭔가 감개무량했다. 인생이란 참 신기하구나.
숙소는 딱히 부담되게 복작거리지는 않았지만, 그럼에도 상인 및 여행자가 제법 들어와 있었다. 돼지고기를 굽고 있는가 보다. 기름이 타는 향긋한 냄새가 감돌았다.
1층에는 식당 겸 주점이 병설되어 있고 숙박 손님은 거기에서 식사를 먹을 수 있다. 안쪽에는 혼숙용 방이 있고 2층은 개인실이 몇 군데 있는 듯싶다. 손님 대부분은 돈이 궁한 사람인 듯 2층 개인실은 비어 있었지만, 혼숙용 방은 거의 공간이 안 보였다.
벨그리프는 소녀 세 명은 개인실을 빌리도록 하고 자신은 혼숙용 방에서 눈을 붙이려고 했다. 하지만 세 사람의 맹반대에 부딪혔다.
"아빠만 혼자 따돌리라는 거야……? 안 돼!"
"맞아요, 벨 아저씨. 섭섭한 말씀은 마세요~. 그렇지? 아네."

"으, 응…."

"아니, 침대가 하나밖에 없잖니. 네 명이 잠들 순 없단다."

"괜찮아. 아빠를 중심으로 양쪽에 미리랑 아네가 자고, 아빠 위에서 내가 잘 거야."

"……너는 아빠를 쪄 죽일 작정이냐?"

"아녜요, 밤은 춥다고요~. 꼭 붙어서 자면 잠이 잘 올 거예요, 분명히."

"……미리, 내가 침대에 눕고, 거기에 너희가 또 누울 수 있겠니? 정말로?"

"음…… 으음~."

벨그리프의 체구는 듬직하다. 살이 통통하게 붙지는 않았다만, 잘 단련된 몸은 장신이고 당연히 소녀들보다 몸집도 크다. 게다가 침대의 크기도 역시 그리 크지는 않았다. 소녀 세 사람이라면 꼭꼭 끼어서 잠들 수 있겠지만, 벨그리프가 누우면 기껏해야 한 명만 더 누울 수 있겠다.

그때 안젤린이 하늘의 계시를 받았다는 표정으로 대뜸 말했다.

"그렇다면…… 나랑 아빠가 개인실에서 자고, 아네랑 미리가 혼숙 방으로 가면……."

"욘석아."

벨그리프는 안젤린의 머리를 쿡 찔렀다.

"자기 사정만 챙기면 안 되지."

"끙……. 잘못했어요."

입씨름질 끝에 결국 맨 처음 말했던 대로 벨그리프는 혼숙용 방, 소녀 셋은 개인실에서 묵기로 결정됐다. 그 대신 잠들기 직전까지는 함께 있다는 조건이 붙었기에 안젤린이 찰싹 달라붙어서 잠시도 떨어지지 않았다.

1층 식당에서 저녁 식사를 먹고 그대로 술을 약간 마시면서 이야기를 했다. 아버지와 여행을 나왔다는 게 많이 기뻤는지 안젤린은 무심코 과음을 했고, 한껏 졸음기가 몰려와서 비틀비틀 흔들거렸다. 다른 두 사람도 비슷비슷한 상태였다.

아직은 한참 아이들이구나, 문득 벨그리프는 흐뭇한 기분이 들어서 미소 지었다. 이렇게 정신을 못 차리면 고위 랭크의 모험가가 다 무슨 소용이랴.

점점 밤이 깊어졌기에 더 늦기 전에 잠자리에 들고자 2층으로 올랐다. 제대로 못 걸을 지경으로 취한 안젤린은 벨그리프에게 업혀서 행복하게 졸고 있었다.

벨그리프는 몸이 삐걱거려서 얼굴을 찌푸리면서도 꾸벅꾸벅하는 안젤린을 조심스레 침대에 눕히고 후유, 탄식했다.

“내일 보자, 잘 자거라.”

“네에, 안녕히 주무세요오…….”

“안녕히 주무세요, 벨 아저씨.”

벨그리프는 방을 나온 뒤 계산대에서 모포를 받아 들고 혼숙용 방에 갔다.

난로는 활활 타오르고 굴러다니는 베개와 함께 다양한 복장의 사람들이 이미 가득히 들어찼다. 이미 잠든 사람이 있는가 하면 아직 깨어서 대화 나누는 사람, 술을 마시는 사람, 몇몇이서 카드 놀이를 하는 사람도 보였다.

발밑에 주의를 기울이면서 빈 공간에 파고들어 자리를 잡고 앉았다. 벽면이다. 난로에서 위치는 좀 멀어도 사람이 많은 까닭인가 신기하게도 따뜻하다.

벨그리프는 천천히 의족을 떼서 머리맡에 둔 베개 아래에 놓았다.

여행자라고 다 선량하겠는가. 벽에 세워 놓았다가 도둑맞으면 곤란하다. 검과 귀중품은 2층의 개인실에 두고 왔지만 의족만큼은 두고 내려올 수 없는 노릇이었다.

그 모습을 보고 옆에 앉아서 술을 마시던 남자가 말을 붙였다.

"귀하, 의족을 사용하시는구려."

언뜻 보아도 모험가 같은 남자였다. 나이는 서른 중반쯤 되었을까. 땅딸막한 체구를 잘 단련했고 팔이 두껍다. 칙칙한 갈색 머리카락은 색깔이 슬슬 엷어지고 있지만, 얼굴의 아래 절반은 짙은 턱수염이 뒤덮었다. 인상도 다소 험상궂은 반면에 되레 눈매는 살짝 싹싹한 느낌을 준다. 옆쪽에는 아마 무기로 쓸 터인 전투용 도끼를 기대어 세워 놓았다.

벨그리프는 빙긋 웃으며 대답했다.

"예, 제법 오래전부터 썼지요."

"들어오실 때 너무나 걸음걸이가 자연스럽던 터라 의족인 줄 몰라봤소이다. 바닥을 두드리는 소리로 겨우 알아차렸지요. 눈으로

봐야 명백하게 의족이라고 알 수 있기에 놀랐습니다."

"하하, 적응의 덕택이죠. 게다가 무릎이 남아 있는 게 다행이었습니다. 무릎을 잃었다면 아무리 익숙하더라도 움직임이 어색해졌을 겁니다."

벨그리프는 그렇게 말한 뒤 오른쪽 무릎을 움직거려 보였다. 남자는 감탄했다는 듯이 웃음 지었다.

"겸손하십니다, 이토록 매끄럽게 움직임을 구사하려면 무척 많은 노력을 거듭하셨을 텐데요. 허허, 참, 감탄스럽군. 아주 훌륭하십니다."

"아니요, 과찬이십니다."

벨그리프는 쑥스러워져서 뺨을 긁적였다. 남자는 씩 웃더니 가죽 부대를 내밀었다.

"괜찮다면 좀 드시겠소? 포도주가 싫지 않으시다면."

"이런, 감사합니다. 조금 마셔보지요."

벨그리프는 부대를 받아 들고 한 모금 마셨다. 상등품이라 말하기는 어렵겠지만, 그래도 맛있었다. 모험가 시절을 떠올리게 하는 맛이다. 꿀꺽 삼키고 묵례하며 가죽 부대를 돌려주자 남자는 빙긋빙긋 웃으며 입을 열었다. 대화를 좋아하는 성격인 듯싶다.

"본인은 모험가로서 여러 나라를 돌아다니는 사람이라오. 특히 명성이 있는 무예가들과 대련하기를 무척 즐기지요."

"오호."

"에스트갈에서 북상하여 올펜 및 엘브렌, 아스테리노스도 돌아봤습니다. 이곳 로디나까지 오기 전에는 보르도에 들렀습니다만, 그곳의 모험가들도 훌륭한 실력을 갖고 있더군요. 특히 보르도 여백작의 동생이라던가, 사샤라는 소녀의 솜씨가 썩 놀라웁디다. 본인도 실력에 다소 자신은 갖고 있건마는 힘이 미치지 못하여 흙바닥을 나뒹구는 처지가 되고 말았다오. 아직은 AA랭크라 들었습니다만, 뛰어난 인재더군요. 머지않아 S랭크로 승격할 게요."

남자는 사샤와 대련 중 내용을 기분 좋게 들려줬다. 역시 사샤는 실력이 더 올라간 듯싶다. 벨그리프는 때때로 맞장구를 쳐주면서도 조용히 듣고 있었다. 남자는 포도주를 들이켜고 계속 말했다.

"아, 맞군. 보르도에서 소문을 들었는데 톨네라에 검의 달인이 살고 있다는구려. 그럼에도 일절 명성을 좇지 않고 톨네라에서 나오지를 않는다던가. 『적귀』라는 칭호를 받았다던데, 그 칭호에 부끄럽지 않은 과감한 검법을 구사한다는군. 혹시 아시오?"

별안간 식은땀이 솟았다. 미소가 딱딱하게 굳는다.

"아, 아뇨……. 모르겠군요……."

"으음, 그러신가……. 흠, 『적귀』라는 달인 말이오, 사샤 보르도마저 아직껏 한 번도 승리를 거두지 못했을 뿐 아니라 게다가 그 유명한 영웅, 마왕 살해자 『흑발의 여검사』의 아버지이자 스승이라니까 어찌 놀랍지 않겠소. 그런 인물이 로데시아 제국의 북부 구석 변경에서 살고 있을 줄이야 본인은 상상도 한 적이 없습니다."

"……그, 그렇습니까."

"본인도 그 검법을 꼭 배견해보고 싶단 바람이 있어서 말입니다. 이렇듯 톨네라를 찾아가는 도중이라오. 『적귀』는 적발에 의족이라고 말을 전해 들었는데 마침 귀하도 적발에 의족이군요. 허허, 그런 까닭에 무심코 말을 붙이고 말았소이다. 핫핫하!"

"하하, 하……. 묘한 우연도 다 있군요."

어색하게 미소를 지은 벨그리프는 아직껏 이야기할 거리가 남은 듯한 남자를 제지했다.

"이거 미안합니다, 내일은 일찍 출발해야 돼서요."

그러고는 모포를 푹 뒤집어쓰고 바닥에 누웠다.

"그러신가, 본인도 일찍 출발할 계획이라오."

다행히 남자도 역시 바닥에 눕더니 일찌감치 코골이 소리를 낸다.

남자가 호방하고 둔감한 성격이라 다행이다, 벨그리프는 안심하고 눈을 감았다.

20 방 안은 고요하다. 평소의

방 안은 고요하다. 평소의 습관대로 일어난 벨그리프는 아직 깊이 잠들어 있는 혼숙 방에서 천천히 나와 어슬어슬 동이 트려는 로디나 마을을 산책했다.

몸의 통증은 조금 누그러졌을 뿐 아직 사라지지 않았다. 후유증이 가시질 않아 참 곤란하다.

일하러 가는 농부들과 스쳐 지나갔다. 아침 식사 준비를 하는 연기가 피어오르는 광경을 봤다. 이런 모습은 톨네라와 다를 바 없었다.

여기저기에서 돼지 냄새가 난다. 양이나 염소와는 조금 다른 냄새였다. 체취일까, 분뇨 냄새일까. 딱히 구별은 하지 못하겠다. 익숙하게 맡은 냄새가 아니라서 코가 살짝 아렸다. 그러고 보니 옛날에 로디나에 들렀을 때도 이런 냄새가 났었던가, 문득 옛 생각이 떠올랐다.

해가 떠오르기 시작할 무렵에 숙소로 돌아왔다. 출발이 빠른 여행자들은 이미 일어나서 아침을 먹고 있었다.

혼숙용 방에 돌아왔지만 어제 대화를 나눈 남자의 모습은 안 보인다. 식당에서도 못 봤다는 사실을 떠올리면 이미 출발했는지도 모르겠다. 어젯밤은 얼떨결에 얼버무리고 서둘러 잠을 청했다만, 살짝 미안하다는 생각도 든다. 그러나 이미 떠나간 만큼 더 이상은 어쩔 도리가 없겠다.

벨그리프는 2층에 올라가서 소녀들이 있는 방으로 향했다. 아직 문 앞까지 도착하기도 이전에 문이 열리더니 안젤린이 얼굴을 쏙 내밀었다.

"좋은 아침이야, 아빠."

"음, 좋은 아침이구나, 안제……. 발소리가 좀 컸나?"

"응……. 2층이라서 특히."

나무 의족은 나무 바닥을 두드리면 큰 소리가 난다. 아래에 공간이 있는 2층이라면 더더욱 커지는가 보다. 벨그리프는 씁쓸하게 웃으며 턱수염을 쓰다듬었다.

"끝 쪽에 천을 감아 두르는 게 좋으려나……."

"후후."

안젤린은 꼬옥 벨그리프에게 안겨 들더니 킁킁 냄새를 맡으며 숨을 들이마셨다. 그러고는 만족스럽게 고개를 들어 올린다.

"좋아……. 아침밥 먹자!"

"그래. 아네와 미리는……."

벨그리프가 말하는 도중 두 사람도 얼굴을 쏙 내밀었다.

"일어났어요~."

"벨 아저씨, 안녕히 주무셨어요."

"그래, 잘 잤니. 아침 식사를 먹고 출발하자꾸나."

명산물답게 과연 로디나의 돼지고기는 맛있었다. 초봄에는 신선한 돼지고기가 별로 없고 소금절이 및 훈제가 주류였는데 그럼에도 충분했다.

두껍게 썰어 구운 훈제 고기를 막 꺾은 물냉이, 식초에 절인 겨자 열매와 함께 빵에 끼워 넣으니까 몹시 맛있고 근사하다. 소박한 톨네라의 식사와 달리 기름이 듬뿍 든 포만감 있는 맛이었다. 물론 가격도 제법 나간다만. 그러나 S랭크 모험가와 함께 다니는 만큼 돈 걱정은 없었다. 덕분에 사양하지 않고 아침부터 맛있는 식사를 먹을 수 있었다.

이런 식사가 익숙해지면 나중에는 어쩌나 살짝 무섭기도 하고, 여행의 묘미라는 생각도 든다. 그러나 지난날의 생활이 소박했던 만큼 이러한 사치가 까닭도 없이 죄스럽다는 기분이 들어 벨그리프는 살짝 몸이 떨렸다. 소녀들 셋은 아무렇지도 않은 얼굴로 덥석덥석 먹고 있었다.

아침 식사를 마친 뒤 꽃차를 마시고 잠시 쉬었다.

벨그리프는 검 수련을 하고 싶었지만, 어제 만났던 남자가 떠올랐다. 그 남자뿐 아니라 혹시 누구든 보인다면 좀 귀찮아지겠다.

딱히 대련이 싫다는 것은 아니었지만, 『적귀』라는 거북한 이름으로 눈에 띈다는 것이 꺼림칙했다. 애당초 그토록 높은 평가를 받을 만하다는 자신감이 벨그리프에게는 없었다. 가슴을 펴고 칭찬을 받아들여야겠다는 기분이 들질 않는다. 누가 뭐라고 말하든 간에 자신감이 동반되지 않는 이상은 떳떳할 수가 없었다. 게다가 상대가 갖고 있을 기대감을 배반하는 듯하여 영 찝찝하다.

남자가 헛걸음을 치게 만들었다 싶어서 아무래도 적잖이 미안하다는 마음도 드나 어차피 여행자란 한 번 살면서 한 번 스치는 관계 아니겠는가. 자신도 불필요한 말썽거리를 떠안고 싶진 않았다. 벨그리프는 마음속으로 가만히 남자에게 사죄했다.

식후 휴식 뒤 출발했다. 말도 여물을 듬뿍 먹고 편하게 쉰 덕에 기운이 가득하다. 마차는 한가롭게 나아갔다.

아침부터 날씨가 좋아 햇살이 쨍쨍 내리쬐고 있다. 다만 덮개가 막아줘서 딱히 신경 쓰이지는 않았다.

로디나에서 보르도까지는 마차를 타도 꼬박 이틀은 걸린다. 중간에는 또 산악 지대가 있기 때문에 그 주변에서 시간을 잡아먹힌다. 마침 안젤린이 셀렌을 구해줬던 장소다. 사람들의 왕래가 많기 때문에 톨네라에서 로디나까지 가는 길만큼은 아닐지언정 역시 이동은 지체된다.

산을 넘는 데 하루가 걸렸고 다음 마을에서 쉬었다. 다음 날 다시 출발하여 드디어 보르도에 도착을 앞둔 주변까지 왔을 때, 점점 두꺼운 구름이 끼더니 결국 비가 내리쏟아졌다.

빗방울이 덮개를 때려 뚝뚝 소리를 낸다. 초봄의 비치고는 굵은 빗줄기였다. 북부 지역에서는 겨울의 눈은 오히려 드물지 않지만, 보통 비가 내린들 안개비가 많고 이런 식으로 빗방울이 똑똑 떨어지는 경우는 드물었다.

바람이 약한 만큼 안쪽까지 불어닥치는 양은 적다지만, 그럼에도 짐칸 내부가 젖었다. 빗방울끼리 부딪혀서 안개 비슷하게 주변에 흩날리고 있다. 말의 걸음도 느려졌다.

“이런, 곤란하게 됐군.”

“으으……. 좀 추워지네…….”

안젤린은 굼실굼실 벨그리프에게 달라붙었다. 머리카락이 촉촉하게 젖었다. 짐마차를 끄는 말의 몸에서 김이 피어오른다.

살짝 떨면서 보르도에 도착했을 때는 이미 해가 저물었다. 비는 아직껏 내리고 있다.

보르도는 올펜의 이북에서는 가장 큰 도시다. 주변 지역의 영주인 보르도 가문의 근거지라는 까닭이 클 것이다. 주위에는 전원지대가 펼쳐져 있고, 돌담에 둘러싸여 있는 도시 내부는 떠들썩하다. 규모는 올펜에 미치지 못할지언정 사람들의 활기로 견주자면 지지 않는 듯 여겨졌다. 헬베티카가 모아들인다는 우수한 인재가 제대로 일을 하고 있는가 보다.

아무러면 다 젖어 초라한 모습으로 보르도 가문을 방문하기는 민망하다. 벨그리프와 소녀들은 일단 숙소를 잡아 휴식을 취한 뒤 내일 정식으로 보르도 가문을 찾아가자고 결정했다. 마차는 물론 앉아서 움직일 수는 있다지만, 진동 따위의 요소 때문에 의외로 몸이 지친다.

보르도의 숙소는 로디나와 비교가 되지 않도록 컸다. 1층 부분의 주점도 떠들썩하다. 아마도 모험가들의 대기실 비슷하게 자리잡은 듯 그쪽 복장을 갖춘 인물들의 모습도 다수 볼 수 있었다.

물에 빠진 생쥐 같은 일행을 보고 숙소의 주인은 노골적으로 깔보는 태도를 취했지만, 발끈한 표정의 안젤린이 S랭크 모험가의 표식을 꺼내 보이자 태도가 싹 바뀌었다.

"자, 자아, 어서 들어오십쇼."

아예 짐까지 들어서 방에 안내해준다. 안젤린은 자랑스럽게 벨그리프를 보면서 히죽 웃었다. 사람살이가 다 뻔한 법인가. 벨그리프는 쓴웃음을 머금는 한편 뒤를 따라갔다.

방은 제법 크기가 있었고 침대도 두 개를 놓았다. 이러면 둘씩 나뉘어서 잘 수 있겠다.

돌이켜보면 짚단에 모포를 깐 침상만 썼을 뿐 침대 위에서 잠드는 것은 오랜만이다. 그렇게 벨그리프는 놀랐다. 손대서 만져보면 감촉이 몹시 부드러워서 어쩐지 마음이 두근두근했다. 잠은 제대로 잘 수 있을까.

짐을 놓아두고 젖은 옷을 갈아입은 뒤 1층으로 내려갔다. 상당히 시끌벅적하다. 유랑민 극단이 음악을 연주하고 있고, 식기 맞부딪치는 소리, 담소 나누는 소리, 웃음소리 및 고함 소리 등등이 마구 뒤섞여서 수습이 되지 않는다.

"떠들썩하구나."

"응……. 배고파."

탁자석은 비어 있지 않았던 터라 카운터에 자리를 잡고 앉았다. 큰 숙소답게 설비도 훌륭하다. 고가의 냉장 마법고까지 갖춰 놓았다. 메뉴도 꽤 많다. 분명 바다와 많이 떨어져 있는 곳인데 해산물도 메뉴에 올라있다. 그러나 벨그리프는 요리의 이름을 봐도 무엇인지 알 수 없었다. 옛날에 보았던 듯한 이름도 있었지만, 외양이나 맛까지 기억에 남아 있지는 않았다.

주된 주문은 안젤린과 친구들에 맡기고 보르도의 특산물이라는 에일, 그리고 생선 이름임은 알아볼 수 있었던 멸치 요리를 부탁했다.

에일은 보리술이다. 와인하고도 사과주하고도 다른 쓴맛이 나는 맛이 났다. 직접 마시고 살짝 당황했다.

멸치 요리는 소금에 절인 작은 생선을 데친 야채와 함께 빵에 얹어서 먹는 듯했다. 살짝 발효가 된 듯 독특한 쉰내가 나는 맛이어서 벨그리프의 눈이 마구 흔들렸다. 안젤린과 친구들이 쿡쿡 웃는다.

"아빠, 멸치 소금 절임은 전문가용이야……."

"……그런 말은 맨 처음에 해주면 안 될까?"

"에헤헤, 그래도 벨 아저씨가 어떤 반응일까 궁금하잖아요."

"죄송해요……. 그런데 좋아하는 분도 계시니까 혹시나 싶었거든요."

벨그리프는 맥없이 허허, 쓴웃음만 지었다. 조금 비위에는 안 맞아도 주문한 이상 다 먹어주는 것이 도리다. 모험가 시절에는 뭐든 닥치는 대로 먹어야 했던 터라 이런저런 음식을 먹었었지만, 톨네라에 돌아온 이후부터는 미각이 완전히 고정되어버린 듯싶다.

떨떠름한 얼굴로 멸치 요리를 먹을 때 옆쪽에 앉은 손님이 뭔가 말을 늘어놓았다.

"흥, 멸치의 맛을 모르는구나. 그래서 너는 시골뜨기인 거야."

자신을 두고 한 말인가 싶어 놀라서 돌아봤더니 옆쪽에 앉은 작은 소녀가 맞은편을 보고 있었다. 나이는 열 살 남짓에 눈처럼 하얀 장발이다.

"잘 들어. 이 깊이 있는 맛이 멸치의 진짜 묘미란 말야. 짜다는 둥 고약하다는 둥 말하는 사람은 자기가 시골뜨기라는 걸 보란 듯이 드러내는 거야, 벡."

아마 일행인 듯한 소년에게 한 말임을 짐작하고 벨그리프는 살짝 안도했다.

소녀를 사이에 두고 반대쪽에 앉은 소년은 언짢다는 듯이 얼굴을 찌푸리고 있다. 열다섯, 열여섯쯤 되었을까. 머리카락은 소녀와 마찬가지로 하얗지만, 윤기가 없이 푸석푸석해서 소녀와 달리 꾀죄죄하다는 인상이 있다.

"……뭐라는 거야. 맛없다면 맛없는 거지. 게다가 너는 루크레시아 출신이라 그냥 익숙한 거 아니냐?"

루크레시아는 로데시아 제국의 남동쪽에 인접하고 있는 뷔에나 교의 총본산이다. 총주교를 중심으로 하는 종교 국가 체재를 200년 이상 유지하고 있다. 대륙에서 돌출된 반도와 주변의 크고 작은 섬을 영토로 갖고 있고, 바다와 관련이 깊다. 대륙 전토에 신자를 둔 뷔에나 교의 중심부라는 국가의 특색 덕분에 주변 국가에 대한 영향력도 강하고, 그만큼 정치 부문에 있어 심상치 않은 소문 및 사건이 끊이질 않는다.

루크레시아에서 보르도까지는 상당한 거리가 떨어져 있다. 이렇게 젊은 두 사람이 이곳까지 여행을 왔는가 싶어 벨그리프는 감탄했다.

소녀는 멸치 소금 절임을 빵에 얹어서 베어 물고는 다시 또 말을 늘어놓는다.

"뭐, 루크레시아의 멸치에 비교하면 맛이 완전히 뒤떨어지지만 말이야. 아휴, 빨리 돌아가고 싶어라. 무슨 죄를 지어서 이딴 북부 깡촌까지 와야 되는 거냐고."

"……입 다물고 먹어라. 말이 많군."

"잠깐, 벡! 주인한테 뭐라는 거야! 태도가 건방진데!"

소녀는 분개해서 의자를 삐걱삐걱 흔들었다. 그러자 의자가 낡은 탓인지 접속부가 소리를 내며 떨어지더니 소녀의 몸이 뒤쪽으로 기울어졌다.

"꺄……!"

소녀의 눈이 공포에 휩싸여 크게 뜨였다.

벨그리프는 즉각 손을 뻗어서 등을 받치고 쓰러지지 않게 막아줬다. 소녀는 무슨 일이 일어났는지 알지 못한 채 입을 뻐끔뻐끔하고 있었다.

"괜찮니?"

벨그리프가 말을 건네자 소녀는 놀라서 고개 돌렸다. 새하얀 피부가 상기되어 살짝 주홍빛으로 물들었다.

"고, 고마, 고, 고맙, 고, 마아……! ……쓰, 쓸데없는 짓 하지 마!"

답례 인사를 하려는 듯 들렸다만, 느닷없이 화를 터뜨리기에 벨그리프는 영문을 알 수 없었다. 무슨 일인가 싶어 고개를 갸웃거렸다. 그러나 상대가 아이라서 조금도 화가 나지 않는다.

소년이 소녀를 넘겨받아서 바닥에 내려놨다. 소년은 조금도 웃지 않았지만, 그럼에도 벨그리프에게 살짝 고개 숙였다.

"미안하군……. 이 녀석이 좀 소통 장애라서."

"자, 잠깐, 소통 장애라니! 어디서 배운 말버릇…… 끄극!"

소년은 소녀의 입을 손으로 틀어막고 지긋지긋하다는 얼굴로 탄식했다. 남매인가? 벨그리프는 가만히 미소 지었다.

"왜 그래? 아빠……."

안젤린이 얼굴을 쏙 내밀었다. 그 얼굴을 본 소년이 희미하게 눈살을 찌푸렸다.

"……실례했군. 가자고, 성녀님."

"으읍~! 끄윽~! 음음~!"

소년은 버둥거리는 소녀를 끌어안은 채 나갔다. 뭔가 떠들썩한 녀석들이었군. 그렇게 벨그리프는 웃음 지으며 턱수염을 쓰다듬었다.

그때 반대쪽에서 노성이 터져 나왔다.

"감히 이년이! 저자세로 나가줬더니 아주 기어오르는군! 내가 누구인 줄 아나! 『신뢰(迅雷)』 고트 님이시다!"

모험가로 짐작되는 남자가 소란 부리고 있다. 꽤나 취했는지 눈빛이 분명치 않다. 괜히 시비에 걸린 아넷사가 귀찮다는 표정을 지은 채 팔랑팔랑 손을 흔들었다.

"우물 안 개구리 짓도 적당히 좀 하지? 너 같은 놈은 잔뜩 봤다고."

"웃기지 마라! 여자여도 안 봐준다!"

남자는 허리춤의 검에 손을 뻗었다.

그러나 그 전에 아넷사가 재빨리 손을 뻗어서 남자의 손목을 붙잡아 비틀었다. 남자가 비명 질렀다.

"상대의 역량도 못 알아보고 싸움을 걸다니. 그러다가 요절하는 수가 있다고? 『진뢰』 씨?"

줄곧 여유로운 태도를 무너뜨리지 않는 아넷사를 보면서 주위 모험가 녀석들이 웃어젖히거나 감탄성과 함께 박수를 치거나 했다. 아무래도 저 남자는 이렇듯 나쁜 면으로 유명한가 보다. 남자는 수치에 젖어 얼굴을 일그러뜨린 채 허둥지둥 나갔다. 밀리엄이 히죽히죽하며 아넷사를 쿡쿡 찌른다.

"되게 멋있는 척하네~."

"시끄러워. 저런 놈들 때문에 모험가의 평판이 나빠지는 거야……."

"……아네는 후위인데도 근접에서 지는 검사라니. 진짜로 칭호 소유자야……?"

안젤린이 고개를 갸웃거리자 카운터 너머의 바텐더가 웃었다.

"그럴 리 없잖나. 저 녀석은 C랭크라네. 칭호도 자기 멋대로 부르고 다니는 것뿐이야. 뭐, 저래 봬도 실력은 제법 괜찮은 편이다만…….”

“흐응……. 꼴사나워라…….”

안젤린은 가만히 중얼거리고 와인을 마셨다.

벨그리프는 어쩐지 묘한 부끄러움이 느껴져서 머리를 긁적였다. 딸아, 똑같은 행동을 네가 아빠 이름으로 하고 다니지 않았니?

아리따운 소녀가 남자를 손쉽게 상대하는 장면에 감탄한 듯 여러 모험가들이 한 잔을 사주겠다며 다가드는지라 카운터 주변이 소란스러워졌다.

“하하, 속이 시원하더군. 아가씨, 모험가로 활동하나?”

“맞아, 올펜에서. 이쪽은 파티 멤버야.”

“흐음, 아가씨뿐이라니 화사해서 좋구먼!”

“고트를 한 방에 해치우다니 고위 랭크겠군. 등급이 어떻게 되나? A인가? AA인가?”

아넷사는 살짝 시선을 줘서 안젤린과 밀리엄에게 동의의 뜻을 확인한 다음 대답했다.

“나랑 얘는 AAA이고, 저쪽에 흑발은 S랭크인데.”

“……진짜로?”

“아, 아니, 잠깐, 잠깐만. 흑발에 소녀라면 혹시……. 설마 『흑발의 여검사』인가?”

“마, 마왕 살해자라고?!”

안젤린이 귀찮다는 듯이 고개를 끄덕거리자 마치 폭발이라도 일어난 것처럼 주점 안쪽이 소란스러워졌다. 모험가라면 누구든다 동경하는 최상위 랭크의 모험가의 도래에 모험가뿐 아니라 바텐더까지 기뻐하고 있다. 가게의 이름값이 오르는 덕분이리라.

너나없이 S랭크 파티에 술을 샀다는 자랑담을 갖고 싶어 했던 지라 세 사람의 앞쪽에는 잇따라 맥주잔이며 컵이 놓였다.

왁자지껄 칭찬 세례를 듣는 소녀들의 옆에서 벨그리프는 느긋하게 에일주를 마셨다. 처음에는 놀랐던 쓴맛도 혀가 익숙해지자 제법 맛있다.

흥분한 분위기의 남자가 한 명, 벨그리프의 옆쪽에 앉았다.

"이야, 굉장하군. 설마 살면서 이런 기회가 있을 줄은 몰랐다고. 이봐, 댁도 그렇게 생각하지 않나?"

"응? 아, 그렇군."

그때 안젤린이 고개 돌려서 벨그리프에게 말을 건넸다.

"아빠……. 이렇게 많이 다 못 마시니까 아빠도 좀 마셔."

"많이도 받았구나……. 아빠도 전부 다 마시지는 못하겠는데."

이 대화를 듣고 옆쪽에 앉은 남자가 입을 뻐끔뻐끔했다.

"……당신, 『흑발의 여검사』의 아버지인가?"

깜짝 놀라는 표정의 벨그리프가 대답하기도 전에 안젤린이 의기양양하게 상체를 쓱 내밀었다.

"맞아……. 울 아빠……. 『적귀』 벨…… 으극."

벨그리프는 즉각 안젤린의 입을 손으로 틀어막고 얼버무리려는 듯이 웃었다. 그러나 이미 늦어버려서 남자는 눈을 까뒤집고 벨그리프를 가리켰다.

"적발에…… 오른쪽 의족! 그, 그러면, 댁이 정말로 『적귀』인가! 보르도 최강의 사샤 님마저 어린애처럼 농락했다는 남자인가!"

"노, 농락이라니……. 아, 아니, 나는 그런 게 아니라……."

"이봐들, 듣게! 오늘 밤은 굉장하군! 『흑발의 여검사』뿐 아니라 『적귀』까지 내점하셨다!"

단박에 벨그리프의 방향으로 주목이 쏠렸다. 벨그리프는 당황해서 몸을 움츠렸지만, 곧장 사람들 무리에 둘러싸였다. 구경꾼들 떠드는 말을 듣자 하니까 사샤가 무슨 기회가 있을 때마다 선전을 하고 다녔던 탓에 보르도의 모험가 중 『흑발의 여검사』와 『적귀』에 대해 모르는 인물은 없다던가.

사샤도 참 괜한 말을 퍼뜨리고 다닌다는 생각에 벨그리프는 머리를 감싸 쥐었다. 모자라도 쓰고 다녀야 할까 진지하게 고민이 된다.

벨그리프는 움츠러들면서도 의기양양하게 있는 안젤린에게 가만히 귓속말했다.

"안제……. 너무 퍼뜨리고 다니지 말아달라 부탁했잖니."

안젤린은 깜짝 놀라서 막 떠올렸다는 표정을 지었다.

"맞다……. 잘못했어요."

그러나 이미 늦어버렸다. 게다가 함께 여행을 하는 시점에서 늦었다는 느낌은 받았었다. 어쩔 수 없음을 안다 하여도 역시 마음은 썩 불편하다.

분수에 맞지 않는 칭송과 기대의 눈빛을 견디기가 어려워졌을 때「실례!」라며 인파를 밀어 헤치고 누군가가 불쑥 나타났다.

"안젤린 님! 스승님! 선배님들!"

들은 적 있는 목소리에 얼굴을 들자 사샤가 숨을 몰아쉬며 서 있었다. 빗속을 달려왔을까, 앞머리에서 물이 뚝뚝 떨어진다. 모험가들이 술렁거렸다.

사샤는 성큼성큼 다가와서 안젤린의 손을 잡았다.

"여기에 계시다는 소문을 전해 듣고 서둘러 날아왔습니다! 오셨으면서 한 마디 언질도 안 주시다니 섭섭합니다! 간단히 알려주셨다면 당장에 마중 나갔을 텐데 말입니다!"

"응……. 비에 젖기도 했고, 옷도 지저분하니까 내일 찾아갈 생각이었어."

"무슨 말씀이십니까! 보르도 가문의 귀한 은인께서 비에 젖었든 지저분하든 그 누가 신경을 쓰겠습니까! 자, 여러분, 저택으로 가십시다! 언니께 꼭 소개드리고 싶습니다!"

"으음……. 어떡하지?"

안젤린은 벨그리프와 친구들을 돌아봤다. 아넷사와 밀리엄은 어깨를 으쓱거렸다.

"저쪽에서 괜찮다면야 그냥 가도 되지 않겠어?"

"응. 분명 여기보다 침대가 폭신폭신할 거야."

"……아빠는?"

벨그리프는 잠시 고민하다가 고개를 끄덕였다.

"원래 편지를 전하러 왔으니까 말이다. 초대해주신다면야 거절할 이유도 없겠구나."

무엇보다도 이 마음 불편한 장소에서 도망치고 싶었다.

그렇게 보르도 가문의 저택에 가는 것으로 결정됐다. 이렇게 진짜라는 게 확정됐다며 모험가들은 크게 흥분했다. S랭크 파티와 『적귀』가 묵었다고 자랑스럽게 떠들 기회를 놓치게 된 숙소의 점주는 분한 눈치였다만, 사샤가 취소 요금에 덤을 얹어줬기에 불만도 못 늘어놓고 싱글벙글 배웅해줬다. 달리 그럴듯한 선전 문구를 만들어 내지 않을까.

바깥에는 아직 비가 내리고 있다.

21 비가 지면을 때리는 가운데 두 개의 인영이

비가 지면을 때리는 가운데 두 개의 인영이 보르도의 거리를 걷고 있었다. 앞에서 가는 인물은 후드를 뒤집어쓴 소년, 뒤쪽에서 빠른 걸음으로 따라가는 인물은 백발의 소녀이다. 빗속인데도 두 사람은 조금도 젖지 않았다. 머리 위쪽에 투명한 막을 펼쳐 놓음으로써 비를 튕기고 있다.

뒤에서 따라가는 소녀가 짜증스럽다는 듯이 아우성친다.

"잠깐! 말 좀 들으라고, 벡! 너 말야, 주인에 대한 예의라는 게 결여된 거 아니야?!"

"조용히 해라……."

소년은 언짢아하는 얼굴로 휘휘 손을 흔들었다. 그러자 소녀의 위쪽에 있던 얇은 막이 휙 사라져서 비가 머리에 쏟아진다. 소녀는「꺄아아!」비명을 지르며 소년에게 달라붙었다.

"바보! 뭐하는 거야!"

"네가 멸치 요리를 먹고 싶다고 투정을 부렸기 때문이다……. 순순히 저택에서 저녁 식사를 먹으면 되었을 텐데."

"무슨 소리야, 문제 될 만한 거리는 없었잖아."

"흥……. 바알을 쓰러뜨린 녀석이 방금 전 주점에 있었다고."

그 말을 듣고 소녀는 흠칫 얼굴을 굳혔다.

"거, 거짓말이지? 그 녀석은 분명 올펜에 있댔잖아……."

"진짜 있었는데 어쩌란 거야. 뭐, 여기에 있다는 사실을 확인한 게 반대로 잘된 일이다만……. 계획을 조금 나중으로 미루는 것이 좋을 수도 있겠군."

소녀는 눈살을 찌푸리고 듣다가 이내 흥, 코웃음 쳤다.

"그런 녀석, 무서워할 필요 없어. 이 사미지나의 반지가 있으면."

"……자만하지 마라, 성녀님. 권토중래하고 싶잖아?"

"당연하지. 기필코 대륙에서 뷔에나 교를 싹 쓸어버리겠어……. 후후, 후……. 기대되네. 그 망할 사이비 놈들의 얼굴이 공포로 일그러지는 모습……! 모조리 다 죽여 버릴 거야……."

소녀의 눈에는 원한의 불꽃이 타오르고 있었다. 소년은 탄식했다.

"……빨리 돌아가자. 너는 은근슬쩍 얼간이라서 대책이 없어."

"너야말로 나를 좀 더 진지하게 제대로 공경하란 말야! 야! 먼저 가지 마! 벡!"

두 사람은 빠른 걸음으로 거리를 가로질렀다.

○

큰 저택이다. 튼튼한 석조 건물로, 마치 개척 시대의 구조물을 고스란히 갖다 놓은 듯 투박하고 위용이 있다. 그러나 한 걸음 안쪽에 들어서서 보면 건물 내부는 아름답고, 항아리나 회화 등등

장식품도 과하지 않은 수준의 물건을 자연스럽게 놓아 꾸몄다. 그런 것들이 오히려 우아한 분위기를 빚어내고 있었다.

앞쪽의 정원은 정원수와 돌 등으로 아름답게 정비되어있다. 아울러 복도 창문으로 보이는 뒤쪽 정원에는 헛간 및 마구간이 있었다. 일행이 타고 온 마차 및 말은 거기에 맡겨 두는 듯했다.

밭과 우물이 있고 고용인들의 거처로 짐작되는 건물도 보였다. 저택 곳곳에 경비병이 서 있다.

현란한 저택에 자신들의 차림은 너무 안 어울리는구나. 벨그리프는 쓴웃음을 지었다. 어차피 서민이니까 그런 부분은 신경 쓰지 않아도 될 터이나 아무래도 장소에 어울리지 않는다는 느낌이 있다. 또 젖은 몸으로 저택을 더럽히는 것도 미안하다는 생각이 들었다.

도중까지는 사샤가 함께 따라왔지만, 중간에 연배가 있는 메이드에게 붙잡혀서 어딘가로 가버렸다. 경망스럽다는 둥 뭐라는 둥 말을 듣고 있었으니까 의상을 다시 갖추러 끌려갔을 테지. 종자도 사샤의 말괄량이 기질에 제법 애먹는지도 모르겠다. 그 대신 젊은 메이드가 한 사람, 안내를 맡아줬다.

그때 건너편에서 누군가가 달려와 안젤린에게 안겨 들었다. 셀렌이다. 그 표정은 기쁨으로 활짝 웃고 있었다.

"안젤린 님! 이제야 와주셨네요!"

"아, 셀렌……. 잘 지냈어?"

"네! 안젤린 님도 건강하게 지내셨나 봐요……."

안젤린이 쓰다듬어주자 셀렌은 기뻐하며 웃었다. 도적 사건 이후 안젤린을 몹시 잘 따르게 되었나 보다. 안젤린은 셀렌을 쓰다듬어주며 말했다.

"아빠는 예전에 만난 적 있댔지……? 이쪽은 아네랑 미리. 내 파티 멤버이고 친구야."

셀렌은 깜작 놀라서 자세를 바르게 하고 안경에 손을 가져갔다.

"큼큼……. 벨그리프 님, 여러분, 먼 길을 지나 와주셔서 감사합니다. 환영해요."

셀렌은 꾸벅 머리 숙였다. 아넷사와 밀리엄도 그에 반응하여 정중하게 인사했다. 벨그리프도 가볍게 머리 숙이며 빙긋 웃었다.

"셀렌 님, 잘 지내셨다니 다행입니다. 밤중에 밀어닥쳐서 죄송하게 됐습니다."

"무슨 말씀이세요, 벨그리프 님, 언제 방문하시든 괜찮은걸요."

셀렌은 생긋 부드러운 미소를 지어 보였다. 벨그리프는 먼저 용건을 마쳐 두자는 생각이 들어 짐에서 호프만에게 받은 편지를 꺼내 들었다.

"가도 정비 건으로 촌장에게서 답장을 갖고 왔습니다. 헬베티카 님을 만나 뵙고 싶습니다만……."

"아하, 그 안건이었군요……. 하지만 우선은 방에 가시는 게 어떨까요? 갈아입으실 의복을 준비해드릴게요."

확실히 살짝 젖어서 꾀죄죄한 차림새로 보르도 백작과 만나는 것은 적절하지 않을지도 모르겠다. 헬베티카가 이런 부분을 신경 쓰는가 아닌가는 어쨌든 간에 결례는 되도록 삼가는 게 좋겠지.
벨그리프는 고개를 끄덕이고 소녀들을 재촉하여 메이드의 안내를 받았다. 셀렌은 먼저 편지를 받아 들고는 헬베티카에게 건네주고 오겠다며 빠른 걸음으로 떠나갔다.

방은 아담하면서도 깔끔하게 정리되어서 우아했다. 벨그리프는 안젤린과 2인실로, 아넷사와 밀리엄은 옆방에 안내받았다.

짐을 놓아두고 젖은 외투를 걸어 두었다.

"후우……. 근사한 저택이구나."

"응. 저번에 왔을 때랑 다르지 않네……."

"그렇구나, 너는 온 적이 있었더랬지. 톨네라에 돌아오는 도중에는 안 들렀던 거니?"

"들르면 괜히 붙잡힐 테니까……. 조용히 지나쳤어. 빨리 집에 가고 싶었단 말야……."

귀족에 대해 염려도 외경도 없다. 거물인가 담백한가 모르겠는 딸이라 벨그리프는 그저 웃었다. 이런 게 딸아이의 좋은 부분이기도 하리라.

문 쪽에서 노크 소리가 나고 메이드가 들어왔다.

"갈아입으실 의복을 갖고 왔습니다."

"아, 이런, 감사합니다."

가져다준 것은 간소한 옷이었다. 벨그리프는 셔츠에 바지, 안젤린은 장식을 하지 않은 간소한 드레스이다. 익숙하게 입었던 옷이 아닌지라 안젤린은 방 안을 자꾸 왔다가 갔다가 했다.

"……팔랑팔랑해서 뭔가 불안해."
"하하, 그냥 익숙하지 않아서 그런 거야. 잘 어울린다."
"정말……? 아빠가 맘에 든다면야……. 나도 좋아."
안젤린은 곧장 기분이 좋아져서 드레스 옷자락을 들고 호들갑스럽게 허리를 굽혀보거나 자세를 잡아보거나 했다. 한창때의 여자아이니까 몸치장에 아주 관심이 없지는 않을 것이다. 익숙함의 문제라는 것이 벨그리프의 생각이다.
한 번도 착용했던 경험이 없는 넥타이를 메이드가 매어주었고, 벨그리프는 안젤린을 돌아보면서 말했다.
"아빠는 헬베티카 님을 뵙고 올 텐데, 안제, 너는 어떡할 테냐?"
"헬베티카……. 셀렌과 사샤의 언니 말이지……."
안젤린의 얼굴에서 표정이 사라지는 터라 벨그리프는 살짝 불길한 예감에 휩싸였다.
"……역시 아빠가 혼자 다녀오마. 너는 방에서."
"나도 갈래."
"아니, 가도 정비의 이야기만 할 테니까."
"나도 갈래."
거절을 허락지 않는 박력에 벨그리프는 말을 잇지 못하고 탄식했다.
메이드의 안내를 받아 서재로 짐작되는 곳으로 이동했다. 문을 열자 안쪽의 책상에 앉은 헬베티카가 마침 편지를 읽어보고 있는 참이었다. 옆쪽에는 셀렌이 있고, 그에 더하여 짙은 갈색 머리카락의 20대 초반쯤 되는 청년이 시립해 있었다. 안경을 착용했다.

헬베티카는 벨그리프와 안젤린의 인기척을 느끼고는 기뻐하며 일어서서 빠른 걸음으로 다가왔다.

"벨그리프 님, 잘 찾아와주셨습니다. 여전히 늠름한 모습이어서 안심했어요."

"예……. 감사합니다. 옷이 날개라는 말이 딱 들어맞는달까요…… 헬베티카 님께서도 무탈하신 듯하니 다행입니다……. 이쪽은 제 딸아이, 안젤린입니다."

"안젤린 님이시군요! 셀렌을 구해주셨다죠, 정말로 뭐라 감사의 말씀을 드려야 할지……. 진심으로 감사드려요."

헬베티카는 생긋 웃고는 안젤린에게 머리 숙였다. 그러나 안젤린은 조금도 웃지 않는다. 마치 품평이라도 하는 시선으로 헬베티카를 뜯어보고 있다.

"……그쪽이 나의 어머니가 되려고 하는 사람이야?"

"이, 이 녀석아, 안제. 도대체 무슨 소리를."

"아빠는 가만있어."

안젤린은 벨그리프를 쏘아봤다. 두렵도록 예리한 안광이다. 벨그리프는 뜻하지 않게 위압되어 숨을 멈췄다. 안젤린은 다시 헬베티카를 똑바로 바라봤다.

"내가 없는 틈에 아빠를 뺏어 가려고 했던 행동은 용서 못 해. 그렇지만 아빠 곁에도 좋은 사람이 있어주면 그건 기뻐할 일이니까……. 다만 그쪽이 과연 자격이 있는 사람인지는 모르겠어."

"어머나, 그럼 안젤린 님은 저와 벨그리프 님의 사이를 인정해 주실 가능성이 있다는 말씀이군요?"

헬베티카는 안젤린이 발하는 위압감에도 주눅 들지 않고 더없이 태연하게 미소 지었다. 그러면서도 묘한 소리를 불쑥 늘어놓는다. 굉장한 사람이다. 벨그리프는 감탄하랴 어이없어하랴 정신이 없다.

안젤린은 흥, 코웃음 쳤다.

"냅다 쳐들어와서 와 놓고 억지로 끌고 가려고 했지? 그러고도 인정이 어쩌고 말하는 게 너무 가소로워……. 지금 시점에서 호감도는 플러스 수치에 있지도 않아……. 그렇게 쉽게 내 어머니가 될 수 있을 것 같아……?"

그때 옆쪽에 시립해 있던 안경 낀 청년이 화난 기색으로 기어들었다.

"이봐, 아까부터 듣자 듣자 하니까. 그 태도는 대체 무엇인가. 자네가 비록 셀렌 님을 구출한 공을 세웠다지만, 기껏해야 일개 모험가 주제에 헬베티카 님께 웬 버릇없는 말버릇……."

"애시."

헬베티카가 또랑또랑한 목소리로 말했다.

"무례합니다. 물러나세요."

"하, 하오나, 헬베티카 님……."

"당신은 내 지시를 따를 수 없단 말인가요?"

"으윽……. 실례했습니다……."

애시라 불린 청년은 마지못해서 떨떠름한 태도로 물러났다. 벨그리프도 안젤린의 어깨에 손을 얹었다.

"안제, 너도 무례가 좀 지나치구나. 게다가 아빠는 헬베티카 님과 특별히 친분을 쌓겠다는 뜻은 없으니까 괜한 억측은 그만두고."

"앗……. 벨그리프 님, 그런 매정한 말씀은……."

벨그리프에게 달라붙으려고 하는 헬베티카의 목덜미를 셀렌이 덥석 거머잡았다.

"언니, 적당히 좀 하랬죠? 이제 포기한다고 말씀하셨잖아요."

"그치만, 셀렌……. 역시 아깝잖니. 이렇게 언행도 다정하시고, 그릇이 크고, 게다가 실력도 뛰어나신걸?"

"언니……?"

셀렌이 쏘아보자 헬베티카는 분한 기색으로 입술을 삐죽거렸다.

"칫, 알았어요……. 셀렌은 심술쟁이야……."

"제 탓으로 돌리지 말아주실래요!"

"저기……. 대화를 진행해도 되겠습니까……?"

벨그리프가 주뼛주뼛 나서서 말했을 때 그제야 셀렌은 깜짝 놀라서 빰을 붉혔다. 헬베티카는 이겼다는 듯이 싱글벙글 웃는다. 셀렌은 뭔가 말하려고 입을 우물우물 움직이다가 더 이상 떠들어봤자 자신의 패배라고 생각한 듯 잠자코 물러났다.

사이좋은 자매다, 벨그리프는 묘하게 흐뭇흐뭇한 기분이 들었다. 그러나 안젤린은 변함없이 얼굴을 찌푸린 채 헬베티카에게 눈을 부라리고 있다.

헬베티카는 다시 편지를 손에 들더니 벨그리프에게 웃음 지었다.

“전해 주셨던 답장은 삼가 읽어보았습니다. 힘을 한데 보태기로 뜻을 모아주셨다기에 무척 기뻤답니다.”

“송구스럽습니다. 그러면 구체적인 계획에 대해 알려 주실 수 있을는지요? 지리 관계상 보르도에서 톨네라까지는 다른 마을도 중간에 자리를 잡고 있는 데다가 공사 일거리를 맡아보겠다는 젊은이도 많습니다만, 계절에 따라서는 농작업으로 못 움직이는 경우도 있을 듯한지라.”

“그게 말이죠……. 으음, 잠시만 기다려주시면 안 될까요? 사실은 골치 아픈 문제가 발생한 상황이에요.”

“흐음?”

헬베티카의 말에 따르면 이번 계획에 반대 의견을 내놓는 인물이 나타났다고 한다. 보르도 서편, 오래된 숲의 근방에 위치하는 작은 마을, 헤이젤을 다스리고 있는 마르타 백작이었다. 헤이젤 방면의 가도도 아직 정비를 진행 중인 와중이고, 그런데도 다른 방면의 공사에 인원을 할애하는 게 무슨 처사냐는 이유라던가.

“흐음……. 이치에 맞는 듯 들리기는 합니다만…….”

“예. 그렇지만 헤이젤 방면 공사는 9할이 이미 완료된 상황이랍니다. 현장 지휘를 맡을 인물도 별달리 많이 필요하지는 않아요. 다음 계획에 착공해도 아무 문제가 없겠다고, 그렇게 회의 때 한 번은 결정이 난 사안이에요.”

“요컨대 심술이에요.”

옆쪽에 서 있던 셀렌이 난처하다는 듯이 입을 열었다.

“본래 마르타 백작은 에스트갈에서 좌천되는 형태로 보르도까지 오게 된 분이거든요. 듣자 하니까 공국의 권력 투쟁에서 패배했다던가요. 그 때문에 보르도를 시골이라고 깔볼 뿐 아니라 저희가 추진하는 안건마다 자꾸 트집을 잡아 대더군요. 아버님께서 살아 계셨던 시절에는 눈에 띄도록 나서지는 않았습니다만, 역시 여자가 가주 직위를 맡은 까닭인지 요즘 들어서 점점 정도가 심해지고 있어요.”

“제 힘이 부족한 거죠. 대부분의 유력자는 보르도 가문을 지지해주십니다만 일부 귀족들은 제가 가주라는 사실에 불만을 품은 듯싶어요……. 마르타 백작이 그런 귀족들을 부추긴다는 정황은 파악했습니다만, 확고한 증거도 없는지라 추궁을 못 하는 형편이네요.”

탄식하는 헬베티카의 옆쪽에 시립해 있는 청년이 눈살을 찌푸리며 코웃음 쳤다.

“흥, 그딴 천박한 남자, 재깍 처형해버리시죠. 어차피 털면 먼지가 나올 인물입니다. 살짝 강경 수단을 써서 조사하면 실각은 뻔합니다. 그럼 가담하고 있는 귀족 놈들도 줄줄이 딸려 나올 테니까 한꺼번에 처벌할 수 있을 겁니다.”

“안 됩니다. 설령 저희가 정당한 입장에 있다 하여도 그러한 숙청은 신뢰를 손상시키니까요.”

“하오나 헬베티카 님. 그 작자의 횡포를 방관해서 가장 고통받는 것은 주민들입니다. 잊지 말아주십시오."

"그럼요. 알아요, 애시. 그렇지만 그건 어디까지나 최후의 수단입니다."

"그렇지만 언니, 정보 수집은 절대 게을리하면 안 돼요……. 어떤 결정을 내리든 간에 사용할 카드는 최대한 많이 확보하는 게 유리한걸요."

"맞는 말이에요……. 적어도 상대가 더욱 과감하게 움직이지 못하게 견제하는 노력은 해야겠죠."

벨그리프는 난처한 표정으로 뺨을 긁적거렸다.

"아무래도 어려운 말씀들을 나누시는 듯한데……. 그나저나 그러한 말씀은 저희와 같은 부외자가 있는 자리에서는 잠시 미루는 게 좋지 않겠습니까?"

"앗……! 이런, 실례했어요."

헬베티카가 민망스럽다는 듯이 뺨을 붉혔다.

그때 문이 세차게 열리더니 사샤가 나타났다. 평소의 모험가다운 차림새가 아니라 귀족 영애답게 아름다운 드레스를 차려입었다. 그러나 한 걸음 걷고 입을 열면 평소의 사샤였다. 하하, 웃음 짓고는 성큼성큼 방 안에 들어온다.

"오오, 이쪽에 계셨군요! 어휴, 이런 옷은 움직이기가 불편해서……."

스커트 자락을 팍팍 흔드는 사샤를 보고 셀렌이 탄식했다.

"작은언니……. 소용없는 줄 알아도 말씀은 드려보겠는데요, 조금이라도 몸가짐에 주의를 기울여주시면…….”

“핫핫하. 무슨 소리냐, 셀렌. 사람에게는 적재적소라는 게 있는 법. 언니와 너는 나에게 없는 소질을 갖고 있지. 그러나 나는 언니께도 네게도 없는 소질 갖고 있어. 세 사람이 전부 똑같다면 보르도 가문에 미래는 없다, 서로 다른 사람들끼리 서로를 돕고 도와야 비로소 발전을 이룰 수 있노라고 아버님께서도 극구 말씀하셨잖은가!”

한결같이 태도를 바꾸지 않는 사샤를 보며 애시라 불린 청년이 기막히다는 표정으로 말했다.

“그렇다 해도 한계가 있잖습니까……. 사샤 님, 다소나마 귀족이라는 자각을…."

사샤는 불쑥 입을 벌렸다.

“아, 맞다.”

그러고는 청년의 손을 붙잡아 벨그리프의 앞쪽에 끌어 놓는다.

“벨그리프 님, 이미 소개는 받으셨을지도 모르겠습니다만, 이쪽은 애시크로프트라는 인물입니다. 아직은 젊은 연배인데도 보르도 가문의 비서관 일을 보고 있지요. 비록 미숙하다지만 검사이기도 한 터라 아무쪼록 이 녀석에게도 스승님의 검 솜씨를…….”

“사양하겠습니다. 저는 딱히 필요로 하지 않습니다.”

애시크로프트는 언짢아하며 사샤의 손을 뿌리쳤다. 사샤가 입을 삐죽거렸다.

“에잇, 꽉 막힌 녀석…….”

“사샤, 마침 잘됐어. 안젤린 님과 벨그리프 님의 대접해주렴. 귀족의 정쟁에 끌어들이는 것은 나도 본의가 아니니까.”

헬베티카의 말에 사샤는 눈을 반짝반짝하며 고개를 끄덕였다.

“넷! 알겠습니다, 언니!”

“벨그리프 님, 안젤린 님. 사정이 이리되었사오니 답변은 잠시만 더 기다려주세요. 그때까지는 아무쪼록 편안하게 머물러주시고요.”

“두 분, 이리 오시죠!”

사샤에게 채근을 받아 벨그리프는 꾸벅 인사를 한 뒤 방에서 나갔다. 안젤린도 뒤따라온다. 귀족의 드러내지 않는 관계성을 살짝 엿본 듯하여 벨그리프는 몸을 떨었다. 자신들을 옆에 두고도 저런 대화를 나눈 까닭은 대단히 신뢰하기 때문일까, 혹은 일부러 들려줌으로써 운명 공동체로 포섭하려는 속셈일까…….

“헬베티카 님은 그러한 분이 아니라고 믿고 싶다만…….”

“왜 그래? 아빠.”

“아니……. 아무것도 아니다. 혼잣말이야. 그나저나 안제, 너는 언제까지 보르도에서 머무를 계획이니?”

“아빠가 톨네라로 돌아갈 때까지는 같이 있을래…….”

앞에서 걸어가던 사샤가 고개 돌렸다.

“그러고 보니 아넷사 님과 밀리엄 님은 어쩌고 계신답니까? 함께 안 계시더군요?”

“옆방에 있어…….”

"오오, 그렇군요. 저녁 식사를 들기에는 이미 늦은 시간인지라, 어떠십니까? 괜찮다면 다 같이 술이라도."

"음……. 난 좋아. 괜찮아? 아빠."

"상관없다. 다만 아빠는 먼저 쉬도록 하마, 몸이 좀 아파서 말이지……."

"앗……. 안 되는 거야?"

"미안하다. 조금 버겁구나."

"……유감이야. ……푹 쉬어야 해."

"으음……. 스승님도 모시고 이런저런 말씀을 드리고 싶었습니다만, 몸이 편찮으시다면 어쩔 수 없겠지요."

"미안합니다, 사샤 님. 다음 기회에 또……. 안제, 너무 과음은 하지 말거라."

"네~."

안젤린과 사샤는 못내 아쉬워하며 옆방에 들어갔다. 벨그리프는 혼자 방으로 돌아와서 넥타이를 풀고 침대에 걸터앉았다. 의족을 떼어 세워 놓는다.

관절이 아팠다. 뼈도 자꾸 삐걱거린다. 줄곧 몸을 움직이는 동안은 애써 외면할 수 있었지만, 이렇듯 긴장감이 빠져나가자 통증이 보다 뚜렷하게 덮쳐들었다.

이제껏 이런 고생은 겪은 적 없었다만. 벨그리프는 쓴웃음 지었다.

"곤란하군……. 몸 쓰는 방법을 다시 점검하고 익혀야겠어……."

톨네라에 사는 이상은 은퇴라는 것은 어림도 없다. 이 몸과 죽을 때까지 함께 살아가야 하잖은가. 그렇다면 되도록 양호한 관계를 구축하는 것이 현명한 행동이겠다.

아픈 관절을 주물러주면서 벨그리프는 중얼거렸다.

"너무 심술부리지 말거라……. 그렇게 무리한 짓은 더 이상 안 할 테니까."

커다랗게 심호흡하고 침대에 드러누웠다. 짚단이 아닌 침상은 벨그리프의 큰 몸도 부드럽게 받아줬다. 대단히 편안하다.

졸리다는 자각을 느낄 틈조차 없이 벨그리프는 곧바로 새근새근 숨소리를 내며 잠들었다.

○

짤랑, 소리를 내며 유리컵이 탁자에 놓였다. 아주 조금만 남은 와인이 컵 안쪽에서 물결쳤다. 희미하게 볼을 주홍빛으로 물들인 안젤린이 한쪽 다리를 의자에 얹어 놓고 거만하게 말했다.

"안젤린 씨 가라사대, 헬베티카 씨는 어머니로 맞이하기에는 모성이 부족하오."

"그런 거야~?"

"너 말야, 되게 고자세로 나오는구나……. 애당초 네가 말하는 모성이란 게 뭔데?"

아넷사의 물음에 안젤린은 입을 삐죽거렸다.

“포용력이랄까……. 사랑에 푹 안기고 싶습니다……. 그런 점에서 헬베티카 씨는 어리광 부리고 싶단 생각이 안 드는걸……. 게다가 부부는 남녀로서 대등한 관계를 이루어야 합니다. 헬베티카 씨는 아빠의 부성에 져. 틀림없이.”

“아니, 아니요. 꼭 그렇지는 않습니다, 안제 님! 언니도 저래 보이지만 야무진 사람입니다.”

“그렇게 말하자면 아네도 야무진 사람이야……. 그래도 모성은 없어.”

“으음, 그 말씀은 확실히 인정해야겠습니다만…….”

“이것들이, 지금 은근슬쩍 나 놀리는 거지.”

“앗, 아니요, 그런 뜻으로 한 말이 아니라!”

“그래도 사실인걸……. 아네는 벌써 한참 전에 아빠의 부성에 져버렸잖아.”

“끙…….”

아넷사는 입을 우물우물했다. 받아칠 말이 안 떠오르는가 보다. 사샤는 컵에 찰랑찰랑 와인을 가득 따라서 단숨에 절반을 마셔버렸다.

“그렇지만, 만약 언니와 스승님이 결혼한다면, 스승님을 형부로 모실 수……. 저, 정말 매력적이군!”

“와~ 그러면 사샤는 안제의 이모가 되네~.”

밀리엄이 깔깔 웃었다. 안젤린은 거칠게 와인병을 붙잡아 컵에 따랐다. 살짝 넘쳐서 탁자에 웅덩이를 만들었다.

"동갑내기 이모 따위는 절대로 사양하겠어!"

"너, 너무합니다……!"

"……왜 심각하게 충격을 받는 거야."

눈물을 글썽거리는 사샤를 보고 아넷사는 기막히다는 듯이 턱에다가 손을 받쳤다. 안젤린은 새 와인의 마개를 따고 말했다.

"아무튼, 모성을 갖추기란 절대 만만한 일이 아니야……."

"그런데 벨 아저씨의 마음은 어떨까~? 안제의 취향이랑 벨 아저씨의 취향이 전부 다 일치하는 건 아니잖아?"

밀리엄은 그렇게 말하고 볶은 콩을 깨물어 먹었다. 안젤린은 팔짱을 낀다.

"……남자는 어떤 여성을 좋아하는데?"

"아니, 나한테 물어봐도 좀……. 다정하다든가 가정적이라든가, 그런 부분 아니야?"

아넷사가 답하자 밀리엄이 고개를 가로저었다. 술기운이 꽤 도는 듯 얼굴이 빨갛다.

"아니~ 아니거든! 남잔 다 똑같아. 여자의 내면 따위는 보지 않는다!"

"그, 그 말씀은 극단론 아닙니까?"

"그렇지 않아, 사샤. 남자가 보는 건 일단 가슴, 그다음은 다리, 그리고 얼굴. 이게 법칙이야! 몰라? 여름이라든가 얇은 옷 입고 다니면 그쪽에 시선이 느껴지잖아!"

"……하기야, 듣고 보니까 일리가 있습니다. 저도 길드에서 모의전을 치를 때 더워서 곧잘 옷차림이 얇아집니다만, 그러면 상대 남자가 조금 약해지더군요. 이유를 알 수 없었습니다만, 가슴을 쳐다봐서군요, 분명! 고작 가슴 때문에 집중력을 잃어버리다니 한심합니다!"

"그러고 보니까 나도 가끔은 그런 시선을 느낄 때가 있었어……."

"그렇지? 특히 가슴골……."

말하다 말고 밀리엄은 문득 안젤린을 보더니 입을 다물었다.

"……미안해, 안제."

"왜 사과하는 거야."

"……미안."

"이게, 왜 사과하냐니까?"

"하하, 신경 쓰지 마십쇼. 안젤린 님, 한 잔 더 받으세요."

사샤가 잔에 와인을 따랐다. 안젤린은 못마땅하다는 표정을 짓고 있었다.

"뭐, 됐어……. 결국 가슴이 중요하다는 말이네?"

"맞아! 게다가 큰 가슴에는 모성이 담겨 있잖아! 거기에 넘어가는 남자는 많고도 많다!"

"흐음……."

안젤린은 의문이 잔뜩 묻은 얼굴로 밀리엄을 빤히 쳐다봤다. 빌려서 입은 얇은 드레스를 풍만한 가슴이 들어 올리고 있다. 사샤가 궁금하다는 표정을 짓고 밀리엄을 봤다.

"그러면 미리 님은 모성이 가득 흘러넘치는 겁니까?"

"땡, 아니야."

"아니지."

안젤린과 아넷사가 즉각 부정했다. 밀리엄은 입을 삐죽거렸다.

"그거랑 이건 경우가 달라!"

"모성이 어쩌고저쩌고 말 꺼낸 사람은 너잖아……."

"미리는 아직 엄마가 될 계획은 없답니다~!"

"그래도, 미리 님은 아니라고 쳐도 확실히 큰 가슴에서는 모성이 느껴지는 것 같습니다."

"앗! 지금 날 놀리려고 하는 말이지?!"

"앗, 아니요, 그런 뜻으로 한 말이 아니라……."

"사샤는 은근 푼수구나……. 뭐, 그래도 확실히 그런 느낌이 안 느껴지는 것도 아니야."

"모성이란 부드러움인가……?"

고개를 갸웃거리는 안젤린에게 사샤가 와인을 내밀었다.

"그런 의미에서 언니는 제법 부드럽습니다! 크기도 상당한 수준이지요!"

"그런가?"

"으음~ 벨 아저씨도 가슴은 못 이기는 거냥~."

"그럴 리 없어……! 아빠는 신사야! 작은 가슴이든 큰 가슴이든 귀천이 없다는 사실쯤 잘 알고 계실 거야!"

"……도대체 어쩌다가 이런 얘기가 나온 거야?"

"모성이란 무엇인가……."

“맞다! 왜 물리적인 얘기로 빠져 나갔는데!”

“어라, 음……. 앗, 비었네요. 새 술을 가지고 오겠습니다.”

어느덧 다 비운 병이 네댓은 족히 굴러다니고 있었다. 와인뿐 아니라 증류주까지 섞여 있었지만, 한껏 취해버린 소녀들은 미처 알아차리지 못한 채 점점 혀가 꼬부라지는 말투로 왁자지껄 뭔가 떠들어 대며 잇따라 잔을 비웠다.

22 눈을 떴을 때 안젤린이 같은 침상에서

눈을 떴을 때 안젤린이 같은 침상에서 잠들어 있었다. 침대는 분명 두 개 있는데도 굳이 아버지의 침상에 파고들었다.

이렇게까지 어리광이 심해서야 올펜으로 돌아간 다음은 고생 좀 하겠군. 벨그리프는 쓴웃음을 지었다. 오히려 열두 살 무렵이 차라리 혼자 잠드는 연습도 스스로 말을 꺼내서 했던 만큼 더욱더 어른스러웠을지도 모르겠다.

아직 동트기 이전이다. 느긋하게 잠을 자야겠다고 생각하면서도 오랜 세월에 걸쳐 밴 버릇은 쉽사리 사라지지 않는다.

상체를 일으키자 아직 관절 및 근육이 뚝뚝 삐걱거렸다. 그럼에도 어제보다는 많이 낫다는 기분이 든다. 침상이 푹신푹신했던 덕분일까?

무릎을 구부리고 어깨를 돌린다. 그리 움직임에 제한이 있단 느낌은 안 든다.

"착한 아이구나……."

벨그리프는 무릎과 어깨를 어루만지다가 의족을 착용하고 천천히 일어섰다. 안젤린은 일어나려는 낌새가 없다. 끙끙, 신음하며 잠든 채 몸을 뒤척거렸다. 짙은 술 냄새. 대화하다가 흥이 꽤 올랐을까, 어떤 이유일까. 아무래도 제법 많이 마신 듯싶다. 과음은 삼가라고 주의를 줬건마는 결국 젊은이에게는 소용없는 충고였나 보군. 벨그리프는 머리를 긁적거렸다.

비는 멎은 듯싶다. 아직 구름은 걸려 있지만, 두께가 얇고 바람을 받아 빠르게 움직인다.

익숙지 않은 옷이라서 도무지 마음이 편치 않았다. 벨그리프는 옷을 갈아입은 뒤 검을 들고 가만히 방에서 나왔다. 저택 내부는 아직 조용하다. 그러나 부엌 쪽은 소란스럽다. 가주와 가족들이 일어나기 전에 아침 식사 준비를 마치고자 고용인들이 바삐 일하고 있을 것이다. 복도를 걸어가면 오븐에 빵 굽는 향긋한 내음이 흘러나온다.

경비병들에게 인사말을 건네며 아침 안개로 뿌연 안뜰로 나와 잔디밭을 밟자 신발 바닥에 잘박, 습기가 느껴졌다. 어젯밤 제법 내린 듯싶다. 그러나 오늘 날씨는 맑다.

벨그리프는 공들여 몸을 풀어준 다음 검을 꽉 쥐고 하나하나의 동작을 확인하면서 신중하게 휘둘렀다. 관절이 끽끽 삐걱거려서 조금 아프다. 역시나 너무 무리를 한 반동이 오는가 보다.

그 통증의 원인을 탐색하듯이 조금씩 동작을 바꿔 가면서, 자신의 몸과 똑바로 마주하면서 잇따라 검을 휘둘렀다. 젊은 시절이었다면 다소의 무리는 감당할 수 있었다만, 이렇게 나이를 먹고 보니까 몸을 과하게 혹사하면 돌이킬 수가 없다. 자기 몸의 한계를 잘 알아 두어야 한다.

발부리부터 허리를 지나 등뼈에 이르렀다가 이윽고 팔의 움직임에 연동하여 힘의 경로를 의식한다. 몸이 다치지 않도록, 그러나 힘은 최대한으로 끌어낼 수 있도록.

"……딱딱하군."

가만히 중얼거렸다. 안젤린과 대련 때 펼쳤던 과한 동작 때문에 몸의 뼈대가 어긋났다는 그런 느낌이었다.

그러나, 그럼에도 돌이킬 수 없는 지경은 아닌 듯싶다. 지금 당장은 무리겠지만, 조금씩 매일 감각을 되찾아 나가면 된다. 어차피 톨네라로 돌아가면 시간은 잔뜩 있겠다.

검 따위 그만둬버리면 좋을 텐데, 그렇게 살짝 자조적인 미소를 머금었다. 그러나 지금 와서는 검을 휘두르지 않고 지냈던 시간보다도 검과 함께 살았던 시간이 더욱 길다. 두 팔을 잃어버리지 않는 한 목숨이 다할 때까지 그만둘 수 없을 것이다.

대략 한 시간 가까이 수련을 한 뒤 벨그리프는 팔을 내리고 숨을 돌렸다. 평소 수련보다 천천히 진행했지만 몹시 지치는 기분이다.

"훌륭하군."

뒤쪽에서 목소리가 들렸다. 놀라서 고개 돌렸더니 애시크로프트가 서 있었다. 벽에 기대어 선 채 팔짱을 꼈고, 그러나 안경 안쪽의 눈매는 언짢음을 띠고 예리하게 곤두섰다.

"몸의 축, 내리 휘두르는 검의 예리함, 무엇 하나도 의족 같지가 않아. 상당한 실력이야."

"음, 고맙습니다……."

"그러나 사샤 님께서 절찬할 만한 실력은 못 되는군"

애시크로프트는 코웃음 치며 비웃었다. 도발하는 듯한 분위기였다. 벨그리프는 쓴웃음 짓고 뺨을 긁적였다.

"예, 저도 같은 생각인데 말이죠……. 아무래도 사샤 님께서 착각을 좀 과하게 하신 듯싶습니다."

"으음……?"

애시크로프트는 당황해서 얼굴을 살짝 찌푸렸다. 틀림없이 격앙하거나 비꼬는 말로 받아칠 줄 짐작했을 것이다.

저자는 자신에게 좋은 감정을 갖고 있지 않군. 벨그리프는 새삼 느꼈다. 아마도 젊음에서 오는 자신감, 시골 사람인 자신이 헬베티카 및 사샤에게 높은 평가를 받는다는 질투에서 비롯된 감정임을 알 수 있었다. 아직 20대 초반에 북부 대영주의 비서관을 맡아볼 수 있는 인재다. 어디에서 굴러먹다 왔는가 모를 중년 남자가 마음에 들지 않는 것도 당연하리라.

애시크로프트의 태도는 분명 무례하지만, 벨그리프는 신경 쓰지 않았다. 오히려 젊은 나이이기에 부릴 수 있는 거만함에서 흐뭇함을 느끼기까지 했다. 그리고 저자는 미리 들었을 평판이라는 색안경을 끼지 않고 자신의 검을 정당하게 평가해줄 수 있겠다는 옅은 기대감도 있었다.

재미없다는 듯이 다음으로 꺼낼 말을 찾지 못하고 있는 애시크로프트에게 벨그리프는 빙긋이 웃음 지어줬다.

"애시크로프트 님, 귀하도 검에 소양이 있는 듯싶습니다만……."

그 말에 물 만난 물고기처럼 애시크로프트는 말했다.

"그래……. 사샤 님께는 못 미치지만, 적어도 방금 전 봤던 당신의 검보다는 제대로 된 검을 휘두를 수 있지. 모험가 길드에서도 사샤 님을 제외하면 당하지 못할 상대가 없어."

"그렇군요, 훌륭하십니다. 귀하와 같은 분께서 곁을 지켜주신다면 헬베티카 님께서도 안심할 수 있으시겠습니다."

벨그리프는 솔직하게 감상을 말했는데도 상대는 비꼬는 말로 받아들였나 보다. 살짝 발끈한 표정으로 입을 열었다.

"흥……. 비굴하군. 『적귀』인가 뭔가 모르겠다만, 나는 당신을 전혀 높이 평가할 수 없군. 너무 우쭐거리며 다니지 않는 게 좋겠어."

"하하, 그러게 말입니다. 귀한 충고의 말씀, 새겨 두겠습니다."

벨그리프가 끝까지 부드러운 태도를 무너뜨리지 않자 애시크로프트는 살짝 짜증이 나는 듯 언짢아하며 안경의 위치를 고치더니 발길을 돌려 떠나갔다. 그 뒷모습을 보고 벨그리프는 쿡쿡 웃었다. 저렇게 앞뒤 가리지 않는 젊음은 귀염성이 있어서 좋다.

신발과 의족 끝 쪽에 묻은 진흙을 털고 방에 돌아왔다. 안젤린은 아직껏 침대에 누운 채 신음하고 있었다. 얼마나 많이 마셨길래, 벨그리프는 살짝 기막혀하며 안젤린을 흔들었다.

"안제, 일어나거라. 아침이야."

"으…… 음냐……."

살짝 눈을 뜬 안젤린이 느릿느릿 상체를 일으켰다. 입어 버릇하지 않은 드레스는 단추와 후크가 반쯤 빠져서 엉망이고, 눈도 입도 헤벌어져 있는 데다가 몸은 멍하니 좌우로 흔들린다.

벨그리프는 탄식했다.

"과음은 하지 말라니까."

"으음……. 좋은 아침……. 아빠~."

"그래, 좋은 아침이구나……. 많이 졸리면 조금 더 잘래?"

"음냐……. 잘래……."

안젤린은 벨그리프에게 풀썩 몸을 기대어 쓰러지더니 다시 새근새근 숨소리를 냈다. 이래서는 옆방의 두 사람도 마찬가지겠다. 벨그리프는 포기하고 안젤린을 침상에 똑바로 눕혀주고 이불을 덮어준 뒤 의자에 걸터앉아서 창밖을 바라봤다. 수련 중 천천히 떠올랐던 태양은 얼굴을 전부 내밀었고, 흘러가던 구름도 더는 보이지 않는다. 말끔하게 푸른 하늘이 펼쳐져 있다. 어젯밤 비로 젖었던 나무들의 잎사귀와 풀은 햇살을 반사하며 반짝반짝 빛난다. 아름다운 광경이었다.

점점 태양이 높아져 가는 모습을 바라봤다. 아침 안개가 걷히고 새들이 날아다닌다. 잠들어 있던 것들이 깨어나면서 마치 세계 자체가 호흡을 되찾는 듯 보였다.

과연 가도 정비의 안건이 정리되는 것은 언제쯤일까, 너무 길어지지 않으면 좋겠다만. 벨그리프는 턱을 손으로 받쳤다.

잠시간 그렇게 바깥을 바라보고 있자니 문 두드리는 소리가 났다. 「들어오세요」라고 대답하자 젊은 메이드가 얼굴을 쏙 내밀었다.

"좋은 아침입니다. 저기, 아가씨들께서 아침 식사 자리에서 초대하셨습니다."

"아, 감사합니다. 기꺼이 참석하겠습니다."

"그럼 안내를……."

"잠시만 기다려주시겠습니까? 딸아이가……."

벨그리프는 일어서서 잠들어 있는 안젤린을 흔들었다.

"자, 안제. 아침밥 먹자."

"으으……. 안 머거……."

"투정 부리지 말고. 모처럼 헬베티카 님께서 초대해주시겠다는데……."

"싫어어."

안젤린은 구물구물 이불을 머리끝까지 뒤집어쓰더니 몸을 둥글게 말아버렸다. 벨그리프는 탄식했다.

"그럼 아빠만 다녀온다?"

대답은 없다. 잠들었나 보다. 벨그리프는 절레절레 머리를 흔들고 메이드에게 안내를 받아 따라갔다.

식당으로 보이는 곳에 들어가자 보르도의 세 자매가 이미 자리에 앉아서 뭔가 환담을 나누고 있었다. 애시크로프트도 옆쪽에 시립해 있다. 헬베티카가 벨그리프를 먼저 발견하고 웃으며 손짓했다. 벨그리프는 빙긋 웃으며 권해주는 자리에 걸터앉았다.

"여러분, 좋은 아침입니다."

"좋은 아침이에요, 벨그리프 님. 방은 어떠셨어요? 편히 쉬셨나요?"

"예, 덕분에. 딸아이와 친구들은 과음한 탓인지 일어나지를 못했습니다만……."

쓴웃음 짓는 벨그리프를 보고 사샤가 하하, 웃었다.

"핫핫하, 어젯밤 마셨던 술이 꽤 많아서 말입니다! 후훗, 모처럼 아주 즐거운 밤을 보냈습니다!"

"보나마나 작은언니가 마구 들이부었겠죠……? 어휴, 술꾼이라니까요."

셀렌이 탄식한다. 그러고 보니 어젯밤에는 사샤도 함께 마셨을 텐데. 그럼에도 태연자약하게 웃고 있다. 어지간히도 강한가 보군. 벨그리프는 감탄했다.

귀족의 식탁은 역시 화려하다. 막 구운 부드러운 빵에 베이컨, 삶은 달걀, 스튜. 사워크라우트에 소시지, 찐 감자, 잼을 얹은 요구르트 등등이 놓여 있다. 접시에 담는 방식도 고급스러웠다. 너무 고급스러워서 벨그리프는 오히려 마음이 편치 않았다. 식전 기도를 마친 자매들이 각각 식사를 시작하는 모습을 까닭도 없이 가만히 바라보기만 했다. 식사의 예법 따위도 알지 못하는 탓에 섣불리 손을 뻗기가 어쩐지 부끄러웠다.

그런 분위기를 알아챈 헬베티카가 쿡쿡 웃었다.

"벨그리프 님? 예법은 굳이 신경 쓰지 마시고 편하게 드셔주셔요."

"예……. 그러나."

우물쭈물하는 벨그리프에게 셀렌이 다정하게 웃어주었다.

"괜찮아요, 작은언니를 보세요. 귀족인데도 예법을 무시하는걸요."

"무슨 소리냐, 셀렌. 나도 격식을 차려야 할 때는 제대로 차린다고. 가족과 스승님 앞에서 예절 따지며 식사를 할 이유가 대체 무엇이겠어."

그렇게 말한 사샤는 하얀 빵을 통째로 스튜에 담갔다가 커다랗게 입을 벌려서 덥석 물었다. 마치 모험가 같은 식사법이다. 벨그리프도 마음이 조금 편해졌다. 이제 맛있는 아침 식사에 시선이 가면서 절로 입맛이 돈다.

문득 떠올라 헬베티카에게 질문했다.

"그나저나, 말씀은 어떻게 좀 진전이 있겠습니까?"

"아뇨, 조금만 더……. 그렇지만 사나흘 안에 어떻게든 매듭을 지을 작정이에요. 많이 바쁘신가요?"

"저 자신은 딱히 바쁠 이유가 없습니다만, 어쨌든 마을이 생긴 이후에 맞이하는 가장 큰 작업이니까요. 다들 기분이 들떠 올라서 말입니다."

그렇게 말하고 쓴웃음 짓는 벨그리프를 보고 헬베티카는 쿡쿡 웃었다.

"네, 알겠습니다. 제게도 허술하게 처리할 안건은 아니랍니다. 조금은 더 기다려주셔야겠지만, 최대한 서둘러서 진행할게요. 그때까지는 모쪼록 편안하게 지내주셔요."

"으음, 송구하군요."

삶은 달걀의 껍질을 벗기면서 사샤가 말했다.

"스승님! 그렇다면 오늘은 아직 시간이 남아 있으시겠군요? 괜찮으시다면 꼭 대련을 잠시 부탁드리고 싶습니다만!"

"하하, 좋습니다. 다만 오늘은 제가 질 것 같습니다만……."

"무슨 말씀이십니까! 오늘이야말로 스승님의 진짜 실력을 끌어낼 수 있도록 노력하겠습니다!"

사샤는 분기하여 목청껏 외쳤다. 적당히 힘을 빼내고 상대한 적은 한 번도 없었던 탓에 벨그리프는 난처해서 턱수염을 쓰다듬었다.

말석에서 대기하고 있던 애시크로프트는 불만에 찬 표정을 짓고 장내를 둘러보다가 문득 입을 열었다.

"외람되오나 사샤 님, 저자의 검은 말씀하시는 만큼 우수하지는 않더군요."

"뭐라고?"

사샤는 애시크로프트를 째릿 노려봤다.

"무슨 망발이지, 애시. 너는 벨그리프 님의 검을 본 적이라도 있나?"

"그럼요, 오늘 아침에 저자가 단련하는 모습을 목격했습니다. 물론 몸의 축도 중심도 잘 잡혀 있고, 기세는 날카롭더군요. 그러나 그게 전부입니다. 사샤 님. 당신께서 패배했다는 말도 믿기 어렵습니다. 뭔가 비겁한 수법이라도 쓰지 않았다면……."

애시크로프트가 말을 마치기 전에 사샤가 격앙하며 일어섰다.

"닥쳐라! 너 따위가 감히 검에 대해서 논할 자격이나 되는가! 그 딴 소리는 먼저 나부터 이기고 나서 지껄여라!"

"제가 사샤 님을 어떻게 당해 내겠습니까. 그러나 『적귀』인가 하는 인물에게 질 것 같지는 않군요."

"이 자식이, 스승님을 우롱하다니……! 스승님!"

아무렇지도 않은 기분으로 사워크라우트를 먹고 있었던 벨그리프는 놀라서 고개 들었다.

"예?"

"부탁드립니다! 이 천하의 멍청이가 현실을 깨닫도록 때려눕혀 주십시오!"

"……예?"

애시크로프트는 히죽 웃고는 일어섰다.

"괜찮군요, 재미있겠습니다. 사샤 님, 당신의 환상도 깨우쳐드리겠습니다. 와라, 『적귀』. 네 콧대를 꺾어주겠다."

"아, 예에……."

벨그리프는 상황을 미처 다 파악할 수가 없어서 눈살을 찌푸리고 고개를 갸웃거렸다. 셀렌은 안절부절못하며 이리저리 시선을 던지고 있고, 헬베티카는 생글생글 웃고 있다.

영문을 모른 채 저택 뒤편의 연병장까지 이동해야 했다. 비 내린 뒤라서 흙이 드러난 맨땅은 질퍽질퍽 젖어 있었다. 대련하기에는 적당하지 않은 장소다.

목검을 건네받고 여전히 아리송한 채 쥐어보고 휘두르면서 감각을 확인하던 때에 이제야 잠에서 깬 안젤린과 친구들이 다가왔다. 안젤린은 졸음기가 살짝 묻어날 뿐이다만, 밀리엄과 아넷사는 머리를 쥐어 잡고 있었다. 숙취 때문인지 안색이 별로 좋지 않았다.

"으으……. 너무 마셨어……."

"사샤가 너무 강한 거야……. 쳇, 괜히 따라 마시다가……."

"아빠 찾았다……. 뭐하는 거야?"

"그게 말이다, 아빠도 잘 이해가 안 된다만……. 애시크로프트 님과 대련을 하게 됐구나."

"흐응?"

안젤린은 뚫어져라 품평을 하듯 애시크로프트를 뜯어봤다. 애시크로프트는 의아해하며 눈살을 찌푸리고 안젤린을 마주 노려봤다. 그렇게 잠시 눈싸움이 이어지던 중 안젤린은 불쑥 시시하다는 듯이 커다랗게 하품을 했다.

"흐암……. 송사리네……."

"뭐라고……!"

안젤린의 한 마디에 애시크로프트의 눈살이 치켜 올라갔다. 목검의 끝을 안젤린에게 겨누고 포효한다.

"마왕 살해자인가 뭔가 모르겠다만……. 『적귀』 다음은 네 차례다, 계집!"

그 말에 안젤린도 열이 확 솟았나 보다. 불쾌감 가득 묻어나는 얼굴로 벨그리프를 돌아봤다.

"아빠……. 콱 박살 내버려."

"아니, 이 녀석아……. 웬 말씨가 이리 험악하니……."

"아녜요, 벨 아저씨~. 저런 사람은 따끔한 맛을 좀 봐야 정신 차린다고요~."

"맞는 말이야……. 시비를 걸 상대의 실력도 올바르게 보지 못하는 것은 치명적이지. 좋은 공부가 될 거야."

파티 멤버가 얕보였다는 것도 마음에 안 들고, 숙취로 불쾌한 것도 거들었는지 웬일로 밀리엄과 아넷사까지 얼굴을 찡그리고 말했다.

"선배님들의 말씀이 옳다! 애시! 제대로 따끔한 맛을 봐라!"

사샤도 동조하며 큰 목소리를 냈다.

뭔가 당사자만 빼놓고 분위기가 고조되는 터라 벨그리프는 혼자서 동떨어지는 듯한 기분에 휩싸였다. 그리고 애시크로프트에게 조금 동정했다.

어쨌든 간에 대련한다면 적당히 상대하는 실례를 저지를 순 없다. 벨그리프는 크게 호흡을 들이마시고 평소처럼 똑바로 우뚝 선 자세를 취했다. 애시크로프트도 자세를 가다듬는다. 유려한 자세였다. 상당한 실력자임을 알아볼 수 있었다.

경위는 차치하고 강적과 검을 겨룰 수 있는 기회는 싫지 않았다. 평상시의 자신과 이런 상황의 자신이 다른 사람처럼 느껴진다. 상대가 있고 검을 쥐어 잡으면 신기하게도 차분한 마음이 들었다. 그 차분함의 바닥 쪽에서 바짝바짝 타오르고 있는 무엇인가를 느꼈다.

지면 상태가 나쁜 까닭에 애시크로프트도 첫 한 걸음을 내디딜 만한 타이밍을 못 잡는 듯했다. 조금씩 거리를 좁혀 오면서 방심하지 않고 벨그리프를 주시하고 있다.

좋은 검사다. 이런 사내가 비서관으로 곁을 지키고 수행한다면 헬베티카가 혹여 습격과 맞닥뜨려도 안심할 수 있겠다. 그렇게 벨그리프는 상황에 어긋나는 생각을 했다.

불현듯 종달새 한 마리가 새된 소리로 울면서 가로질렀다. 벨그리프의 눈살이 움찔 움직인다.

찰나, 애시크로프트가 깊숙이 발을 내디뎌서 벨그리프에게 달려들었다. 놀라운 순발력이다.

그러나 벨그리프도 즉각 반응했다. 몸을 구부려서 오른쪽 다리를 내뻗어서 막 들이닥치려 하는 애시크로프트를 향하여 목검을 힘껏 휘두르고자 자세를 가다듬는다.

달린다, 전방으로.

그러나 뜻밖의 사태가 벌어졌다.

예상 이상으로 젖어 있었던 지면에 의족이 쑥 박히고, 그러나 신체만 전방으로 향하고자 한다. 그 결과, 몸을 구부린다기보다는 푹 고꾸라지는 모양새가 되고 말았다.

"으음……!"

다만 불행인가 다행인가, 그 사고 비슷한 움직임이 애시크로프트의 검을 헛치게 만들었다.

앞쪽으로 굴러 쓰러지는 벨그리프의 머리 위를 목검이 스쳤고, 한편 벨그리프가 기세를 수습하지 못한 채 끝까지 휘둘러졌던 목검은 애시크로프트의 정강이를 매섭고도 정확하게 후려쳤다. 애시크로프트는 말소리가 되지 못하는 비명을 내질렀고, 벨그리프에게 엎드리듯 바닥에 쓰러지더니 정강이를 부여잡은 채 몸부림쳤다.

“끄아아아아아아아아아아아……!”

“애, 애시크로프트 님, 괜찮습니까?”

간신히 넘어지지 않고 균형을 잡은 벨그리프는 허둥지둥 일어선 뒤 애시크로프트의 어깨에 손을 얹었다. 애시크로프트는 바닥을 뒹군 탓에 진흙투성이다. 얻어맞은 정강이도 아파 보였다.

벨그리프가 어쩔 줄을 몰라 하면서 당황하고 있을 때 구경하던 사람들에게서 갈채 소리가 들렸다.

“핫하하하하! 역시 스승님이십니다! 애시! 이제 네 주제를 깨달았겠지, 어리석은 놈!”

“훗……. 역시 아빠는 엄청 세.”

“어머, 어머나. 애시도 못 당해 내다니……. 역시 보르도 가문으로 받아들이는 게…….”

“언니?”

“아, 알았어요, 셀렌…….”

아니다. 단순한 사고다, 벨그리프가 말하려고 했을 때 애시크로프트가 울분을 금할 수 없다는 듯한 분위기로 일어섰다.

“인정 못 한다! 이따위 결과! 사샤 님! 지금 공방은 사고입니다! 진흙을 밟고 미끄러져서 우연히 검이 맞은 게 전부란 말입니다!”

옳소, 옳소! 벨그리프는 애시크로프트에게 박수를 치고 싶은 기분이었다.

그러나 사샤는 한심하다는 시선으로 애시크로프트를 봤다.

"애시……. 못난 녀석, 패배자 주제에 입만 살았구나……. 전장에서도 그런 변명을 하면 적이 눈감아주나? 방금 전에는 사고였으니까 무효라고 주장할 텐가? 게다가, 벨그리프 님의 검법은 상궤를 훨씬 초월한 영역에 도달하셨단 말이다. 흡사 정말로 미끄러진 듯 연출했다 뿐, 그 실상은 회피와 공격을 동시에 수행한 것이다. 감쪽같이 속아 넘어가 놓고 뒤늦게 변명이나 늘어놓는구나. 이리도 꼴사나울 수가……."

기막히다고 어깨를 으쓱이는 사샤에게 벨그리프는 머뭇머뭇 말을 건넸다.

"사, 사샤 님? 방금 전 상황은 애시크로프트 님의 말씀이 맞습……."

"괜한 말씀은 안 하셔도 됩니다, 스승님! 이딴 녀석에게 배려는 불필요합니다!"

"아, 아니, 저는 정말로."

"으, 으음, 이리도 자비롭다니……. 애시가 저질렀던 많은 무례은 아랑곳 않고 체면을 내던지겠다 결심하시다니요……. 역시 스승님께서는 그릇이 큰 분이십니다……."

"저기, 사샤 님? 말을 좀……."

여느 때처럼 사샤는 말을 제대로 듣지 않는지라 벨그리프가 안달복달하려니까 애시크로프트가 무안하다는 표정을 짓고 말했다.

"저기……. 뭐랄까……. 그쪽도 고생이 많군, 벨그리프, 님……?"

"하하……. 귀하만큼은 아니지요."

묘한 연대감이 피어나려던 순간, 애시크로프트의 어깨에 손을 얹는 인물이 있었다.

안젤린이 만면에 미소를 머금고 서 있다.

"……아빠 다음은 분명 나랬지?"

웃기는 웃는다만 온몸에서 쏟아지는 격렬한 투기와 위압감은 애시크로프트를 오싹 소름이 끼치게 만들었다.

"아, 아니, 그게 아니라……."

"상대해줄게……. 이리 와……."

"아, 안제……? 애시크로프트 님은 지치셨잖니."

"아빠."

안젤린은 생긋 웃었다.

"잠자코 봐."

아침의 연병장에 애시크로프트의 비명이 울려 퍼졌다.

23 보르도 가문 저택의

보르도 가문 저택의 어느 방, 침대 위에 기진맥진해서 애시크로프트가 누워 있다. 안젤린의 가차 없는 공격에 속수무책으로 당해버렸던 탓이다.

그러나 정작 승리를 거둔 안젤린은 풀이 죽어서 몸을 움츠리고 있었다. 앞쪽에는 얼굴을 찌푸린 벨그리프가 팔짱을 끼고 서 있다.

"안제……. 네가 강하다는 것은 잘 알겠다. 그러나 강자가 자신보다 약한 사람을 일방적으로 공격하는 게 아빠는 올바르다고 생각하지 않아."

"그래도, 아빠……. 저쪽이 먼저."

"설령 상대에게 잘못이 있다해도 그것이 네가 마구 괴롭힐 이유가 될 수 있니?"

"으윽……."

"끙끙거려도 안 된다. 자기 힘도 주체를 못할 바에야 차라리 처음부터 검 따위 휘두르면 안 되는 거야."

벨그리프는 그의 성격상 드물게도 꽤 진지하게 나무랐다. 그래서 안젤린은 물론이고 옆에서 부추겼던 밀리엄과 아넷사, 사샤까지 다 함께 풀이 확 죽었다. 헬베티카와 셀렌은 뒤쪽에서 얼굴을 마주 바라볼 뿐 어떠한 말도 꺼내지 않았다.

그때 침대에 누워 있었던 애시크로프트가 신음하며 몸을 일으켰다.

"아니요……. 전부 제 실수입니다……. 벨그리프 님, 모쪼록 안젤린 님을 꾸중하지 말아주십사 부탁드리겠습니다."

"그러나, 애시크로프트 님. 보르도 백작령의 내정을 돌보시는 귀한 몸을 이렇게……."

"그렇다면 더더욱, 제가 자제했다면 아무 문제가 없었겠지요……. 비서관이라는 직책에 걸맞지 않게 시시한 질투심을 다스리지 못하고 불필요한 혼란을 초래하고 말았습니다. 벨그리프 님, 안젤린 님, 정말이지 드릴 말씀이 없습니다. 게다가 겉보기만큼 심한 상태는 아닙니다. 뼈도 근육도 다친 데가 없는지라……. 아얏."

메이드가 솜에 소독약을 묻혀서 문질러주자 애시크로프트는 얼굴을 찌푸렸다. 벨그리프는 탄식했다.

"그리 말씀해주시니 감사할 따름입니다……. 안제, 애시크로프트 님에게 사과드리거라."

"으음……. 그래도……."

"안젤린."

"……잘못했어요."

안젤린은 마지못한 태도일지언정 꾸벅 머리 숙였다. 사샤가 주뼛주뼛 입을 열었다.

"저기…… 벨그리프 님……. 금번의 소동은 제가 함부로 발언했던 탓이기도 하고, 너무 안젤린 님을 나무라지는 말아주십시오…….”

아넷사와 밀리엄도 미안해하며 머리 숙였다.

“저희도 옆에서 자꾸 부추긴걸요……. 애시크로프트 씨, 죄송합니다.”

“안제 혼자 잘못은 아니에요. 미안해요…….”

“……좋은 친구를 뒀구나.”

벨그리프는 살포시 웃고 안젤린의 머리를 손바닥으로 톡톡 다정하게 두드려줬다. 부루퉁하던 안젤린도 이제 조금은 표정이 부드럽게 풀렸다.

벨그리프는 미소 짓고는 일부러 밝은 목소리로 말했다.

“자, 분위기가 무척 이상해졌구나. 헬베티카 님, 많이 바쁘실 테죠. 저희는 신경 쓰지 마시고 정무에 복귀하셔도 됩니다.”

헬베티카는 쿡쿡 웃었다.

“배려에 감사드려요, 그러면 이만 물러나볼게요. 애시, 나중에 영약을 가져다줄게요. 푹 쉬고 기운 차리세요. 당신도 좋은 공부가 됐겠죠?”

“예, 과분한 말씀이십니다……. 자신의 미숙함을 절감했습니다.”

애시크로프트는 머리를 수그렸다. 헬베티카는 생글생글 웃고는 침대 옆쪽으로 의자를 빼내고 걸터앉았다.

“자…… 그러면 애시가 침대에서 못 움직이니까 이곳에서 대화를 나눠야겠네요. 조만간에 마르타 백작이 이쪽으로 찾아오겠다더군요.”

"예? 정말입니까?"

애시크로프트가 의아해하며 얼굴을 찌푸렸다. 셀렌이 고개를 끄덕거린다.

"오늘 아침에 편지가 도착했어요. 빠르면 내일, 늦어도 모레에는 도착한답니다."

벌써 대화가 시작된 터라 벨그리프는 서둘러 방 바깥으로 나왔다. 쓸데없는 말까지 들을 필요는 없다.

"이거 참……. 자, 어떻게 할까. 이제 당분간 한가할 테고, 거리 쪽에 나가볼까?"

옆쪽에 서 있는 안젤린에게 가만히 말을 붙여봤다만, 안젤린은 토라졌는지 대답을 안 한다. 벨그리프는 쓴웃음 짓고 안젤린을 쓰다듬어줬다.

"너무 토라지지 말거라, 안제……. 너도 행동이 지나쳤다는 건 알잖니?"

"……어차피 아빠는 나보다 애시인가 하는 녀석이 더 소중한 거지?"

"이 녀석아, 그런 식으로 삐뚤어진 생각은 하지 말려무나. 안제가 아빠를 위해 화내줬다는 것은 잘 알고 있으니까……."

안젤린은 한동안 말이 없었지만, 갑자기 이쪽을 돌아보면서 두 팔을 내밀었다.

"안아주면 봐줄게……."

벨그리프는 쓴웃음 짓고 안젤린의 허리에 팔을 둘러서 안아 들었다. 안젤린은 벨그리프의 머리카락에 얼굴을 파묻은 채 만족스럽게 눈을 감았다. 사샤는 어째서인가 절절한 표정을 짓고 옆에서 보고 있었다.

"으음……. 아버님께 더 많이 어리광을 부렸다면 좋았을 텐데……."

불쑥 중얼거린다. 밀리엄이 장난스럽게 웃더니 사샤의 뒤쪽으로 돌아들어서 등을 밀었다.

"벨 아저씨, 사샤도 안아달라고 하는 말 같은데요~?"

"흐아아아아앗?! 미리 님?!"

얼굴을 새빨갛게 붉힌 사샤를 보고 벨그리프는 왜 저러나 싶어 고개를 갸웃거렸다. 안젤린은 살짝 눈살을 찌푸렸지만, 납득했다는 듯이 혼자서 고개를 끄덕이고는 폴짝 내려섰다.

"아빠 내음이 많이 그립구나……. 좋아. 특별히 허락."

"넷? 저기……? 으음……. 괘, 괜찮습니까? 안제 님."

"응……. 아빠, 사샤도 안아줘."

"……으음? 뭐, 상관없다만……. 실례하겠습니다, 사샤 님."

벨그리프는 영문을 몰라 하면서도 사샤의 허리에 팔을 둘러다가 똑같이 안아 들었다. 어깨에 걸터앉히는 형태가 된다. 사샤는 「우오오오!」 흥분해서 소리 높였다.

"그…… 그리워라……!"

사샤는 벨그리프의 머리에 손을 얹은 채 눈을 반짝반짝 빛냈다.

"아직 어렸던 시절……. 이렇게 아버님께서 곧잘 안아 들어주셨습니다…….”

“그, 그랬군요…….”

사샤는 장신이라서 안젤린에 비하여 더욱 무겁다. 그러나 여성에게 무겁다는 말을 꺼내면 실례인지라 벨그리프는 꾹 참고 잠시간 사샤를 들어 올리고 있었다. 하지만 근육 및 관절이 다소 아프기도 하고 아무래도 좀 버거운 터라 살며시 내려줬다. 너무 무리를 하면 허리를 다칠 것 같다. 사샤는 눈에 띄도록 기뻐했다.

“감사합니다, 스승님!”

“아, 별것 아닙니다……. 그나저나, 스승이라는 호칭은 좀 거두어주시면…….”

“벨 아저씨, 이 기세로 이번에는 아네한테 목말요!”

“잠깐, 나는 괜찮다니까!”

밀리엄에게 떠밀려 나온 아넷사는 안절부절 당황했다. 벨그리프는 난처해하며 웃었다.

“지금은 좀 봐주면 안 될까? 허리가…….”

“그, 그렇죠! 거봐, 미리, 힘들다시잖아…….”

“내일은 아마 괜찮을 거야. 내일 태워줘도 되겠니?”

“넷? 아, 으으……. 네…….”

새빨개져서 고개 숙이는 아넷사를 보고 밀리엄이 히죽히죽 웃었다.

“에헤헤, 그럼 내일은 나도 꼭 안아달라고 해야지~.”

그 말을 듣고 안젤린이 얼굴을 찌푸리며 고개를 흔들었다.

"미리는 안 돼……. 무거워."
"잠깐! 누가 뚱보라는 거얏!"
분개하는 밀리엄을 보고 모두들 웃음을 터뜨렸다.

○

호사스럽다 말할 순 없는 저택이다. 석재와 나무로 만들어서 튼튼할 뿐 꾸밈새는 변변치 않다. 내부에 놓인 장식품들이 하나같이 고가의 물품인데도 도저히 품위 있다는 표현은 쓸 수 없음은 물론이고 단지 값비싼 물품을 잡다하게 늘어놓았을 뿐인 터라 모종의 상스러운 분위기마저 감돌았다.

그곳의 일실에서 질 좋은 옷을 차려입은 남자가 한 명, 언짢은 기색으로 앉아 있었다. 나이는 대략 쉰을 넘긴 듯싶다. 별달리 절제 및 운동을 하지 않았는지 중년의 나잇살이 악화된 듯 덕지덕지 군살이 붙어 있고, 콧수염이 풍성하게 자랐다 뿐 두발은 썰렁하게 비어 있었다.

마르타 백작. 보르도 서편에 위치하는 도시, 헤이젤의 영주였다.

백작은 잔 속의 와인을 한입에 삼켜서 난폭하게 탁자 위에다가 놓고는 콧수염에 묻은 와인을 핥았다.

"흠, S랭크 모험가라니……. 마왕을 토벌했다는 소문은 나도 들어 두었지."

그자의 맞은편에는 모피 모자를 쓴 알비노 소녀가 앉아 있었다.

소녀는 흡사 오물을 보는 눈으로 백작을 주시하며 무뚝뚝하게 입을 다물고 있다. 그 뒤쪽에 서 있던 후드 차림의 소년이 말했다.

"그렇다면 계획을 뒤로 미뤄라. 보르도 가문에 더하여 그 녀석들까지 적으로 돌리는 짓은 무모하다."

"흠……. 솔로몬인가 하는 녀석의 힘도 별것이 아니로군."

소녀의 눈살이 움찔 움직였지만, 먼저 제지하듯 소년이 나서서 말했다.

"도발해도 소용없다. 실패하면 댁의 목도 날아간다. 그 녀석들만 없다면 일은 계획대로 진행될 텐데. 잠시만 참고 견뎌라."

어디까지나 냉정한 태도를 무너뜨리지 않는 소년에게 마르타 백작은 싸늘하게 웃어 보였다.

"뭘 대단한 책사라도 되는 양 떠들어 대는군, 애송이……. 그러나 충고는 충고로 들어 두도록 하지."

백작은 잔에 와인을 따랐다.

"나는 곧바로 보르도에 갈 테다. 밤에는 도착할 수 있게 말이다."

"이봐, 계획은 뒤로 미루라고 말했을 텐데."

"미룬다? 미뤄서 어쩌자는 게냐. 그 S랭크 모험가인가 하는 녀석들이 보르도에서 떠날 때까지 기다리라고? 애송이, 불확정 요소를 기대하며 줄곧 은둔한 채 버텨야 하는 괴로움을 네놈이 아느냐? 권력에서 멀어진 탓에 이딴 북부의 깡촌에서 몇 년이 넘도록 갇혀 지내야 하는 괴로움을!"

백작은 잔을 든 손을 탁자 위쪽에 쿵, 난폭하게 내려놓았다. 와인이 튀어 쏟아진다. 저 탁한 눈은 야심과 원한으로 번뜩번뜩 불타오르고 있었다.

"대체 몇 년을 견뎌왔던가……. 오늘이라는 날을 기다리고 또 기다렸다……. 전대 보르도 백작은 만만하지 않은 상대였지……. 그러나 놈도 병은 이기지 못했다. 딸년들도 재주는 제법이지……. 그러나 결국은 계집 아닌가. 결벽을 떤단 말이다. 공국의 수도에서 상대했던 야차 같은 놈들과 비교하면 전혀 대단할 게 없어……."

마르타 백작은 보르도의 영내에 있는 반보르도 일파를 몇 년씩 들여서 한데 모아왔다.

보르도 백작은 본래 지방 호족이었던 까닭도 있어 주민들에게 마음을 쓰는 온화한 정치가 일반 백성들에게는 절대적인 지지를 끌어모았다만, 중앙에서 흘러든 탓에 귀족적 사고가 푹 배어든 일부 귀족들은 반감을 갖고 있었다.

중앙에서 온 귀족들은 지방 출신인 보르도 가문을 시골뜨기라며 깔보는 경향이 있다. 사샤가 귀족임에도 불구하고 모험가로 활동하고 있는 것도 자매들이 영지를 돌아다니며 때때로 농민들과 함께 땀을 흘리는 것도 중앙 출신의 귀족들이 보기에는 천박한 행위에 불과하다.

그런 식으로 보르도 가문에 반감을 품은 귀족들을 줄곧 은밀하게 포섭하기를 몇 년, 압도적으로 우세라는 말은 못 할지언정 관망파를 끌어들일 수 있는 상황까지 몰고 간다면 실권을 확보 가능할 만한 지점까지 왔다. 이제 현 가주를 저세상으로 보내기만 하면…….

공국의 수도에서 쫓겨난 몸이지만 마르타 백작도 한때는 그곳에서 권력 투쟁에 여념이 없었던 인간이다. 그리고 패배했음에도 불구하고 작위를 유지했을 뿐 아니라 지방 좌천으로 수습할 수 있는 정도의 수완도 보유했다.

"귀족은 천한 작자들과 다르다. 그딴 짓거리를 계속한다면 주민 놈들은 점점 주제를 모르게 될 테고, 언젠가 신분의 차이 따위는 사소한 것이라고 말하며 다니게 될 테지. 그런 인식이 보편화되면 공국은 물론 제국도 유지할 수 없다. 귀족은 귀족다운 고귀함을 지니고 있는 까닭에 비로소 귀족인 법. 그 이치를 알지 못하는 계집년들……. 잘 들어라, 계획대로 오늘 해치운다……. 오늘 밤이다!"

마르타 백작은 와인을 단숨에 들이켰다. 취해서 나온 발언일까? 그러나 예전부터 매번 상대할 때마다 이 남자는 어딘가 정신이 나간 사람처럼 행동했었다. 권력에 대한 갈망이 과한 탓에 광증이 살짝 도졌는지도 모르겠다. 소년은 넌더리가 나서 탄식했다.

"댁의 철학은 아무래도 좋다고……. 그러나 이해가 일치하는 이상 협력해주지 않으면 곤란한데."

"염려하지 마라. 네 녀석들은 맡은 바 역할을 다하면 된다. 내가 누구인 줄 아는가……. 귀족은 귀족다워야 귀족이란 말이다. 부와 권력……. 그대라면 동감할 테지? 솔로몬의 성녀여."

소녀는 그 물음에 대답하지 않고 언짢아하며 일어서서 성큼성큼 방을 나가버렸다. 소년도 뒤를 따른다. 마르타 백작은 쿡쿡, 섬뜩하게 웃었다.

소녀는 빠른 걸음으로 나아가면서 말을 내뱉었다.

"여전히 천박한 자식이네. 권력의 망자야. 루크레시아의 사이비 놈들이 자꾸 떠올라."

"……너도 비슷비슷한 처지 아닌가?"

"저딴 놈이랑 똑같이 취급하지 마! 권력은 마땅히 자격 있는 사람에게 주어져야 해! 저 돼지한테 무슨 자격이 있다는 거야!"

소녀는 눈매를 추켜올리며 고개 돌려서 소년에게 주먹을 휘둘렀다. 그러나 소년은 아무렇지도 않게 막았다. 소녀는 이를 악물었다. 그리고 다시 또 짜증을 드러내며 걸어 나아간다.

"이놈이고 저놈이고 죄다 쓰레기야! 바꿔줄 거야……. 이따위 세계!"

"마음대로 해라……. 다만 폭주하다가 실패하진 말아야겠지."

"누구한테 하는 소리야!"

소녀는 곧장 안뜰로 나갔다. 차차 기울어지는 햇빛이 눈부시게 내리쬐기에 주변은 밝았다. 젖은 지면에서 아지랑이가 피어오르고 나무 잎사귀는 반짝반짝 빛난다.

소녀는 오른쪽 손을 들었다. 중지에 반지가 있다. 짐승이나 악령을 본뜬 오싹한 장식으로 꾸몄고, 작고 검은 보석이 달려 있었다.

『기피되는 자의 왕국! 방랑자를 쫓는 바람! 사람들은 우리를 사악하다 외친다! 닫혀 있었던 밤의 문에서 장막이 드리워지니! 이리도 험한 여정이 있단 말인가!』

포효하다시피 낭랑하게 읊은 영창과 함께 소녀를 중심으로 무시무시한 마력의 분류가 발생했다. 이렇듯 작은 소녀의 몸에 보통 사람의 수십 배에 달하는 마력이 깃들어 있는 듯싶다.

소용돌이치는 마력이 치켜들고 있는 오른손의 반지로 모여든다. 불현듯 주변이 고요해지는 순간, 반지의 검은 보석에서 탁한 먹구름이 피어오르더니 덩어리가 되어 하늘로 날아올랐다. 금세 하늘을 뒤덮고 동쪽을 향해 흘러간다.

소녀는 흥, 코웃음 쳤다.

"사미지나의 반지……. 이 힘만 있다면……. 후후, 훗……."

소녀은 팔짱 끼고 얼굴을 찌푸린 채 불쑥 중얼거렸다.

"……결국은, 이용당할 뿐인가."

○

보르도의 거리는 북적거렸다. 비가 막 개어서 고인 물웅덩이가 푸른 하늘을 비추고, 그 위를 수많은 사람들이 오가고 있다. 산나물과 채소를 팔러 온 농민, 남쪽 지방의 상인들, 노상에서 연주하는 유랑민, 짐수레를 끄는 수습 직원들, 줄지어 달려 나아가는 아이들.

저택을 나온 일행들은 사샤의 안내에 따라 점심 식사를 먹은 뒤 거리를 걷고 있었다. 일은 괜찮겠느냐고 물었더니 정치 관련의 어려운 대화를 나눌 때 사샤는 관여하지 않는다 했다. 괜히 참가한들 알아듣지도 못하는 데다가 쓸데없이 분위기만 혼란스러워진다

는 것이 본인의 변명이다. 이래도 되는 것인가 벨그리프는 쓴웃음을 지었다만, 곰곰이 따져보면 자기 분수를 잘 알고 처신한다는 말도 될뿐더러 그만큼 헬베티카와 셀렌을 신뢰한다는 뜻이기도 하다. 본인은 도움이 되지 않는 분야라고 딱 잘라 결론지을 수 있는 소탈한 기질은 사샤의 매력 중 하나이리라.

소녀들은 벨그리프의 한 걸음 앞쪽을 꺄아꺄아 떠들어 대며 걸어가고 있다. 이제 숙취는 떨어졌나 보다. 어젯밤 함께 밤새워 술을 주고받은 덕분일 테지. 사샤도 대단히 격의 없는 태도여서 사이가 좋다.

"있지, 있잖아. 샤사, 과자가 맛있는 가게도 있어~?"

"물론 있지요! 보르도는 밀이 잘 자라니까 구운 과자가 맛있습니다."

"오오~ 좋아, 좋아라~. 있지, 거기에 한번 가보자~."

아넷사가 히죽히죽하며 밀리엄의 어깨에 손을 얹었다.

"……아까 막 무겁다는 말 듣고 토라졌던 게 누구였더라?"

"시끄러워~? 그거랑 이건 경우가 달라!"

"아닙니다, 미리 님은 그 말랑말랑한 느낌이 귀엽잖습니까! 아무쪼록 꼭 지금 이대로의 미리 님으로 남아주십시오!"

"으아앗, 사샤까지! 으앙~ 안제, 다들 나만 괴롭혀~."

"응응, 착하다, 착해……. 자, 과자 가게에 가자……. 미리를 더 살찌워주겠어."

"무, 무슨 소리냐~!"

"후후후, 농담이야……. 나도 단것 먹고 싶어. 괜찮지? 아빠."

"그래, 괜찮고말고."

홀로 담장의 바깥에 동떨어진 처지였지만, 어차피 벨그리프는 보호자 신분이니까 신경 쓸 것 없었다. 소녀들이 즐거운 시간을 보낼 수 있다면 충분하지 않겠는가.

과자 가게에 들러 톨네라에서는 좀처럼 먹을 기회가 없는 단맛을 만끽한 뒤 사샤의 제안을 따라 모험가 길드에 찾아가기로 했다. 이번 기회에 꼭 길드 마스터에게 소개하고 싶다는 까닭이었다. 또 과한 평가를 받게 되려나. 살짝 찝찝했지만 벨그리프는 에둘러 잘 거절할 이유를 발견하지 못했다. 결국 일행이 다 같이 길드를 방문했다.

이곳도 튼튼해 보이는 석조 건물이었다. 보르도는 새 건물은 목조가 많지만, 옛 건물은 모두 석조뿐이다. 예전 개척 시대 때 튼튼하고 오래 유지되도록 만들었을 테지.

길드 내부는 활기가 가득 넘쳤다. 남녀노소의 모험가들이 드나들고, 여기저기에서 담소 나누는 목소리가 울려 퍼진다. 소재를 사러 온 상인 및 직인의 모습도 드문드문 보였다.

그립구나. 벨그리프는 감회에 휩싸였다. 한때는 자신도 이런 북새통의 와중에 함께 있었다. 톨네라의 조용한 생활에 익숙해진 지금도 불과 2년 남짓의 모험가 생활은 선명하고도 강렬한 체험으로 기억에 남았다.

어젯밤 숙소 주점에서 만났던 모험가들이 있는 듯 환성이 터져 나왔고 금세 인파에 둘러싸였다.

"오오! S랭크 모험가님께서 행차하셨다!"

"마왕 토벌담을 들려주게나!"

"나는 『적귀』에게 묻고 싶군! 도대체 어떤 방법으로 S랭크 모험가를 키워 낸 건가?"

"이봐, 왜 톨네라처럼 작은 마을에 틀어박혀 지내는 거야?"

"실력이 아깝잖나! 사샤 님께서 스승님이라 부를 수준이면 보르도 길드에서도 눈 깜짝할 틈에 최정상이라니까?"

노도와 같은 질문 세례를 쓴웃음으로 받아넘기며 사샤의 뒤를 따라서 접수처 뒤편의 문에 들어갔다. 모험가들은 와아와아 소란 부렸지만, 여성 접수원이 수습해줬다.

계단을 올라가면서 벨그리프는 탄식했다.

"곤란하군……. 이름값이 너무 무거워."

"음? 뭐라 말씀하셨습니까? 스승님."

"아뇨, 혼잣말입니다……. 그리고 사샤 님, 스승이란 호칭은 좀."

"길드 마스터! 여기 계셨습니까!"

계단을 오른 곳의 방문을 사샤가 힘차게 열어젖힌다. 내부에는 서재로 꾸민 넓은 방이 있었다. 아마도 손님맞이의 용도일 테지. 앞쪽에 6인용 탁자와 안락의자를 놓아두었고 안쪽에는 업무용 책상이 있다. 그 위에는 많은 서류가 가지런하게 쌓여 있었다.

책상 건너편에 노인이 앉아 있다. 예순 전후쯤 되었을까? 긴 백발을 뒤로 묶어 내렸고, 얼굴의 깊은 주름과 달리 눈동자는 나이를 먹은 자 특유의 우수를 머금고 있어 몹시도 온화한 인상이다. 사샤는 성큼성큼 앞쪽으로 나아가 책상에 손을 짚었다.

"업무 중 실례하겠습니다, 길드 마스터. 꼭 소개드리고 싶은 분이 계신지라!"

길드 마스터는 빙긋 미소 지었다.

"예. 다들 소문이 자자합니다, 사샤 님. 『흑발의 여검사』 안젤린 님과 파티 멤버로 계시는 두 분. 그리고 『적귀』 벨그리프 님께서 방문하셨다고요."

사샤는 자랑스럽게 웃고는 옆쪽으로 물러나서 일행들을 소개했다.

"이쪽이 『흑발의 여검사』로 이름 높은 안젤린 님입니다. 그리고 파티 멤버로 함께 활동하시는 아넷사 님과 밀리엄 님. 이분은 예전부터 자주 말씀드렸던 『적귀』 벨그리프 님이십니다. 여러분, 이쪽이 보르도의 길드 마스터, 엘모어 님입니다."

사샤에게 소개를 받고 각자가 머리 숙여서 인사했다. 길드 마스터는 천천히 일어서서 정중하게 머리 숙였다.

"엘모어라고 합니다. 부족한 재주로나마 보르도의 모험가 길드를 책임지고 있는 늙은이지요. 아무쪼록 기억해주시면 감사하겠습니다."

"이리 환대해주시니 몸 둘 바를 모르겠군요. 게다가 업무 시간에 불쑥 쳐들어온지라……."

"아닙니다, 본래 별달리 일거리도 없는 처지인지라."

엘모어는 여전히 온화하게 미소를 머금은 채 접빈용 안락의자에 앉도록 일행에게 권유했다. 자리를 잡고 앉은 뒤 안젤린이 말했다.

"엘모어 씨, 멋있어……. 올펜의 길드 마스터랑 되게 달라."

"애가, 못 하는 말이 없어……."

가만히 나무라는 한편 아넷사도 쿡쿡 웃음 짓는다. 확실히 올펜의 길드 마스터가 쓰는 방은 별로 깔끔하지도 않았고 라이오넬에게는 위엄 따위 티끌만큼도 없었다. 그러나 이곳은 잘 정돈되었고, 무엇보다 길드 마스터에게 위엄이 있다.

엘모어는 웃음 짓고는 박하수가 담긴 병을 선반에서 꺼냈다.

"라이오넬 님은 열심히 노력하고 계신 줄 압니다. 마왕이 발단이었던 마수 대량 발생 때 혼자서 용케 대응하셨지요. 보르도에서도 지원을 보내고 싶은 마음은 있었습니다만, 저희 길드에는 현재 S랭크 모험가가 안 계신지라……."

잔에 따라준 박하수를 마신 뒤 안젤린은 말했다.

"엘모어 씨의 랭크는 뭐였어……?"

"저는 AA랭크였습니다. 모험가의 재능은 벽에 부딪혔습니다만, 이러한 사무 업무는 신기하게도 적성에 잘 맞더군요. 이제 이 자리를 맡아본 지 20년이 됩니다."

"흐음……. 우리 쪽 길드 마스터가 말하기로는 길드 마스터란 무능한 인간이 맡기에 좋은 놀고먹는 자리랬는데……. 정말이야?"

"요 녀석, 안제. 실례잖니."

벨그리프는 당황해서 안젤린을 나무랐다. 그러나 엘모어는 전혀 개의치 않는 모습으로 유쾌하게 웃었다.

"예, 맞죠, 맞는 말입니다. 현재는 어느 길드든 길드 마스터는 한가한 자리입니다. 중앙 길드와 해당 지역의 길드 사이에 서서 쌍방의 잔소리를 받아넘기면 족한 직책이죠. 그러나 보르도의 길드만큼은 조금 사정이 달라서 말입니다."

사샤가 적극 나서서 말을 이어받았다.

"보르도의 길드는 예전부터 영주와 유대 관계를 구축했습니다. 중앙의 혈통서가 딸린 귀족들은 기본적으로 모험가를 업신여깁니다만, 보르도 가문은 본래 지방 호족이어서 모험가에 대해 친근감을 느끼는 구석도 있었던지라"

"맞습니다. 그런 까닭에 저희 길드는 도시의 방위 부문에서도 한 역할을 담당하고 있습니다. 보통 영주는 모험가 길드에 의뢰주기를 싫어합니다. 돈이 소요된다는 까닭도 있고, 귀족의 체면을 신경 쓰는 까닭도 있을 테지요."

"시시한 이유입니다."

사샤가 눈살을 찌푸린다. 엘모어는 미소 지었다.

"그러나 보르도 가문분들은 달랐지요. 처음부터 모험가 길드와 정식 계약을 체결했고, 병사들과 상호 간 서로 협력하여 마수 및 사고에 대응할 수 있도록 제도를 정비해주셨습니다. 그런 까닭에 거의 부대장이나 다를 바 없는 입장에 있기도 합니다. 중앙 길드의 방식을 빌려 사용할 순 없는 만큼 길드 마스터의 업무는 다른 곳보다 많습니다만, 몹시 보람이 있는 자리입니다. 참 고마운 일이지요."

벨그리프는 감탄했다. 일찍이 자신이 모험가였던 시절에는 도시의 병사와 모험가란 족속들은 사이가 나쁜 게 보통이었다. 그런데 이곳에서는 함께 임무를 수행한다고 한다. 심지어는 보르도 가문 가주의 여동생인 사샤까지도 모험가로 재적하고 있다. 예전에 비해서도 결속력은 더욱더 강해졌을 것이다.

그러나 동시에 이런 체계는 귀족들에게 평판이 좋지 않겠다는 생각도 든다. 옛날부터 보르도 가문과 친분을 맺은 지방 출신의 귀족이라면 어쨌든 간에 중앙에서 넘어온 귀족의 입장으로 보면 천하다고 업신여기는 모험가와 깊이 친교를 나눈다는 사실을 받아들이기 힘들 터이다. 그런 알력이 이번 가도 정비의 안건을 방해하게 된 요인 중 하나이겠지 싶어서 벨그리프는 눈살을 찌푸렸다. 도무지 귀족들의 세계란 곳은 알 수가 없다.

환담을 나누던 때에 불현듯 창밖이 어두워졌다. 어떤 조명도 없는 방 내부도 어두워진다.

엘모어는 으음, 고개를 갸웃거리고 일어나서 창가에 다가갔다. 해가 벌써 저물었나 싶었더니 하늘을 두꺼운 먹구름이 뒤덮고 있다.

"뭔가 이상하군요, 방금 전까지는 아주 화창한 날이었건만……."

밀리엄이 얼굴을 찌푸린 채 빠른 걸음으로 엘모어의 곁으로 갔다. 바깥을 내다보고 의아해하며 눈에 힘을 준다.

"……진짜 이상해, 이거. 엄청나게 왜곡된 마력이 느껴져."

안젤린도 씰룩 눈살을 움직였다.

"따끔따끔하네……. 불길한 느낌……."

그때 실내에 모험가 한 명이 뛰어들었다.

"길드 마스터! 큰일 났소! 젠장, 묘지에서 언데드가 대량 발생했다고!"

"뭐라고요? 어찌 된 일인가……."

엘모어는 눈살을 찌푸린 채 모험가에게 다가섰다.

"숫자는 얼마나 된답니까?"

"일백 아래는 아니야. 짬 나는 녀석들끼리 막고 있지만, 자꾸자꾸 튀어나와서 끝이 없다고."

"알겠습니다, 병사들과 함께 막아 내십시다. 사샤 님."

"염려 마시길! 당장 출동시키겠습니다! 실례!"

사샤는 질풍처럼 달려 나갔다. 안젤린과 일행들도 일어섰다.

"도울게……."

"오오, 이런……. 괜찮겠습니까?"

"올펜에 복귀하기 전 준비 운동으로 딱 좋아……."

"감각을 되찾아야죠. 복귀 후 몸이 굼뜨면 다들 비웃을걸요."

"오랜만에 날뛰어야지~."

세 사람은 모두 평소의 모험가 장비는 물론 아니었지만, 놀러 나왔음에도 자신의 무기만큼은 항상 휴대했다. 모험가의 습관이다. 엘모어는 안심했다는 듯이 미소 지었다.

"참으로 든든하기 이를 데 없습니다……. 저는 교회에 가서 결계를 펼칠 수 있는가 부탁해보겠습니다. 묘지를 부탁드려도 괜찮겠습니까?"

"맡겨줘……."

안젤린은 벨그리프를 돌아봤다.

"아빠도…… 갈 거지?"

"……물론이다."

방해가 되지는 말아야 할 텐데, 하는 우려도 들었지만 입 밖에 꺼내지는 않았다. 전장에 나서는 이상 변명은 소용없다. 최선을 다할 뿐. 안젤린은 아버지와 함께 싸울 수 있다는 것이 기뻤는지 눈에 보이도록 의욕이 가득하다.

바깥은 어두웠다. 또 비가 쏟아질 것 같았다.

24 무엇인가의 숨결과 같은 바람이었다. 진득하게, 뜨뜻하게 피부에 달라붙는

무엇인가의 숨결과 같은 바람이었다. 진득하게, 뜨뜻하게 피부에 달라붙는 느낌이다.

선도하는 모험가의 뒤를 따라서 달렸다. 모험가는 흥분한 듯 달려 나가면서 떠들어 댔다.

"바람도 안 부는데 서쪽에서 저 구름이 밀려들더니 말이야, 눈 깜짝할 새에 퍼져서 도시의 위를 덮어버리더군. 그러니까 묘지에서 언데드 떼가 쏟아졌어! 젠장, 도대체 이게 뭔 일이야!"

"역시 저 구름은……. 누군가의 의도가 담긴 현상인가……?"

벨그리프는 고개를 갸웃거렸다.

거리에 우왕좌왕 도망치는 사람들이 가득했다. 모두가 몹시 당황하여 묘지의 반대 방향으로 달려간다. 묘지로 이동해야 하는 일행은 사람들을 피하느라 애를 먹었다.

"안 좋은데, 다들 정신을 못 차리고 있어."

"응…… 이래서는 못 지나가……."

좀처럼 나아갈 수가 없어 안달복달하던 때 늠름하고 또렷한 목소리가 울려 퍼졌다.

"여러분! 당황하면 안 되오! 진정들 하고 병사들의 통제를 따라

주시오!"

사샤가 병사들을 데리고 달려온다. 주민들은 안도한 기색으로 술렁거렸고, 병사들은 사람들을 유도하여 이끌었다.

"자, 늦어서 죄송합니다! 가시죠!"

"잘했어, 사샤……. 가자……."

사람들의 혼란이 수습되고 있는 거리를 지나 일행은 묘지로 향했다.

보르도의 묘지는 도시 변두리에 있다. 북부 제일의 도시인 만큼 묘지도 상당히 넓었다. 그곳에서 수많은 언데드가 꿈틀거리고 있었다.

언데드는 움직이는 시체다. 인간, 짐승을 불문하고 주검에 시신에 마력이 깃듦으로써 마수로 화한다. 죽은 지 얼마 안 된 시체는 인간의 형태를 유지하고 있지만 오래된 부류는 썩어 문드러져서 독한 악취를 풍겼다. 단독일 때의 위협은 아주 높지는 않지만 수가 불어나면 위험성 역시 불어난다. 백 단위쯤 되면 재해급으로 설정되며, 고위 랭크의 모험가가 나설 수밖에 달리 방법이 없다. 그에 더하여 실체를 지니고 있지 않은 사령 및 상위종에 해당하는 하이 언데드도 나타난 듯싶었다. 마력을 주입한 무기 및 마법이 아니면 멸할 수 없는 마수들이다.

마수들이 자꾸자꾸 잇따라 솟아 나오는 탓에 모험가 측은 고전하고 있는 분위기였다. 숫자에서 밀리는 까닭도 있고 부패한 시체의 악취가 코를 강하게 자극한다. 좀처럼 집중력을 유지할 수가 없겠다.

"빌어먹을! 어째서 이리 느닷없이 솟아나는 거냐!"

"몰라! 군소리 늘어놓다가 얻어터지지나 마라!"

형세가 점점 악화되던 때, 갑자기 몇 발의 화살이 날아들어서 근처에 있는 언데드에게 푹 꽂혔다. 아넷사였다. 화살에 뭔가 술식을 각인해 놓은 듯 잇따라 폭발을 일으키더니 근방에 다가들었던 언데드가 터져 나갔다. 적과 거리가 단번에 벌어졌기에 모험가들은 안도의 숨을 내뱉었다.

이어서 밀리엄의 마법이 번쩍였다. 기하학적 문양이 겹겹이 전개되더니 전격이 거듭 쏟아진다. 곧 정확하게 언데드 떼를 꿰뚫어서 까맣게 태워버렸다.

그리로 안젤린이 뛰어들었다. 물 흐르는 듯한 발놀림으로 언데드 떼에 접근하자마자 잇따라 베어 가른다. 실체가 없는 사령도 일격에 두 동강 났다. 특별히 가공하지 않은 평범한 검으로는 몇 번을 베어야 겨우 해치울 수 있는 언데드도 마력을 잔뜩 주입한 검이라면 일격에 죽어 나간다.

잇따라 언데드를 해치우는 그 광경을 보고 모험가들은 갈채를 보냈다.

"굉장하군! 역시 S랭크 파티다!"

"하하하, 격이 다르군……."

"바보 자식아, 가만히 질까 보냐! 보르도 모험가의 근성을 보여줘라!"

모험가들도 분발해서 기세를 높이며 반격에 나섰다.

벨그리프는 그런 모습들을 조금 뒤쪽에서 보고 있었다. 딸의 활약에 절로 미소가 지어진다. 지금 바라보는 딸은 어리광쟁이 안젤린이 아니라 S랭크의 모험가 『흑발의 여검사』 안젤린이다. 이 정도면 안심할 수 있겠다고 벨그리프는 생각했다.

모험가였던 시절에는 이렇듯 공동의 토벌 의뢰를 받은 경험도 몇 번쯤 있었더랬지. 불쑥 그리운 기분이 든다. 또 이런 자리에 서게 될 줄은 미처 몰랐다.

"……감상에 잠길 상황이 아니군."

벨그리프는 검을 뽑아서 앞쪽으로 나섰다. 빈틈이 생긴 모험가를 공격하려 드는 언데드를 일검에 베어 넘겼다. 모험가들이 술렁거렸다.

"오오……. 당신, 『적귀』인가……."

"부족한 실력이나마 조력하지."

"고맙소, 천군만마로군!"

"이거 믿음직하군!"

모험가들은 더욱 기세가 올라 무기를 치켜들었다. 이렇게 의지해준다니 정말 과분하구나. 벨그리프는 쓴웃음을 지었다.

안젤린과 친구들의 첫 공격에 기세가 꺾여 나갔던 언데드들은 아직껏 숫자의 힘이 건재한지라 연달아 끊임없이 솟아 나와서 다시 또 기세등등하게 덮쳐들었다.

안젤린은 악취에 얼굴을 찌푸리면서도 쇠하지 않는 움직임으로 언데드를 해치웠고, 아넷사와 밀리엄도 화살과 마법으로 응전했다. 사샤도 질풍 같은 움직임으로 검을 휘두르며 달려 다녔다.

지금 몸 상태로 저렇게 달려 다닐 순 없었다. 벨그리프는 심호흡했다. 악취가 코를 찌르지만, 아주 못 견딜 정도는 아니다. 이 몸에 맞는 움직임을 떠올려본다. 이런 전투를 실전 훈련으로 삼는다는 게 뭔가 우습다.

의족을 축으로 가만가만 몸을 흔든다. 언데드를 힘으로 베고자 하면 안 된다. 뛰어드는 언데드를 최소한의 움직임으로 회피한 뒤 그 움직임과 연동하여 검을 휘둘렀다. 자신이 지닌 마력은 양이 적기 때문에, 그럼에도 검과 감응하여 마력이 흘러들도록. 놀랍도록 저항감 없이 언데드가 베여서 움직이지 못하게 됐다.

"……언데드가 아니어도 응용할 수 있으려나?"

중얼거리는 동시에 다른 언데드가 들이닥친다. 그러나 육체가 부패한 만큼 결코 날렵한 움직임은 아니었다. 벨그리프는 역시 어려움 없이 회피한 뒤 베어 갈랐다.

이런 움직임이라면 몸에 큰 부담이 되지는 않겠다. 그러나 아직 익숙지 않다. 까딱 방심하면 빈틈투성이가 될 것 같았다.

"……걱정한들 시간 낭비지."

감각을 벼려라.

자기 자신에게 속삭인다. 그리고 검을 고쳐 쥐고는 다음 언데드에게 향했다. 몸은 어쨌든 간에 마음은 옛날로 돌아간 듯하여 벨그리프는 웃었다.

S랭크 파티가 참전한 덕에 점점 전황은 모험가 측에 기울어졌다. 언데드는 조금씩 숫자가 줄어들고 있다. 그러나 엘모어가 가서 요청했을 결계는 아직껏 기동하지 않는다. 결계만 기동한다면 언데드 따위 눈 깜짝할 사이에 처단할 수 있다만.

모험가들이 점점 피폐해지기 시작한 때, 엘모어가 달려왔다. 피로와 몸의 통증 때문에 일단 뒤쪽으로 물러나 있던 벨그리프의 옆에 다가와서 허겁지겁 말을 꺼낸다.

"상황이 안 좋습니다. 저 구름의 영향 때문인지 결계가 기동되지 않는답니다. 이래서는 언데드를 억제할 수 없어요."

"결계가 말입니까……? 저 구름은 대체……."

벨그리프는 하늘을 올려다봤다. 해가 저물어지고 있는 무렵인 까닭일 테지. 구름은 점점 더 검고 탁하게 물들어서 온통 하늘을 뒤덮고 있다. 그러나 저 흑색 속에도 엷고 짙은 부분이 있다. 구름의 두께 때문인가?

문득 벨그리프는 보르도 가문 저택의 방향을 봤다. 그곳 위쪽만 이상하게 구름이 두껍고 또한 어둡다 여겨졌다.

"분명히 서쪽……. 헤이젤에서?"

불길한 예감이 든다. 헤이젤은 보르도 가문의 방침에 반대 의견부터 내고 보는 자가 다스리는 곳이다.

벨그리프는 엘모어를 똑바로 보고 말했다.

"엘모어 님, 모험가 대부분은 여기에 동원됐습니까?"

"예, 의뢰를 받아 외부로 나간 인원을 제외하고 거의 대부분이 이곳에 집결한 줄로 압니다. 병사들도 이곳, 혹은 주민들이 피난한 곳에 배치됐습니다. 이곳 정도는 아니지만, 도시 여기저기에 언데드가 출현한 상황입니다."

"……이 사태가 누군가의 책모일지도 모릅니다. 달리 목적이 있지 싶습니다만……."

엘모어도 고개를 끄덕거렸다.

"확실히 부자연스럽지요……. 이러한 사태가 전조도 없이 일어난다는 것은 묘합니다."

"저는 보르도 가문의 저택으로 가봐야겠습니다. 저곳 위쪽의 하늘만 묘하게 구름이 짙군요. 자꾸 불길한 예감이 듭니다."

"으음……. 듣고 보니까 맞는 말씀입니다……."

엘모어는 묘지 방향을 힐끔 돌아봤다. 모험가들에게서 지친 기색이 보이기는 해도 안젤린과 소녀들은 아직 최전선을 휘젓고 있다.

"저도 함께 가지요. 이쪽은 안젤린 님을 비롯한 파티원분들과 사샤 님께서 계시는 만큼 걱정하지 않아도 될 겝니다."

"큰 도움이 되겠습니다. 실은 아직껏 길이 익숙지 않은지라……."

벨그리프는 쓴웃음을 지었다. 가까운 곳에서 이야기를 듣고 있다가 협력하겠다고 나선 모험가들 몇 명도 더하여 벨그리프는 보르도 저택으로 달려 나갔다.

○

완전한 기습이었다. 저택의 경비병들마저 대부분을 거주 지역으로 보내버렸던 까닭에 방비가 허술해지고 말았다. 1층은 이미 언데드가 배회하고 있기에 바깥으로 도망칠 수가 없다. 중과부적이란 이런 상황을 두고 하는 말이다.

몇 안 되는 병사들과 함께 애시크로프트는 2층 복도를 막고 있었다. 현관부터 차츰차츰 밀려난 끝에 여기까지 오고 말았다.

뒤쪽 방에는 헬베티카와 셀렌이 고용인 및 소수 호위들과 함께 농성 중이며, 눈앞에는 언데드가 밀어닥치고 있다. 오늘 아침에 안젤린에게 봉변을 당했을 때 입은 상처는 영약을 먹어서 다소나마 치유했다. 그러나 본래 영약이 온몸에 퍼져 나가도록 하룻밤은 수면을 취해야 상처가 완치되는 터라 만전의 상태라고 말할 순 없겠다.

그에 더하여 단순한 언데드뿐 아니라 강력한 상위종도 몇 마리 섞여 있었다. 악취가 코를 찔러서 좀처럼 집중이 되지 않는다. 대인전이라면 자신 있다만, 이러한 마수 상대의 전투는 모험가가 아닌 애시크로프트로서는 다소 익숙지 않았다. 병사들도 잇따라 쓰러지면서 이제 열 명도 남지 않았다.

이런 상황에 이런 사태가 벌어질 줄은 몰랐다. 애시크로프트는 입술을 깨물었다. 자신의 보잘것없는 자존심을 다스리지 못하여 분쟁을 일으켰고, 이런 비상시에 전력을 발휘할 수 없다는 것이

분했다.

"제길……. 이러고도 보르도 가문의 비서관인가……. 어리석은 놈."

애시크로프트는 어느 남작 가문의 넷째 아들이었다. 아무리 발악한들 작위를 상속하기에는 모자랐던 터라 기껏해야 어느 가문의 가신으로 들어가 녹봉을 받는 것이 분명히 한계였으리라.

그러나 그가 지닌 재능을 꿰뚫어 본 헬베티카에게 발탁된 덕에 전대 보르도 백작의 시절부터 영지 경영의 중추에 몸담을 수 있었다. 따라서 보르도 가문에 대한 흔들리지 않는 충성심이 있다. 전폭적인 신뢰를 받았을 뿐 아니라 아울러 이제까지 막힘없이 영지를 발전시켜왔다는 자부심이 있고, 충성심에서 비롯된 자신감도 있기에 다소 콧대가 높아졌었다는 사실은 부정하지 못한다. 헬베티카를 비롯한 자매들이 벨그리프에게 깊이 빠지게 됨으로써 질투심에 휩싸인 것도 무리는 아니라 말할 수 있겠다.

그러나 그 결과가 이런 꼴이다. 자칫하면 목숨보다 소중한 주군을 죽게 만들어버릴지도 모른다. 오늘 아침에 저지른 실책은 말할 것도 없고 이제껏 자신이 품어왔던 긍지 및 자존심이 산산이 조각나는 것 같았다.

그러나 의기소침할 시간 따위는 없다. 아픈 몸을 힘겹게 몰아붙여서 애시크로프트는 포효했다.

"목숨과 맞바꿔서라도 이곳을 지킨다! 헬베티카 님, 셀렌 님에게 한 걸음도 접근시키지 마라!"

그리고 스스로도 앞에 나서서 검을 휘두른다. 사샤에게 못 미칠지언정 단련을 거르지 않은 그 검은 만전의 몸 상태가 아니더라도 사나웠다.

그러나 언데드의 수는 좀처럼 줄지 않았고 기세도 사그라들지 않았다. 앞쪽에 선 적이 쓰러지면 그 잔해를 밟아서 넘고 또 다른 적이 밀려든다. 그에 더하여 이 악취. 체력과 집중력이 바닥나면서 움직임은 점점 둔해졌다.

옆쪽에 선 병사가 비명 질렀다. 언데드가 목을 깨물고 있다. 애시크로프트가 언데드를 베어버렸지만 병사는 이미 숨이 멎었다. 점점 밀리고 있는 상황이다.

"……분수를 모른 채 자만했던 응보인가."

애시크로프트는 가만히 중얼거렸다. 그러나 응보를 받을 사람은 자신 혼자면 된다. 하다못해 주군과 가족은 피난시켜야 한다.

어긋난 안경을 고쳐 쓰고 혈로를 열어젖히고자 힘을 쥐어짜서 돌격하려고 했던 순간에 느닷없이 언데드들의 후방에서 뭔가 소리가 났다. 적의 증원은 아닌 듯싶다. 언데드가 단말마처럼 내뱉는 신음 소리와 놈들의 살점을 베어 가르는 소리, 뭔가 작렬하는 소리다.

"뭐, 뭐지……?"

소리는 점점 가까워졌다. 애시크로프트의 앞까지 들이닥쳤던 언데드가 등 뒤에서 베여 나뒹군다. 적발이 흔들거렸다. 애시크로프트는 어안이 벙벙했다.

"베…… 벨그리프, 님……?"

"무사하셨습니까, 애시크로프트 님!"

벨그리프는 안도한 듯 미소 짓더니 크게 숨을 내쉬었다. 거리를 전력으로 달려왔고, 저택에 뛰어든 이후 일심불란히 언데드를 베어 넘기며 겨우 이곳까지 다다랐다. 다소의 상처는 무시한 채 돌격을 감행했지만, 몸 상태가 편치 않은 40대 남자에게는 조금 버겁다.

벨그리프의 뒤쪽에서 마법이 작렬했다. 엘모어가 손에서 마탄을 발사해서 언데드 및 사령을 날려버린다. 애시크로프트 쪽을 돌아보더니 엘모어도 미소 지었다.

"애시크로프트 님, 무사하셨군요. 헬베티카 님은……?"

"……뒤, 뒤쪽 방에 계십니다……. 그나저나, 두 분께서는, 어떻게……."

벨그리프는 호흡을 가다듬으면서 쓴웃음 지었다.

"불길한 예감이 들더군요. 절반은 감이었습니다만……. 무사하셔서 다행입니다."

미소 짓는 벨그리프를 보고 애시크로프트의 눈에서 눈물이 배어났다. 안도감에서 비롯되었을까, 자책감에서 비롯되었을까. 본인도 정확하게는 알지 못했다. 다만 몹시도 부끄러웠기에 애시크로프트는 오열하며 고개 숙였다. 벨그리프가 가만히 어깨를 토닥여준다.

"자, 눈물 흘릴 시간은 없습니다. 빨리 저택에서 나갑시다."

"……예! 가십시다!"

애시크로프트는 문을 열어젖히고 헬베티카 및 사람들에게 외쳤다.

"헬베티카 님, 셀렌 님! 적이 줄었습니다! 탈출하시지요!"

이런 상황에서도 헬베티카는 차분한 표정으로 꾸벅 고개 숙였다. 셀렌은 조금 겁먹은 기색이었지만, 벨그리프와 엘모어의 얼굴을 보고 안심해서 긴장을 살짝 풀었다.

나머지 언데드를 해치우면서 저택을 빠져나갔다. 비록 일선에서 물러났다지만 엘모어는 과연 AA랭크 모험가였던 경력에 걸맞게 활약했고, 함께 온 모험가들도 마수 퇴치의 전문가다. 병사들보다 익숙한 솜씨로 언데드를 물리쳤다. 벨그리프도 아픈 몸을 혹사하며 검을 휘둘렀다.

바깥은 이미 해가 많이 저물었고 구름이 두꺼운 까닭도 있어 어둠이 짙었다. 엘모어가 작은 빛 구슬을 만들어 손에 띄우고 주위를 비췄다.

헬베티카와 셀렌을 둘러싸서 진형을 갖춘 뒤 일행은 빠른 걸음으로 나아갔다. 주위를 경계하면서 벨그리프는 엘모어에게 말을 건넸다.

"일단 모험가 및 병사들과 합류하는 게 안전하겠습니다."

"동감입니다. 묘지 쪽 전투가 끝났다면 다행일 텐데 말입니다……. 그나저나 벨그리프 님, 다소 힘들어 보입니다만 괜찮으십니까?"

벨그리프는 씁쓸하게 웃었다.

"부끄럽게도 얼마 전부터 몸이 상했던 터라……. 힘을 좀 과하게 쓴 탓이지요."

"이런……."

엘모어는 무척 미안해하며 얼굴을 찡그렸다.

"그러신 줄은 전혀 몰랐습니다. 저희끼리 돌입할 수도 있었던 것을……."

"하하, 이런 상황에서 혼자 느긋하게 쉰들 마음이 편하겠습니까. 신경 쓰지 마십시오."

태연하게 웃는 벨그리프에게 애시크로프트 머뭇머뭇 말을 건넸다.

"……저도 몸이 아팠지만, 제대로 움직일 수 없었습니다……. 벨그리프 님, 당신은 정말 대단한 분입니다. 다시 한 번 오늘 아침에 저질렀던 무례를 사죄드리고 싶습니다."

"무슨 말씀입니까. 귀하가 문 앞에서 버티고 막아주지 않으셨다면 저희도 제때 당도하지 못했을 겁니다. 애시크로프트 님, 귀하는 진정 훌륭하게 활약하셨습니다. 자부심을 갖도록 하십시오."

"……못 당하겠군요. ……정말이지."

애시크로프트는 부끄러워하며 고개 수그린 채 볼을 긁적였다. 불현듯 그 머리에 손이 뻗어 와서 머리카락을 쓱쓱 주물렀다.

"벨그리프 님의 말씀이 옳아요. 당신은 잘 해내주었어요."

"……과분한 말씀이십니다."

또 눈물짓는 애시크로프트를 보고 셀렌이 쿡쿡 웃었다.

"갑자기 울보가 됐네, 애시."

애시크로프트는 안경에 손을 가져가며 몹시 붉어진 얼굴을 얼버무렸다.

○

묘지의 깊숙한 지점, 뭔가 큰 마력의 기척이 팽창하고 있었다.

전면으로 나왔던 언데드의 숫자는 눈에 띄게 줄었기에 대세는 결정된 듯 여겨졌다. 그러나 안젤린은 바짝바짝 불길한 예감에 휩싸였다.

아빠는 어디에 있지? 주위를 둘러본다. 얼마 전까지 뒤쪽에서 싸우고 있던 모습은 봤다. 같은 장소에서 싸울 수 있다는 게 몹시 기뻤는데 지금은 얼굴이 안 보인다. 혹시 후방으로 물러났을까?

앗, 누군가가 소리 질렀다. 머리 위쪽을 가리키고 있다. 그곳에 있던 사람들 모두 하늘을 올려다봤다.

하늘을 뒤덮고 있던 먹구름이 지상의 한 지점에 모여든다. 묘지의 깊숙한 안쪽이다. 찐득찐득하게 부는 바람은 마치 무엇인가가 호흡을 하는 것 같다. 안젤린은 눈을 찡그렸다. 알고 있는 감각이다. 이전에 상대한 경험이 있는 듯한…….

구름이 모여듦에 따라 석양의 하늘이 드러났다. 지상 쪽은 불그스름하게 물들었고, 거기에서 하늘 꼭대기로 나아갈수록 자줏빛과 군청의 그러데이션을 이루고 있다. 별도 몇몇 반짝거린다. 저 아름다운 하늘 아래에 꺼림칙한 기운을 품고 무엇인가가 서 있었다. 마치 사람의 그림자 같다. 황혼을 긁어모아서 뭔가 형태를 만들어 놓은 그런 모습이다. 그러나 형태가 고정되지 않고 마치 점성 마수, 슬라임처럼 꿀럭꿀럭 형태를 바꿨다.

찌릿찌릿, 피부를 찌르는 듯한 마력이 주위에 감돌았다. 안젤린은 어깨를 돌리면서 심호흡했다.

"……또 마왕이야? 그런데……."

저번에 싸운 개체와 조금 다르다는 느낌이 든다. 형태도 분위기도 닮았다. 그러나 어딘가 모조품 같다. 안젤린의 옆쪽으로 아넷사와 밀리엄이 다가와 섰다.

"묘한 기척이야……. 저 검은 덩어리일까?"

"저거, 뭐야. 엄청나게 불길한 느낌이야."

"……아마도, 마왕……. 맞을걸?"

안젤린의 말에 두 사람은 흠칫 놀라며 그림자를 쳐다봤다.

그림자는 형태를 바꾸면서 주위를 살피는 듯 천천히 움직였다. 둥그런 몸체 비슷한 부분에서 촉수처럼 꿈틀거리는 손발이 다수 뻗어 나오더니 흡사 거미처럼 바닥을 긴다.

그 둥그런 몸체가 가로로 갈라지는가 싶더니 이빨과 혀가 나타났다.

『나는……. 돌아갈, 거야……. 우리 집…….』

그 순간, 놈의 입속에서 그림자 같은 마수가 몇 마리나 기어 나왔다. 사령의 일종, 다크 워커였다. 그림자 같은 모습이 황혼에 스며드는지라 잘 보이지 않는다. 모험가들은 술렁거렸다. 안젤린이 큰 목소리로 외쳤다.

"빛 마법! 조명을 만들어줘!"

그 목소리에 정신을 차린 마법사들이 저마다 영창하여 빛 구슬을 쏘아 올린다. 어두웠던 묘지를 빛이 밝히자 다크 워커들의 움직임이 둔해졌다.

사샤가 검을 휘둘러 올리며 소리쳤다.

"기회다! 몰아붙여라!"

모험가들은 힘껏 함성을 내지르고 무기를 겨누며 전선에 밀려들었다.

"아네, 미리, 잔챙이는 맡길게……."

대답을 듣기도 전에 안젤린은 지면을 박찼다. 느릿느릿 움직이는 다크 워커의 사이를 빠져나가며 달려서 그림자에게 육박했다.

검을 휘두른다. 촉수 비슷한 팔은 어렵지 않게 베어 떨굴 수 있었다. 지면에 떨어지자마자 증발해서 검은 연기가 되어 사라진다. 안젤린은 의아해하며 눈을 가늘게 떴다.

"반발력이 없어……. 도대체 뭐야……?"

그러나 불쑥 옆쪽에서 충격이 솟구쳤다. 다른 쪽 팔이 채찍처럼 휘어져 안젤린의 옆구리를 후려쳤다.

휙 날려 가면서도 몸을 회전하여 착지했다. 충격은 제법 컸지만 아프지는 않다. 옆구리를 문질러봐도 특별히 상처가 난 느낌은 없었다.

"종이 인형……?"

안젤린을 포위하려는 듯이 다수의 팔이 뻗어서 덮쳐든다. 팔이라기보다는 촉수다. 꾸물꾸물, 몸체에서 몇 가닥이나 뻗어 나왔다. 빠르다. 그러나 대응하지 못할 속도는 아니다. 안젤린은 몸을 구부려서 검을 휘둘러 차례차례 촉수를 베어 갈랐다. 그러나 안개를 베는 듯 뭔가 이상하다. 놀림당하는 기분이 든다.

"뭐하자는 거야……!"

촉수를 거의 다 베어서 떨군 안젤린은 검을 휘둘러 올린 뒤 그림자의 둥근 몸체에 있는 힘껏 내리쳤다. 검은 역시 무난하게 몸체를 베어 갈랐다. 그러나 동시에 폭발이 일어나는 것처럼 검은 안개가 되어 안젤린을 감싸 안았다.

"쿨럭……!"

코와 입으로 그 안개를 빨아들인 순간, 분명히 이미 다 아물었던 어깨의 상처가 다시 아팠다. 독인가? 안젤린은 즉각 뒤쪽으로 물러나고자 다리에 힘을 넣었다. 그러나 안개가 별안간 질량을 지닌 것처럼 방해하는 터라 몸이 안 움직인다. 안젤린은 제자리에서 짓눌리는 것처럼 무릎 꿇었다.

머릿속에 묘한 목소리가 울려 퍼진다.

『너도 똑같아, 너도 똑같아, 너도 똑같아.』

"컥……. 흐읍……!"

숨이 막힌다. 가슴에 손을 얹은 채 헉헉 숨을 몰아쉬었다. 그때마다 검은 안개를 조금씩 들이마시게 된다. 이마에 비지땀이 배어났다. 어깨의 상처는 타오르는 듯 아팠고, 피도 배어나는 것 같았다.

"대체 정체가 뭐야……!"

안젤린은 힘을 쥐어짜서 몸을 비틀고, 아득바득 간신히 안개 속에서 뛰쳐나왔다. 다리가 뒤얽혀서 낙법도 치지 못했다. 어깨부터 바닥에 닿아 쓰러졌다.

"안제!"

"뭐야, 뭐야! 어떻게 된 거야!"

아넷사와 밀리엄이 달려오고 있다. 그러나 안개가 다시 모여들어서 그림자를 이루더니 촉수를 채찍처럼 휘둘러 두 사람을 가로막았다. 다른 촉수는 쓰러져 있는 안젤린의 다리와 팔을 붙들었다.

『돌아가자, 돌아가자, 돌아가자.』

"시, 시끄러워……!"

우격다짐으로 검을 휘둘러서 촉수를 베어 갈랐다. 그러나 숫자가 점점 늘어나면서 안젤린의 온 몸에 들러붙는다. 한 가닥 한 가닥이 살아 있는 것처럼 몸 위에서 꿈틀거리는 광경에 안젤린은 피부에 소름이 끼쳤다. 머릿속에서는 묘한 목소리가 울려 퍼지고 있다.

『똑같아, 똑같아, 똑같아. 돌아가자, 돌아가자, 돌아가자.』

자기가 자신이 아니게 되어 가는 것 같다.

오싹하는 공포감이 기어 올라오기에 안젤린은 당혹했다. 저도 모르는 사이에 눈물이 눈에 배어났다.

"싫어……. 이런 거……!"

"안제 님!"

그때 사샤가 검을 휘두르며 뛰어들었다. 단칼로 한꺼번에 촉수를 베어 넘기고 안젤린을 안아 든다. 머릿속 목소리가 멎었다. 그러나 몸이 마비되어 안 움직인다. 안젤린은 크게 숨을 내쉬고는 분해서 신음했다.

“미안해, 사샤……. 나도 참 한심하네…….”

“안제 님……. 제길, 저 마물은 대체…….”

사샤는 안젤린을 업어서 뒤로 물러났다.

S랭크 모험가가 패퇴하는 장면을 본 모험가들이 동요했다. 눈에 띄게 허둥지둥하며 움직임이 둔해진다. 그림자의 몸체가 또다시 입을 벌리더니 다크 워커가 잇따라 기어 나왔다. 형세는 단번에 기울어지는 듯 여겨졌다.

그림자는 쓰륵쓰륵 촉수 다수를 흔들거리며 천천히 전진하고 있다. 다크 워커도 더욱 숫자가 늘어난 터라 모험가들은 한 발 한 발 후퇴했다. 그때 갑자기 맥동하는 것처럼 공기가 뒤흔들렸다. 모험가들이 놀라 주위를 둘러본다. 그들의 사이를 지나쳐서 열 살 정도의 소녀가 한 명 걸어 나왔다. 하얀 장발에 검붉은 눈동자다.

“이런! 위험하다! 돌아와라!”

소녀는 모험가들의 앞에서 뒤돌아보고는 친근감 있는 미소를 지어 보였다.

“걱정 마십시오!”

동시에 다크 워커가 들이닥친다. 모험가들은 숨을 멈췄다. 즉각 뛰쳐나가려고 한 인물도 있었다. 그러나 소녀는 당황하지 않고 오른손을 들어 올렸다. 들이닥치던 다크 워커는 무엇인가에 튕겨 나가듯 휙 날아갔다.

“마도사 솔로몬의 기적! 똑똑히 지켜보시기를!”

그 순간 소녀의 몸에서 무시무시한 마력의 분류가 터져 나오더니 그림자의 위치로 쏟아졌다. 마력은 그림자를 중심으로 소용돌이치면서 점점 기세가 거세졌다. 그에 따라서 그림자의 몸이 해체됐고, 검은 안개가 되어 소용돌이에 휩쓸려 상공으로 날아오르는가 싶더니 이윽고 녹아내리면서 사라졌다. 정신을 차렸을 때는 다크 워커를 비롯한 마수들도 보이지 않았다.

모험가들은 어안이 벙벙한 모습이었다. 이게 어찌 된 일인가. 설마 정녕코 기적인가? 모두가 다 꿈이라도 꾸는 듯한 심정에 휩싸였다.

소녀는 빙글 돌아서서 생긋 웃고는 두 손을 펼쳤다.

“자, 여러분, 위험은 사라졌습니다!”

“누…… 누구냐, 대체. 넌…….”

누가 꺼낸 질문이었을까, 소녀는 생긋 웃고는 대답했다.

“샤를로테라고 합니다! 세계를 구원하기 위해 곳곳을 여행하는 사람입니다!”

동시에 발굽 소리와 갑주 소리가 났다. 모험가들이 말 위에 탄 뚱뚱한 인물을 보고 곤혹스러워하며 소리 높인다.

“마, 마르타 백작?”

“어째서 이런 데 불쑥 나타난 거야…….”

마르타 백작은 싸늘한 시선으로 모험가들을 일별한 뒤 사샤를 주시했다. 사샤 쪽으로 말을 몰아서 무례하다 할 만큼 격식을 차려 머리 숙인다.

"허허, 참, 사샤 님. 아주 고전을 면치 못하셨나 봅니다."

"마르타 백작……. 무슨 까닭으로 여기에 오셨습니까?"

마르타 백작은 쿡쿡 웃었다.

"흠, 정오를 지났을 무렵이었나, 서편에서 묘한 구름이 흘러오덥디다. 마침 체재하고 계셨던 샤를로테 님의 말씀을 듣자 하니까 마력이 서려 있어서 위험하다던가요. 묘한 불안감에 가슴이 편치 않았던 터라 서둘러 병사를 데리고 이렇듯 달려왔을 따름입니다. 후후, 늦지 않아서 다행이군요."

말투는 정중하다만 말 위에서 내려다보는 위치를 줄곧 고수하고 있다. 다 알면서 저지르는 짓이군, 사샤는 입술을 깨물었다. 마르타 백작은 말을 이었다.

"아무래도 사령 계열의 마수였던 것 같습니다만, 결계는 어찌 되었습니까?"

"……어째서인지 결계가 기동되지 않았습니다."

"세상에! 이리 불운할 수가! 그런 까닭에 아주 우수한 모험가들이 다 모이고도 열세에 몰렸던 겁니까! 이런, 참, 제가 조금만 늦게 도착했더라면 상황이 어찌 되었을지……. 정작 중요한 때 마땅한 대응을 하지 못하실 만큼 보르도 가문의 여러분들께서는 몹시 정무가 피곤하셨나 봅니다."

비꼬는 말이 연이어지자 사샤는 분해서 고개 숙였다. 웬 무례한 발언이냐고 질책해서 쫓아내고 싶었지만, 그들이 그림자 마수를 격퇴한 것은 분명하다. 섣불리 압박한들 보르도 가문의 위신에 흠집만 난다.

받아치지 못하는 사샤를 보고 마르타 백작은 시시하다는 듯이 코웃음을 쳤다.

"어쨌든 간에 이렇듯 무사하셔서 다행입니다, 사샤 님. 헬베티카 님도 무사하셔야 할 텐데 말입니다."

"……언니께서는 저택에 계십니다. 이곳보다는 안전하겠지요."

"오호, 그렇습니까?"

무엇이 우스운지 히죽히죽 웃음 짓는 마르타 백작을 사샤가 노려봤다. 그렇지만 조금도 주눅 든 기색이 없다. 오히려 이런 시선을 유열로 느끼는 듯한 분위기다. 그때 사샤에게 업혀 있었던 안젤린이 나지막이 중얼거렸다.

"늦게 와 놓고 뭐가 잘났다고……. 저 돼지는 뭐야?"

그 말을 용케 흘리지 않고 들은 듯 마르타 백작의 얼굴에서 웃음이 사라졌다.

"뭐라고……? 계집, 네년이 지금 뭐라 말했나!"

"늦게 와서 멋있는 역할만 가로채는 놈은 모험가들 중 최악이야……. 그러니까 너도 최악이지."

솔직하고 꾸밈없는 안젤린의 발언에 마르타 백작은 곧장 얼굴을 벌겋게 물들이면서 이를 악물고 부들거렸다.

그러나 마르타 백작이 뭔가 말하려고 했을 때 사샤가 표정이 확 밝아지면서 외쳤다.

"언니! 셀렌!"

마르타 백작이 흠칫 놀라며 고개 돌린다. 마치 죽은 사람이라도 목격한 듯 눈이 휘둥그레졌다. 헬베티카가 셀렌 및 애시크로프트, 벨그리프와 다른 사람들을 동반하여 가까이 다가왔다.

헬베티카는 여전히 미소를 머금은 채 마르타 백작에게 꾸벅 인사했다.

"경, 일부러 먼 길을 달려서 와준 원군, 감사드려요. 보르도 백작으로서 깊은 감사의 뜻을 전하는 바입니다."

"으, 으음……. 다, 당연한 의무 아니겠습니까."

헬베티카는 비록 미소는 지었을지언정 눈은 조금도 웃지 않은 채 마치 찌르는 듯한 시선으로 마르타 백작을 보고 있었다. 마르타 백작은 동요해서 시선을 이리저리 움직였다. 그때 애시크로프트가 앞쪽으로 나섰다.

"백작, 혹여나 예의를 모를 분도 아니실 텐데 섬기는 분의 앞에서 하마하지 않는 까닭이 대체 무엇입니까?"

마르타 백작은 깜짝 놀랐다는 듯이 서둘러 말에서 내린 뒤 머리 숙였다. 헬베티카는 살짝 미소 지었다. 하지만 곧 마르타 백작 따위는 안중에도 없다는 태도로 주위 병사들에게 말했다.

"오늘 밤에는 아직 어떠한 변고가 다시 발생할지 모릅니다. 주민들은 이대로 피난처에서 보호하겠습니다. 여러분들에게는 조금 버거운 부탁을 드려야겠습니다만, 교대로 밤중에 경비를 서주십시오. 모험가 여러분, 정말로 고생 많으셨습니다. 다시 조력을 부탁드리게 될 듯싶습니다만, 우선은 휴식을 취해주세요."

모험가들은 이제야 안심한 듯 긴장을 풀고 이런저런 잡담을 나누며 길드 방향으로 떠나갔다. 헬베티카는 마르타 백작 일행을 돌아보면서 말했다.

"경, 상황이 이러한지라 대단한 대접은 못 해드립니다만, 놀러 온 것도 아니시겠죠? 애써 병사를 이끌고 와주신 만큼 야간 경비를 거들어주십사 부탁드리겠습니다."

마르타 백작은 분한 기색으로 수긍하더니 말에 뛰어올라 재빨리 떠나갔다. 샤를로테도 허둥지둥 뒤를 따라서 쫓아간다.

헬베티카는 탄식했다.

"……제가 죽지 않았던 게 저 사람에게는 오산이었군요."

"그러나 언니, 증거는 아무것도 없어요. 신중하게 대처하셔야 해요."

"네, 알아요, 셀렌……. 자, 저택을 정리하도록 하죠."

저마다 맡은 바 역할을 다하기 위해 움직이고 있다.

벨그리프는 긴장이 풀려 덮쳐드는 통증 때문에 얼굴을 찌푸린 채 느릿느릿하게 걸어 다니며 안젤린과 친구들들 찾았다. 그러다가 사샤의 등에 업혀서 축 늘어져 있는 안젤린을 발견하고 화들짝 놀라 아픔도 피로도 잊은 채 쏜살같이 달려갔다.

"안제!! 무슨 일이야! 괜찮니! 다쳤어?!"

몹시 당황하는 벨그리프를 보고 안젤린은 픽 웃었다.

"멀쩡해……. 그래도 힘이 안 나……. 업어줘."

"그래……. 다행이다……. 자, 이리 오렴."

벨그리프는 사샤에게 넘겨받아서 안젤린을 업었다. 안젤린은 만족스럽다는 듯이 벨그리프에게 꽉 안겨 들었다. 그리고 방금 전 검은 안개에 둘러싸였을 때 느꼈던 묘한 감각을 떠올리며 얼굴을 찌푸렸다.

"……아니야. 나는 나야……."

고개를 흔들어서 기분 나빴던 생각을 날려 보낸다. 지금은 아빠의 큰 등에 안심하고 의지하면 된다.

마음이 놓인 탓일까. 기척도 없이 가만히 다가드는 수마를 거스르지 못하고 어느 틈인가 안젤린은 새근새근 숨소리를 내고 있었다.

25 숙소의 2층 객실에

숙소의 2층 객실에 있는 어느 방이다. 보르도 가문 저택은 마수의 습격 때문에 엉망이 된 상태인지라 마르타 백작은 부득이하게 이곳을 사용할 수밖에 없었다. 본래 모험가 및 여행자, 상인을 상대하는 숙소인 만큼 결코 고급스럽다고 말할 순 없다. 침대가 하나, 탁자가 하나에 의자가 둘. 미관은 물론 전혀 신경 쓰지 않았다. 귀족이 보기에는 돼지우리나 마찬가지였다.

마르타 백작은 짜증을 숨기지 않고 탁자를 내리쳤다.

"어째서 헬베티카가 살아 있단 말인가!"

"나한테 소리 지르지 마! 저택에는 강력한 녀석들이 잔뜩 발생하게 해 놨었단 말이야!!"

의자에 걸터앉은 샤를로테도 눈에 띄도록 짜증 부리면서 툭툭 의자 다리를 발뒤꿈치로 걷어차고 있다.

벽에 기대어 선 소년, 벡이 넌더리를 내면서 입을 열었다.

"너무 큰 소리로 떠들지 마라……."

"닥쳐라! 뭐가 솔로몬인가! 아무 쓸모도 없지 않은가!"

마르타 백작의 말에 샤를로테는 미워서 못 견디겠다는 듯이 얼굴을 일그러뜨렸다. 마르타 백작은 거친 걸음걸이로 방 안을 이리저리 걸어 다녔다.

"사샤는 정치적으로 무능하고, 셀렌은 머리가 좀 돌아간다만 결국 꼬맹이. 영주의 그릇이 못 된다! 헬베티카만 저세상에 보냈다면 만사가 수월했을 텐데……."

마르타 백작은 보르도가 혼란에 빠진 기회를 노려 헬베티카를 죽이고, 또한 도시를 구원한 영웅이라 자신을 선전할 계획이었다. 그 후는 사전에 포섭했던 반보르도 파벌 귀족들의 지지를 받아 대리든 뭐든 영주의 자리에 올라앉는다. 그런 다음에 남게 될 사샤와 셀렌 따위는 어떻게든 처분할 수 있었다.

권력을 이용하여 정적을 모살하는 것은 공국의 수도에서 정쟁에 여념이 없는 신분이었던 만큼 익숙한 수단이다. 암살자를 보내든 이런저런 이유를 붙여 유폐하든 마음껏 처리할 수 있다. 그러면 관망파도 이쪽에 붙을 터이고, 보르도의 영지는 자신의 소유가 된다. 그럴 예정이었다. 결국은 전부 수포로 돌아갔다만. 헬베티카가 건재한 이상 반보르도 파벌의 귀족들도 움직이지 못한다. 그뿐 아니라 보신에 급급하여 자신을 헬베티카에게 팔아넘길지도 모른다.

마르타 백작은 발을 동동 구르고 뱃살을 출렁거리면서 악담을 쏟아부었다.

"젠장, 젠장맞을! 대체 왜! 이놈이고 저놈이고 다 무능한 작자뿐이군!"

"그러니까 계획을 뒤로 미루라고 말했잖나……."

벡이 귀찮다는 듯이 말했다.
"그 녀석들이 없었다면 계획은 성공했다. 무능하단 말은 네가 들어야겠지, 마르타 백작."
백작은 마치 분에 못 이겨 죽을 기세로 얼굴이 새빨개졌다. 뭔가 말하려다가 숨이 막힌 듯 뭍에 올라온 생선처럼 입만 뻐끔뻐끔한다. 마음을 가라앉히기 위해서일까, 탁자 위에 둔 와인을 병째 직접 들이마셨다. 입가에서 붉은 방울이 떨어져 셔츠의 옷깃을 적셨다. 이런 시시한 남자와 협력 관계를 맺어야 한다는 것이 벡은 정말이지 넌더리가 났다.
샤를로테는 흥, 코웃음 쳤다.
"아직은 다 끝난 게 아니야. 결국 헬베티카라는 여자만 한 명 죽이면 되는 거잖아?"
마르타 백작은 헉헉 숨을 몰아쉬면서 입가를 손등으로 훔쳤다.
"그렇다……. 아직 완전히 실패한 게 아니야……. 오늘 밤이다……. 딱하게도 헬베티카 님은 또다시 솟아난 언데드의 습격을 받아 돌아가실 테지……. 크, 크크……."
백작의 눈동자는 탁하게 물들었다. 실패를 인정하지 못할 뿐 아니라 욕망마저 버리지 못한 작자의 말로가 이런 꼬락서니인가. 벡은 싸늘한 시선으로 백작을 바라봤다.
"후우……."
방 바깥으로 나가고자 의자에서 일어난 샤를로테를 마르타 백작이 불러 세웠다. 곧이어 지껄이는 말을 들었을 때 샤를로테는 격한 혐오의 감정을 드러냈다.

"도대체 무슨 망발이야! 그딴…… 그렇게까지 잔인한 짓을 어떻게 하라고!"

"안 하면 이쪽의 패배다……. 가족을 잃는 두려움은 네 녀석도 잘 알고 있을 터인데? 이용하면 헬베티카의 일당을 뒤흔들 수 있으리라……."

"헛소리 집어치워!"

샤를로테는 고함지르고 방에서 나갔다. 벡도 뒤를 따른다.

숙소 안은 소란스러웠다. 모험가들이 1층 주점에서 떠들어 대고 있다. 처음으로 본 S랭크 모험가의 전투를 큰 목소리로 이야기 나눴고, 또한 아찔했던 그림자 마수의 두려움도 비슷할 만큼 열을 올리며 입 밖에 내고 있었다. 그런 모습을 남몰래 보고 샤를로테는 눈살을 찌푸렸다.

"짜증 나……. 이곳에서는 솔로몬의 기적도 감동을 못 줘."

"현 상황에 불만을 갖지 않는 녀석들에게는 소용이 없지. 결국 사기에 불과하잖나."

"그래서 뷔에나 교를 믿는다고? 흥……. 웃기지도 않아."

샤를로테는 이를 갈았다. 아주 잠시간 봤던 헬베티카의 침착한 얼굴을 떠올린다. 단지 모습을 드러냈을 뿐인데 주변 사람들의 이목을 전부 휘어잡았던 여자. 행복하게 지낼 수 있다는 사실에 전혀 의문을 갖지 않는 분위기.

"마음에 안 들어……!"

자신은 전부 다 모조리 잃어버렸건마는.

마르타 백작의 제안에는 혐오감밖에 솟지 않았지만, 지금은 뒤늦게나마 얼토당토않은 야망을 이루어주고 싶다는 생각이 든다.

증오였다. 부조리하다고 마음 어딘가로 안다 하여도 이미 멈추거나 그만둘 수가 없었다.

샤를로테는 벡을 돌아봤다.

“혼란이 필요해. 벡, 기필코 헬베티카를 해치울 거야.”

벡은 아무 말 않고 눈을 내리깔았다.

○

냄새가 너무나 심한 까닭에 입도 못 열 지경이다. 저택 곳곳에 튀어서 묻은 언데드의 주검은 강렬한 부취를 퍼뜨렸고, 본래 인간의 육체였다는 사실도 거들어서 치우는 사람의 손은 좀처럼 속도가 나지 않았다.

그럼에도 고용인들 및 병사들은 언데드의 주검을 정리했고, 힘이 다했던 병사들의 시신을 한 곳에 모아 조용히 기도를 올려줬다.

작업이 일단락될 무렵에는 밤도 깊어졌다. 무사한 방에서 겨우 휴식을 취하며 벨그리프는 크게 숨을 내쉬었다. 온몸이 뻑뻑 삐걱거리고 아팠다. 비록 어쩔 수 없는 상황이었다지만 조금 과하게 몸을 혹사시켰다. 일단 잠들면 침상에서 못 일어날 것 같다.

안젤린은 업힌 채 잠들었다가 아직 일어나지 않았다. 지금은 침대에 누워서 새근새근 숨소리를 내고 있었다. 아넷사와 밀리엄이 침대 옆에 의자를 끌어다 놓고 보살펴줬지만, 밤이 깊어지자 마수와 전투를 치러 지쳤던 까닭도 있어 두 사람 모두 꾸벅꾸벅 고개를 흔들거리며 반쯤 잠들어 있었다.

헬베티카와 다른 사람들은 별실에서 뭔가 이야기를 나누고 있을 것이다.

몸이 멀쩡하다면 참가하고 싶었지만, 일단 자리를 잡고 앉아버린 지금은 다시 일어나기도 귀찮다. 그렇다고 잠들기도 두렵다. 깨어나지 못할 것 같다.

묵묵히 앉은 채 창밖을 지켜보던 때에 문 두드리는 소리가 났다.「들어오십시오」라고 말하자 애시크로프트가 들어왔다.

"쉬고 계셨을 텐데 죄송합니다. 벨그리프 님, 안젤린 님의 상태는……."

"신경 써주셔서 감사합니다……. 그냥 잠들었습니다. 괴로워 보이지도 않고요. 하룻밤 자면 회복될 겁니다."

애시크로프트는 침대에서 잠들어 있는 소녀들을 보고는 안심한 듯 숨을 내쉬었다.

"다행입니다……. 여러분께서 보르도를 구해주셨습니다. 어찌 감사의 말씀을 드려야 할까 모르겠습니다."

"하하, 과대평가이십니다. 도시의 모험가분들도 병사분들도 정말 용감히 싸워주셨잖습니까."

"아니요……. 벨그리프 님, 당신께서 저택에 달려와주지 않으셨다면 저는 물론이거니와 헬베티카 님도 셀렌 님도 죽음을 면치 못했겠지요…….”

애시크로프트는 그렇게 말한 뒤 손에 들고 있었던 작은 병을 탁자에 내려놓았다.

“개인적인 사례입니다만……. 받아주십시오.”

“음?”

“엘프의 영약입니다. 많은 양은 아니오나 피로 및 부상에 아주 훌륭한 효과가 있습니다. 제가 오늘 아침에 복용했던 제국산 영약과 비교하면 천양지차이죠.”

산맥을 사이에 두고 있는 북쪽의 엘프령에서 제작되는 이 영약은 제국의 마법사들이 만든 영약에 비해 아득하게 효능이 높고, 재료가 희소한 까닭도 있어 대단히 고가에 거래된다. 고위 랭크의 모험가 및 대귀족이라면 또 몰라도 평범하게 살아간다면 사용할 기회는커녕 직접 목도하는 경우도 드문 물품이다. 이것은 애시크로프트가 큰돈을 들여서 만약의 사태에 대비하고자 보관해 둔 약이었다.

벨그리프는 깜짝 놀라서 손을 저었다.

“이런 값비싼 영약을……. 어차피 좀 쉬면 낫습니다. 귀한 약이니까 중요할 때를 위해서 갖고 계십시오.”

“아뇨, 거절 마시고 아무쪼록 받아주십시오. 이런 물건으로 답례를 끝낼 마음은 전혀 없습니다만, 지금 드릴 수 있는 최대한의 성의 표시입니다. 제 체면을 세워주시는 셈치고, 아무쪼록.”

이리 간곡하게 말하는 데야 안 받을 수도 없는 노릇이다. 벨그리프는 쓴웃음 짓고 머리를 긁적거렸다.

"그렇습니까……. 예, 감사히 받겠습니다."

그리 말하자 애시크로프트는 안심해서 굳어 있었던 표정을 이완시켰다. 벨그리프가 고집을 부려서 받지 않으려고 하면 어쩌나 걱정했는지도 모르겠다.

애시크로프트는 가볍게 인사한 뒤 퇴실했다. 방 안이 고요해졌다. 아넷사와 밀리엄은 침대에 몸 절반을 기울이고 푹 잠들어 있다.

벨그리프는 병을 손으로 집어 들고는 안쪽의 액체를 뚫어져라 바라봤다. 살짝 점성이 있고, 병에 푸른색을 물들여 놓은 관계로 색은 알아볼 수 없다. 뚜껑을 열고 냄새를 맡아봤다. 강한 냄새를 상상했었다. 그러나 마치 숲속에 들어온 것처럼 상쾌하고, 그러나 뭔가 그리운 내음이 났다. 살짝 맡았을 뿐인데 왠지 모르게 몸이 편해졌다는 기분이 든다.

그때 안젤린이 나지막하게 신음을 흘렸다. 벨그리프는 흠칫 놀라서 침대 옆으로 다가갔다. 악몽을 꾸고 있을까, 안젤린은 괴로워하며 눈살을 찌푸린 채 이불 속에서 몸을 비틀었다. 숨소리에서도 괴로움이 약간 묻어나는 듯싶다.

딸을 달래주고자 벨그리프는 손을 뻗어서 이마를 어루만졌다. 열은 없었다. 손길을 느꼈는지 조금 안정된 안젤린의 표정에서 힘이 빠졌다.

"귀한 약이지……. 지금 쓰도록 하자."

벨그리프는 작은 병을 살며시 기울여서 영약을 한 방울, 안젤린의 입에 떨어뜨렸다. 안젤린은「음냐」소리와 함께 입을 우물우물했다. 많이 쓴맛이 났나 잠깐 염려했지만 곧 눈에 보이도록 안색이 좋아졌고 숨소리도 편안해졌다. 괜히 딱딱하게 굳어 있었던 몸에서도 힘이 빠져나간다.

효과가 굉장하군. 벨그리프는 놀라며 애시크로프트에게 감사했다.

"……혹여나 내일 못 움직이면 곤란할 테지."

벨그리프는 손등에 영약을 한 방울 흘렸다. 호박색이고 점성이 있어서 벌꿀 같았지만, 그보다는 산뜻한 느낌이 든다.

손등을 입가에 가져가서 한 번 핥았다. 온갖 상상과 달리 맛이 안 났다. 다만 코가 뚫리는 듯한 풀의 내음이 느껴졌다. 신기하게도 무거웠던 몸이 가볍게 여겨진다. 고작 한 방울의 약이건마는 심장이 뛸 때마다 피와 함께 몸에 퍼져 나가는 것 같다. 조금 차가워졌던 손발의 끝에 온기가 돌아온다.

"큰 신세를 졌군……."

벨그리프는 병을 탁자에 내려놓은 뒤 의자에 깊숙이 몸을 파묻고 눈을 감았다. 기다렸다는 듯이 수마가 밀려닥쳤고 온몸에서 힘이 빠졌다. 그러나 어딘가 아직 불안감을 떨치지 못한 부분이 있었기에 완전히 잠재워주지는 않는다.

꾸벅꾸벅, 의식은 깨어 있는데도 잠들어 있는 듯한 신비로운 상태에서 벨그리프는 무의식의 세계를 떠다녔다. 몹시 기분이 편안했다.

○

마르타 백작의 신병을 구속하라는 헬베티카의 명을 받아서 사샤는 빠른 걸음으로 저택을 나왔다. 마르타 백작은 숙소의 2층에 있을 것이다. 그 자가 야간 경비의 진두지휘를 맡아볼 리 없었다.

보르도 가문, 나아가서는 주민들을 욕되게 했던 야비한 사내를 사샤는 용서할 뜻이 없었다. 죽이지 말란 당부는 들었다만, 팔을 하나나 둘이나 셋 정도는……. 거기까지 생각하다가 고개를 갸웃거렸다.

"팔은 두 개밖에 없군!"

그리 말하고 혼자서 하하 웃었다.

보르도 가문의 저택은 도시에서 조금 떨어진 곳에 있다. 정원을 나온 곳에는 병영과 농기구를 두는 헛간 등등이 몇몇 늘어섰다. 저택 자체는 세련되지 못해도 귀족다운 구조로 건설했지만 주위 모습은 마치 부농(富農) 같은 분위기다. 축사도 있고 잘 조련된 말들이 여물을 먹고 있다. 긴급 사태 때 곧장 출발할 수 있도록 마구를 채워 둔 녀석들이다. 사샤는 그중 한 마리에 뛰어올랐다. 램프를 한쪽 손에 들고 익숙한 손놀림으로 말을 질타하여 거리로 나아갔다.

맑게 개었던 하늘에 또 구름이 걸렸는지 반짝거리던 별빛도 이제는 안 보인다. 뭔가 묘한 불안감을 품은 채 사샤는 말을 달렸다.

도중에 어느 사람과 엇갈렸다. 일행은 두 명이다. 지나치려고 했던 사샤는 깜짝 놀라서 말을 멈췄다.

"기다리시오!"

손을 앞으로 내밀어서 빠른 걸음으로 걸어가는 두 인물의 앞쪽으로 돌아들었다.

"사샤 보르도라고 합니다. 그림자 마물을 퇴치해주셨던 분들 아니십니까?"

사샤가 불러 세우자 샤를로테는 생긋 웃었다.

"기억해주시다니 영광입니다."

"하하, 그리 대단한 활약을 펼친 분들이신데 어찌 잊어버리겠습니까. 그나저나 이 늦은 시간에 어딜 가십니까?"

"헬베티카 님께 위문을 갈까 합니다. 저택이 습격을 받았다고 언뜻 들었습니다. 이리 늦은 밤 시간이지만, 걱정이 되어 찾아뵈었습니다."

어린 용모인데도 이상하게 사람을 깔보는 듯한 태도로 대하는 샤를로테에게 사샤는 묘한 위화감을 받았다. 뭔가 숨기고 있다는 느낌이 든다. 분명 이 소녀는 마수를 해치웠지만, 마르타 백작의 아래에서 머무르고 있다는 것도 묘하다.

사샤는 끝까지 친근감 있는 태도를 무너뜨리지 않은 채 말에서 내렸다.

"그 말씀은 정말 감사히 받아 두겠습니다. 그러나 본가는 아직 분위기가 어수선한지라, 게다가 저택의 정리가 아직 끝나지 않았습니다. 도저히 손님맞이를 할 상황이 못 됩니다."

"신경 쓰지 마십시오. 본래 여행자의 신분입니다. 얼마나 지저분하는 개의치 않습니다."

"아뇨, 저희 가문의 위신과 관련된 문제이오니……. 이미 밤도 깊었습니다. 날이 밝았을 때 다시 찾아와주십사……."

대화 나누면서 사샤는 가만히 칼자루에 손을 얹었다. 대답하는 태도 및 언사는 유려하나 너무 부자연스럽다. 어쩌면 마르타 백작 따위는 제쳐 놓고 이 소녀가 훨씬 더 위험한 존재인지도 모르겠다. 언니와 여동생처럼 확고한 이유가 있어 판단을 내린 것은 아니었지만, 모험가로 길러온 감이 분명하게 알려줬다.

지금 이곳에서 붙잡아 둔다.

그야말로 검을 막 뽑으려고 한 순간, 사샤는 피부에 소름이 끼치는 것을 느꼈다.

즉각 뒤쪽으로 몸을 날린다.

쿵, 소리가 나고 방금 전까지 서 있었던 곳이 무엇인가에 짓눌려 움푹 꺼졌다. 말이 놀라서 울부짖더니 발길을 돌려 도망친다. 샤를로테도 깜짝 놀라서 고개 돌렸다.

"벡! 너, 무슨 생각으로……!"

"소용없다. 이미 눈치챘어. 죽이는 게 나아."

샤를로테의 뒤쪽에 서 있던 벡이 날카로운 눈매로 사샤를 노려본다. 머리에 쓴 후드가 어깨까지 드리워졌고 분명 하얬던 머리카락도 검게 물들었다.

"사샤 보르도. 어중간하게 영리했던 자기 자신을 원망해라."

"큭! 네 녀석!"

사샤는 단숨에 검을 뽑았다. 그러나 또 오한을 느낀 뒤 지면을 박찼다. 역시 바닥이 움푹움푹 꺼졌다.

사샤가 물러나는 것을 보고 벡은 샤를로테를 안아 들어서 뒤쪽으로 물러나 내려준 뒤 다시 앞으로 달려왔다.

"이놈!"

사샤는 램프를 집어 던졌다. 벡이 팔을 휘두른다. 램프는 도중에 뭔가 충격을 받고 지면에 떨어졌다. 어둠이 주변을 뒤덮었다.

강렬한 마력의 기척이 덮쳐든다. 사샤는 감각에 의지하여 검을 휘둘렀다. 뭔가 쳐냈다는 감촉이 든다. 보이지 않는 마탄. 다만 풍경이 신기루처럼 일렁거릴 뿐.

이런 공격은 처음이었다. 까딱 긴장을 늦추면 끝장이다.

한동안 공방이 이어진 뒤 약간의 틈을 발견하고 사샤는 지면을 박차며 벡에게 육박했다. 달려드는 기세를 고스란히 쏟아서 검을 휘두른다.

베었다!

그런 줄 여겼다. 그러나 검은 벡의 몸체에 닿기 전 공중에서 멈춰 있었다. 모래색으로 명멸하는 반투명의 기하학 문양이 칼날을 가로막았다. 사샤는 놀라서 눈이 휘둥그레졌다.

"뭣……!"

"놀랄 틈은 없을 텐데."

벡이 팔을 휘둘렀다. 느닷없이 왼편에서 격렬한 충격이 사샤를 덮쳤다.

전혀 예기치 못한 일격에 휙 날려 간 사샤는 지면을 몇 차례 부딪쳐 튀어 오른 끝에 쓰러졌다.

“으…… 끅! 크…… 헉……!”

왼팔이 안 움직인다. 이상한 방향으로 꺾였다. 머리 뒤편에 쪽을 쪄 정리해 놓은 두발이 흐트러져서 얼굴에 쏟아졌다.

일어서야 하는데.

생각만 간절할 뿐 몸이 말을 듣지 않는다.

간신히 놓지 않았던 오른손에 쥔 검의 칼날을 벡이 짓밟았다. 어둠 속에서 이쪽으로 손을 겨누는 광경이 보였다.

이리도 한심할 수가. 사샤는 이를 악물었다.

벡이 싸늘하게 중얼거렸다.

“잘 가라.”

그러나 그때 마탄이 몇 발 날아왔다. 마탄은 벡에게 맞기 전에 가로막혀서 사라졌지만 주의를 끄는 데는 한몫을 했다. 이자의 시선이 움직인 틈에 사샤는 검을 놓아두고 지면을 굴렀다.

연달아 마탄이 날아들자 벡은 얼굴을 찡그린 채 뛰어 물러났다.

“사샤 님!”

병사를 끌고 온 애시크로프트와 엘모어가 달려왔다. 그리고 지면에 쓰러져 있는 사샤를 보곤 경악하여 눈을 부릅떴다.

“어떻게 이런……!”

“애시…… 엘모어 님……. 어째서.”

“사샤 님께서 외출하셨는데도 말만 돌아왔다고 병사들 사이에서 소란이 일어났습니다. 설마 이렇게……. 일단 치료를 받으십시오."

엘모어는 재빨리 병사들더러 사샤를 옮기라고 지시 내렸다. 애시크로프트는 한껏 분노하여 일그러뜨린 얼굴로 검을 쳐들고 벡을 돌아보면서 외쳤다.

"네놈! 이 폭거의 대가는 단단히 받아 내겠다!"

그리고 날렵하게 지면을 박차고 덤벼든다. 벡은 귀찮아하며 탄식했다.

"댁들은 안 불렀다고……."

곧이어 손바닥의 아래쪽으로 가격하듯 앞쪽에 팔을 내밀었다. 눈앞까지 닥쳐들었던 애시크로프트는 마치 복부를 얻어맞은 모양새로 튕겨 나갔다. 어찌 된 영문인가 알 수가 없었다. 간신히 낙법은 칠 수 있었지만 세차게 기침을 했다. 뼈가 부러졌는지 기침할 때마다 아프다. 위의 내용물이 튀어나오려고 하는 것을 아득바득 견뎠다.

엘모어가 의아한 표정을 지었다.

"묘하군……. 뭔가, 저 마법은……."

고민할 틈도 없이 벡이 달려온다. 엘모어는 손가락을 겨누고 마탄을 날렸다. 그러나 반투명의 기하학 문양에 가로막혔다.

"늙은이는 물러나시지."

벡은 재빨리 엘모어에게 다가가서 주먹을 휘둘러 후려갈겼다.

엘모어는 즉각 방어 마법을 전개했지만 무시무시한 충격이 치달았다. 노련한 길드 마스터가 무릎을 꿇는다. 벡은 가차 없이 연속 공격을 펼쳤다. 방어 마법이 무너졌고 엘모어는 휙 날아가서 피를 토했다. 힘을 쥐어짜 일어났던 애시크로프트도 검을 들어 올리기 전에 날아갔다.

사샤, 애시크로프트, 엘모어. 보르도에서 손꼽히는 실력자라고 알려져 있는 세 인물이 속수무책으로 패퇴당했다는 사실에 병사들은 동요했다. 벡은 흉포한 미소를 머금은 채 병사들을 돌아봤다. 그 눈빛은 광기 서린 열기로 탁해졌다.

"한 놈도 안 놓친다, 몰살이다."

그렇게 말하다 말고 깜짝 놀라서 머리를 휘젓는다.

"아니야……. 더는 튀어나오지 마라……!"

머리카락의 색이 백색과 흑색 뒤범벅이 되었다가 다시 흑색으로 돌아왔다. 얼굴에서 웃음은 사라지고 본래대로 무표정이 돌아왔다. 싸늘한 시선이 병사들을 꿰뚫는다. 병사들은 겁을 먹고 주춤거렸지만 사샤와 요인들을 지키고자 무기를 들어 올렸다. 사샤가 힘겹게 부르짖었다.

"바보 녀석들, 도망쳐라! 우리는 놓아두고 어서!"

벡이 팔을 내밀었다. 신기루처럼 풍경이 일렁이더니 곧 거대한 마력 덩어리가 덮쳐들었다.

끝인가. 사샤는 눈을 감았다. 그러나 이상하게 충격이 다가들지 않는다. 주뼛주뼛 눈을 떴다. 잘 아는 뒷모습이 앞에 있었다.

안젤린이 서 있었다.

26 침상에서 곧장 뛰쳐나온 차림새

침상에서 곧장 뛰쳐나온 차림새였다. 머리카락은 대충 묶어서 정리했다 뿐 이리저리 가닥이 삐져나와서 물결치고 있다. 입고 있던 간소한 드레스도 잠들었다가 나온 까닭인지 곳곳에 주름이 잡혔다.

안젤린은 눈에 힘을 주면서 톡톡, 발뒤꿈치로 지면을 걷어찼다. 그리고 어깨를 꾹꾹 돌린다. 몸의 감촉을 확인하는 행동 같았다.

벡의 마법이 당장에라도 사샤에게 도달하려고 했던 때 측면에서 날다시피 하여 나타난 안젤린이 그것을 차서 날려버렸다. 거대한 마력 덩어리는 공처럼 엉뚱한 방향으로 날아갔다가 녹아내리듯 사라졌다. 목격한 사람들은 어안이 벙벙하여 말을 잃었다.

안젤린은 부상을 당한 사샤와 다른 사람들을 보고 눈살을 찌푸렸다.

“감히 내 친구를 괴롭혔겠다…….”

벡이 언짢아하며 얼굴을 찌푸렸다.

“네 녀석인가…….”

“응.”

안젤린은 살짝 화가 난 얼굴로 벡을 바라봤다. 빙글빙글, 도발하듯이 검을 돌린다.

"……누나도 같이 놀아줄게."

"헛소리……."

벡은 지면을 박찼다. 동시에 팔을 휘두른다. 보이지 않는 마법이 신기루처럼 일렁이며 안젤린에게 덮쳐들었다. 그러나 안젤린은 조금도 동요하지 않는다. 흔들흔들 몽유병 환자 같은 걸음걸이로 벡의 마법을 전부 피하든가 검으로 쳐서 날려버린다. 분명 투명한데도 훤하게 전부 보이는 듯한 움직임이었다. 마법이 헤집어 놓은 지면은 구멍투성이다.

"흥……."

육박하여 손바닥 아래쪽으로 내밀어 치는 벡을 안젤린은 시시하다는 표정을 지은 채 걷어찼다. 반투명의 기하학 문양이 직격을 막아 냈지만, 그럼에도 기세를 감당 못 하고 벡은 후방으로 튕겨 나갔다.

"뭔가 몸 상태가 좋아……. 웬일이래?"

잠든 동안에 악몽을 꾸었던 것 같다. 어둠 저편에서 자신을 부르는 소리가 들렸다. 그러고는 점점 어둠이 질량을 지닌 채 자신을 옭아매서 보다 깊숙한 곳까지 끌고 들어가려고 하는 그런 꿈이었다.

그러나 문득 와 닿았던 따뜻한 손의 감촉에 어둠은 멀어졌고, 그러고는 신비로운 숲의 내음이 악몽을 완전하게 날려버렸다. 이후는 무척 푹 잠들었던 것 같다.

그런데 어째서인지 불현듯 눈이 뜨였다. 뭔가 몹시도 불길한 예감 때문에 몸이 떨려서 도저히 가만있을 수가 없었다. 무엇인가가 자신을 불러내는 것 같기도 했다. 그래서 곧장 검을 들고 저택 바깥으로 뛰쳐나왔었다. 분명 방에는 아빠와, 아네와 미리와…….

휙, 거기까지 생각하던 때 또다시 벡의 마법이 날아왔다. 안젤린은 역시 검으로 쳐서 날려버렸다.

"지금 생각 중이야……. 방해하지 마."

"……깔보는 거냐."

벡은 쿵, 발을 굴렀다. 그러자 주위에 모래색을 띠고 명멸하는 기하학 문양으로 이루어진 입체가 다수 떠올랐다. 구체가 많지만, 삼각형 및 사각형, 그 이상의 모서리를 가진 것도 있다. 문양은 마치 생물처럼 끊임없이 형태를 바꾸며 꾸물꾸물 움직이고 있다. 구체가 발하는 엷은 빛이 벡과 그 주위 지면을 희미하게 비췄다. 엘모어가 놀라서 눈을 부릅떴다.

"입체 마법진……. 그렇군, 마탄치고는 이상하다 싶었더니……."

안젤린은 흥, 코웃음 쳤다.

"마술 솜씨가 좋네……. 이게 전부야?"

"……마무리를 보여드리지."

벡은 팔을 휘둘렀다. 입체는 세차게 안젤린을 향해 날아들었다.

안젤린은 검을 휘둘러 전부 쳐낸다. 그러나 방금 전 보이지 않은 마법보다 더 무거웠다. 투명화를 풂으로써 위력이 올라간 것일까?

크고 작은 입체는 벡을 중심으로 공전하고 있다. 숫자가 더욱 늘어났다. 흡사 태양의 주위를 돌아다니는 행성 같았다.

입체 마법진은 고위 마법이다. 마력의 유지, 형태의 유지, 힘의 발현, 술사의 의지에 제어 등등 다수의 술식이 거듭되어 이루어진다. 질량을 부여하는 것도 가능하며 검이나 화살도 막아낼 수 있고 상대에게 맞부딪치면 공격의 역할도 수행한다. 마술식 자동 방벽의 술식을 조합하면 술사에 대한 적의 및 힘에 반응하여 자동으로 방어를 맡아줄 수도 있다. 그런 데다가 벡은 투명화까지 조합했었다. 이리도 많은 술식을 입체적으로, 게다가 모순 없이 조합하기란 극히 어려운 기술이다.

그러나 안젤린은 거기에 딱히 흥미가 없었다. 눈앞의 적은 쓰러뜨릴 뿐이다.

안젤린은 달려 나갔다. 벡은 당황하는 기색도 없이 팔을 휘두른다. 입체 마법진이 잇따라 안젤린에게 덮쳐들었다. 하지만 안젤린은 작은 움직임으로 피하거나 검으로 쳐냈다. 벡의 팔 움직임을 잘 주시하면 어느 방향에서 오는가 알 수 있었다.

그러나 그렇게 생각했을 때 후두부를 얻어맞아 충격이 왔다.

입체 마법진이 하나, 팔 움직임과 전혀 관계없이 안젤린의 후두부를 가격했다.

일순간 시야가 흔들린다. 그러나 생각하는 동안에 몸을 움직여서 재빨리 지면을 박차고 거리를 벌렸다. 아무래도 팔 움직임과 무관계하게 움직이는 입체도 있는 듯싶다.

팔과 연동되는 듯 착각을 심어서 허를 찌르는 공격인가? 안젤린은 얼굴을 찌푸리며 머리 뒤쪽을 문지르고는 벡을 노려봤다.

“잔꾀가 필요하다면……. 너는 나보다 약하다는 뜻이네.”

“흥…….”

벡은 여전히 무표정이다. 그러나 때때로 입가와 눈매가 실룩실룩 움직였다. 무엇인가 죽을힘을 다하여 억누르고 있는 듯 여겨졌다.

신기하게도 머리 뒤쪽의 통증은 곧 가셨다. 몸 상태가 좋을 뿐 아니라 치유력까지 높아진 듯 느껴진다. 잠든 동안에 뭔 일이 있었나 보다.

“으음……. 아마도 아빠의 애정 파워겠네…….”

어떤 사고의 과정을 거쳤는지 알 수 없다만, 안젤린은 그렇게 결론 내렸다.

어쨌든 간에 상황 파악은 끝났고 갑자기 힘이 솟아오른다. 쓸데없는 생각은 그만두도록 하자.

“간다…….”

아지랑이처럼 안젤린의 윤곽이 일렁거렸다. 벡이 반응하기보다 더 빨리 안젤린의 발차기가 복부에 꽂혀 들어갔다.

“컥……?!”

자동 방어도 늦게 반응할 만큼 빠른 속도였다. 폐에서 공기가 도망치고 가슴이 막힌 것처럼 벡은 고통 가득한 얼굴이 되었다. 곧이어 안젤린은 검 자루로 벡의 어깨를 후려갈겼다. 뼈 부러지는 감촉이 느껴졌다.

벡은 얼굴을 일그러뜨리면서도 안젤린의 팔을 붙들었다. 주위를 돌고 있었던 입체 마법진이 일제히 안젤린에게 덮쳐든다. 그러나 안젤린은 오히려 팔을 잡아당겨서 벡을 넘어뜨린 뒤 있는 힘껏 걷어찼다. 벡은 지면을 튕기며 굴러갔다. 안젤린이 뒤를 쫓는다. 입체가 지면을 파헤쳐서 구멍을 만들었다.

"끅……."

일어서려고 하는 벡의 등판을 안젤린이 밟아 눌렀다.

"묻고 싶은 게 있어……. 너는 누구야? 뭐가 목적이야?"

"……그 말은 내가 할 말이다. 네 녀석이야말로 뭐냐."

"나는 안젤린……. 『적귀』 벨그리프의 딸."

대답을 들은 벡의 얼굴이 분노로 일그러졌다.

"누가 딸이냐……! 헛소리 집어치워라!"

트득, 오싹한 소리가 나며 벡의 피부가 물결쳤다. 분명 부러졌던 어깨의 뼈가 억지로 이어지려는 듯이 움직인다. 벡은 안젤린을 밀치고 일어섰다. 무표정했던 얼굴에서 뚜렷한 감정이 소용돌이치고, 눈에는 광기의 불꽃이 깃들었다.

"어째서 네 녀석만이!"

"……응? 무슨 소리야?"

벡은 짐승 같은 민첩함으로 몸을 날려서 다가왔다. 손이 검은빛을 띤 이형의 무엇인가로 바뀌었다. 예리한 발톱이 덮쳐들었다. 안젤린은 검으로 막아 냈다.

"뭐야, 너……. 인간이 아니었어?"

벡은 대답하지 않고 공격을 계속했다. 그러나 머리에 피가 오른 탓인지 속도만 빠를 뿐 막무가내에 거친 움직임이다. 안젤린은 잠시 공세를 받아넘기다가 이윽고 포기한 듯 검을 휘둘렀다. 벡의 어깻죽지부터 사선을 그으며 검섬(劍閃)이 달렸다.

"큭―?!"

움직임이 멎은 벡을 걷어차 쓰러뜨렸다. 벡이 똑바로 쓰러진다. 사선으로 베인 상처 부위에서 피는 나오지 않고 거뭇거뭇한 안개가 떠다녔다.

벡의 머리카락이 흑색에서 백색으로 물들어 간다. 안젤린은 의아하여 눈에 힘주고 물었다.

"진짜 도대체 뭐야……. 신종 마수라든가 그런 거야?"

"쿨럭……. 네 녀석과 **똑같다**고……."

벡이 가슴께에 손을 얹더니 눈을 감았다. 갑자기 몸이 아지랑이처럼 일렁거린다. 안젤린이 깜짝 놀라서 검을 휘둘러 올렸을 때는 이미 사라져버렸다.

"아차……. 놓쳐버렸네……."

그와 동시에 저 멀리 둔탁한 소리가 들렸다. 뭔가 부서지는 소리 같았다.

안젤린은 깜짝 놀라서 뒤를 돌아봤다.

보르도 가문 저택에 먹구름이 걸려 있었다.

○

“아빠! 여기는 부탁할게!”

갑자기 벌떡 일어났던 안젤린은 말을 건넬 틈조차 없이 검을 들고 뛰쳐나가버렸다. 꾸벅꾸벅 졸고 있었던 벨그리프도 놀라 일어섰다. 더는 눈이나 붙일 수 없었다. 아넷사도 밀리엄도 재빨리 일어서서 무기를 들고 날카로운 눈빛으로 주위를 경계했다.

“……뭐, 뭐야? 뭐가…….”

“어라아? 안제는…….”

벨그리프는 영약이 담긴 작은 병을 품속에 간수하고 검을 챙긴 뒤 열었다. 밤 깊은 하늘에 구름이 걸려 있다. 불어오는 바람의 끈적끈적한 감촉은 얼마 전 싸웠을 때와 같았다. 안젤린이 무시무시한 속도로 정원을 곧장 가로질러서 달려가는 모습이 보였다.

“안 좋은 예감이 드는군. 아직 싸움은 끝나지 않았던 건가…….”

벨그리프는 두 사람을 돌아보며 말했다.

“가자. 헬베티카 님이 걱정되는구나.”

“그래도, 안제가…….”

“그러니까 가야 한단다. 저 아이가 바깥에 나간다면 저택을 지킬 사람은 우리밖에 없지 않겠니.”

벨그리프의 말에 두 사람은 고개를 끄덕였다.

방에서 나와 헬베티카의 거처로 향한다. 그토록 움직이기가 귀찮았던 몸이 놀랍도록 편안하다. 엘프의 영약이 정말이지 굉장한 효과를 지녔다는 이야기를 벨그리프는 몸소 겪어서 납득할 수 있었다.

저택 내부는 아직 악취가 떠다니고 있었지만, 언데드의 주검은 다 정리했고 창문을 활짝 열어 둔 덕분도 있어 조금이나마 나아진 느낌이다. 병사들이 여기저기에 서서 눈을 번뜩이고 있고, 고용인들은 나머지 지저분한 곳을 깨끗하게 치우고 있다.

방에서는 헬베티카와 셀렌이 뭔가 대화를 나누고 있었다. 호위 병사들이 방의 앞쪽과 창가를 지키고 있다.

빠른 걸음으로 들어온 벨그리프를 보고 헬베티카는 살짝 놀라는 표정을 지었다.

"무슨 일 있으세요?"

"헬베티카 님, 또 먹구름이 끼었습니다. 곧 일이 벌어질 겁니다."

벨그리프의 말에 헬베티카는 역시나, 싶었다는 듯이 눈을 내리깔았다.

"손을 쓴다면 오늘 밤……. 예상대로 됐네요."

"음?"

"적의 목표는 저예요. 그렇다면 내일이 와서 자기 목이 떨어지기 전에 일을 벌이려고 하겠죠."

"언니, 작은언니는……."

"모르겠어요……. 많은 인원이면 상대가 눈치챌까 염려해서 홀로 보냈지만……. 실수였을까요……."

사샤의 실력은 물론 신뢰할 수 있었지만, 상대의 세력을 알지 못했다. 마르타 백작 한 명만 체포하면 된다는 생각에 사샤를 보냈다만, 혹여 강력한 호위가 붙어 있었다면……. 헬베티카는 자신의 짧은 생각을 후회하며 살짝 혀를 찼다. 적이 움직이기 전에 손을 써야 한다고 너무 조바심을 냈을까.

그때 저택의 바깥이 소란스러워졌다. 방 안에 고용인이 달려들어 왔다.

“아가씨! 또 언데드가!”

“시작됐군요……. 진정하고 대처하세요. 상대도 급할 겁니다. 아무쪼록 무리는 하지 마세요.”

아넷사와 밀리엄이 한 걸음 나섰다.

“도울게요.”

“응! 아직 더 많이 날뛰고 싶어~!”

헬베티카는 미소 지었다.

“감사합니다, 정말 든든하네요.”

두 사람은 꾸벅 고개를 숙이고 방 바깥으로 달려 나갔다.

뒤이어 따라가려고 했던 벨그리프의 옷자락을 헬베티카가 붙잡았다.

“무슨 일 있으십니까?”

“그게…… 가능하면 곁에 있어주세요……. 사샤도 애시도 없는지라 불안합니다.”

이제 알겠군. 늠름한 분위기로 다부지게 행동하더라도 옷자락을 붙든 손이 살짝살짝 떨리고 있지 않은가.

벨그리프는 미소 짓고는 고개를 끄덕였다.

"알겠습니다. 약한 힘이나마 호위를 맡도록 하죠."

"감사해요……."

헬베티카는 안심한 표정으로 웃음 지었다. 셀렌도 마음을 놓은 모습으로 벨그리프의 곁에 다가와 섰다.

이 방에서는 위기가 닥치면 도망칠 길이 없다는 벨그리프의 제안을 따라 일동은 장소를 1층으로 옮겼다. 여차하면 창문을 열고 나가서 도망칠 수 있다. 저택에 남아 있었던 고용인들과도 합류하여 일단 바깥의 언데드가 정리되기를 기다렸다.

저택 바깥에서 번개가 번쩍거리고 무엇인가 터져 나갔다. 아넷사과 밀리엄이 활약하고 있는 듯싶다.

언데드의 수는 묘지에서 싸웠을 때보다 훨씬 적었다. AAA랭크의 모험가가 둘이나 나선 만큼 걱정은 없을 것이다.

당장에 더욱 신경 쓰이는 것은 이 소동을 일으켰을 흑막의 존재였다. 혹여 마르타 백작이 흑막이면 사령술을 구사 가능한 마법사를 옆에 두었다는 뜻이다. 마르타 백작 본인은 별반 위협이 안 될 터이나 그 마법사만큼은 방심할 수 없겠다.

안젤린은 어디에 갔나 의문도 든다. 도시 쪽에서 뭔가 일어났을까.

불현듯 강한 바람이 불어닥치더니 창문이 덜컹덜컹 소리 나도록 흔들렸다. 바깥에 있는 언데드의 냄새일까. 얼굴이 찌푸려질 만큼 독한 악취가 새어 들어왔다.

벨그리프는 깜짝 놀라서 얼굴을 들어 올렸다. 즉각 헬베티카와 셀렌을 끌어안고는 소리쳤다.

“창문에서 떨어져!”

느닷없이 창문의 유리가 깨지더니 검은 연기가 방 안에 밀려들었다. 병사들이 몹시 당황하여 허둥거리면서도 용케 연기와 헬베티카의 사이에 서서 무기를 거머쥐었다.

검은 연기는 흔들흔들 형태를 바꿔 천장 가까운 곳을 떠다녔다. 벨그리프는 출구 쪽으로 시선을 주고 말했다.

“나갑시다.”

헬베티카는 고개를 살짝 끄덕인 뒤 셀렌의 손을 붙잡고 천천히 방의 출구로 걸어갔다. 벨그리프는 두 사람을 뒤쪽에 두고 지키면서 칼자루에 손을 얹은 채 연기를 노려봤다. 연기는 떠다니면서 바닥의 한 점에 모여들기 시작했다. 조금씩 뭔가 형태를 이루고 있다. 형태를 다 이룰 때까지는 움직일 것 같지 않았다.

욱신, 또 환지통이 도졌다. 오른 다리를 잃었을 때 느꼈던 타오르는 듯한 아픔이 다리 쪽에서 슬금슬금 기어 올라온다. 진땀이 배어났다.

벨그리프는 이를 악물고 주의 깊게 연기를 관찰하면서 두 사람을 방 바깥으로 내보낸 다음 곧이어 병사 및 고용인들도 내보냈다. 그러고는 자신이 후미에 서서 복도를 나아갔다.

뒤쪽에서 문 부서지는 소리가 났다. 그 연기가 형태를 다 이루었을 테지.

벨그리프는 걸음을 멈추고 헬베티카에게 소리 높였다.

"헬베티카 님, 바깥의 언데드는 거의 정리가 됐을 겁니다. 저택의 사람들을 데리고 아네와 미리가 있는 곳으로 가 계십시오."

"네……. 벨그리프 님은……."

"여러분이 바깥에 나갈 수 있도록 저것을 막겠습니다."

시선을 준다. 흑색의 그림자 같은 무엇인가가 복도를 걸어 다가온다.

둥근 몸체에서 촉수 비슷한 다리가 잔뜩 뻗어 나왔다. 찌그러진 거미 같은 모습이었다. 그러나 묘지에서 봤을 때보다 훨씬 작았다.

벨그리프는 검을 뽑아 들고 외쳤다.

"서두르십시오!"

"그래도…… 당신이 죽는다면 안젤린 님이 슬퍼하실 거예요!"

벨그리프는 고개 돌리고 미소 지었다.

"안 죽습니다. 모험가는 어찌 되었든 살아남아야 하는 직종이라고 딸에게 가르쳤던 사람이 바로 저입니다. 이곳에서 죽는다면 딸을 마주 볼 면목이 없죠."

"……무운을 빌어요!"

헬베티카는 아주 잠깐만 머뭇거리는 기색이었지만 곧 표정을 단속하고 발길을 돌렸다.

"여러분, 가죠! 셀렌, 서둘러요!"

"네, 네에, 언니……."

셀렌은 걱정을 담아 벨그리프를 뒤돌아보면서, 그럼에도 언니와 함께 달려 나갔다.

벨그리프는 크게 숨을 내쉬었다. 전방을 본다. 그림자가 닥쳐들었다. 환지통이 이제 통증을 일으킨다.

"어디 보자……."

벨그리프는 얼굴을 찌푸리면서도 검을 쳐올리며 그림자를 향해 달렸다.

그림자는 촉수를 흔들거리다가 채찍처럼 휘둘렀다.

"……느리군."

그러나 벨그리프는 가격당하기 전에 모조리 베어 갈라서 떨어뜨렸다. 절단된 촉수는 검은 연기가 되어 사라졌다.

몸이 두렵도록 가볍다. 엘프의 영약이란 이리 효과가 높은가. 비록 환지통은 욱신거린다만, 몸을 움직임으로써 고양감이 솟는 까닭인지 별달리 신경 쓰이지도 않는다. 감각이 이상하리만큼 예민해져서 상대의 움직임을 선명하게, 손에 잡힐 듯 알 수 있었다. 자루를 쥔 손부터 칼날까지 팔과 하나가 된 듯한 강렬한 감응이 느껴졌다.

마치 버터를 자르는 양 촉수를 절단해서 눈 깜짝할 사이에 몸체까지 육박했다.

다리는 멈춘다. 그러나 검은 달려온 기세를 고스란히 실어 횡베기를 날린다. 놀랍도록 손쉽게, 그림자는 가로로 베여 허물어졌다. 쉭쉭, 소리를 내면서 검은 연기가 되어 사라져 간다.

"……이런 정도인가."

살짝 맥이 빠졌다. 그런 까닭일까, 뭔가 결판이 났다는 느낌은 들지 않는다.

그러나 멍하니 있을 시간은 없다. 헬베티카 및 다른 사람들과 어서 합류해야겠다. 벨그리프가 검을 허리에 꽂아 넣으려고 했을 때 연기의 너머로 인영이 보였다. 눈에 힘주어 바라보니 작은 소녀였다.

샤를로테가 서 있었다. 분노로 얼굴을 일그러뜨렸고 꽉 거머쥔 주먹은 덜덜 떨린다. 벨그리프는 의아하여 눈을 가늘게 떴다.

"너는…… 분명히 주점에서……."

"이놈이고 저놈이고……. 왜 자꾸 날 방해해!"

샤를로테는 발을 쿵쿵 굴러 대면서 아우성쳤다.

"도대체 뭐하자는 건데! 어째서!"

"……괜찮니? 이곳은 위험하단다. 바깥으로……."

"가까이 오지 마!"

한 걸음 내디디는 벨그리프에게 샤를로테는 팔을 척 내밀었다. 반지의 검은 보석이 번뜩거렸다.

"이제 얼마 안 남았는데……. 얼마 안 남았었는데!"

샤를로테의 몸에서 폭발적인 마력이 용솟음쳤다. 벨그리프는 놀라 칼자루에 손을 얹었다. 샤를로테는 광기 서린 미소를 머금었다.

"죽어버려."

꾸물럭, 샤를로테의 배후 공간이 뒤틀리고 일그러졌다. 벨그리프가 놀라서 눈을 부릅떴을 때 샤를로테의 반지에서 검은 안개가 뿜어져 나와 또 형태를 만들었다. 신경 쓰이지 않았던 환지통이 또 머리를 쳐들기에 벨그리프는 눈썹을 치켜 올리며 검을 고쳐 잡았다.

그림자가 촉수를 뻗어 또다시 채찍처럼 휘둘렀다. 몸을 피하고 검을 휘둘러 쳐낸다. 방금 전과 마찬가지로 별 위협적이지는 않았다. 그러나 샤를로테의 반지에 달린 보석이 빛날 때마다 벨그리프의 환지통도 더한 통증을 불러일으켰다.

"끄윽……!"

이마에 비지땀이 솟아난 벨그리프는 이대로 가면 결판을 낼 수 없다 판단하고, 갈팡질팡하던 다리를 단단히 내디뎌서 밟고 이를 악문 채 단박에 정면 돌파했다. 들이닥치는 촉수를 한 번에 베어서 뿌리치고, 물 흐르듯 갖춘 상단 자세에서 검을 내리 휘두른다. 그림자는 또다시 양단되어 안개처럼 허물어졌다.

샤를로테는 증오스럽다는 듯이 얼굴을 일그러뜨린 채 뭔가 두세 마디를 읊었다.

손가락에서 마탄이 발사됐다. 벨그리프는 검을 들어서 막았다. 몹시 묵직하다. 그럼에도 힘을 실어서 쳐냈다. 그러나 제2, 제3의 공격이 날아왔다. 아무러면 다 막아 내기는 버겁다. 몸을 피했다. 마탄은 요란한 소리를 내며 저택의 벽을 꿰뚫고 바닥을 헤집었다.

"아핫……! 아하하하하핫!"

샤를로테는 정신을 놓은 사람처럼 웃어젖히고 마탄을 쏘며 전진했다. 버티지 못한 벨그리프는 한 발 한 발 후퇴했다.

마탄이 쉴 새 없이 발사되는 데다가 매 사격마다 위력이 높은 까닭에 벨그리프는 공세로 전환하지 못했다. 그뿐 아니라 상대가 소녀라는 것도 검 휘두르기를 주저하게 만들었다.

언뜻 일방적인 형세인 듯 여겨졌지만, 불현듯 샤를로테의 얼굴이 공포로 일그러졌다. 앞에 내밀었던 팔을 되돌려서 허둥지둥 다른 한쪽 손으로 쥐어 잡는다.

"뭐, 뭐야, 이거! 싫어……. 싫어엇!"

반지에 끼워져 있던 검은 보석이 느닷없이 확장된 부피를 갖고 부풀어 올랐다. 게다가 마치 점성을 지닌 듯 샤를로테의 손을 감싸 안더니 천천히 팔 위쪽까지 침식하며 움직이고 있다. 샤를로테는 검은 덩어리를 뿌리치려고 했지만, 철썩 달라붙어서 떨어지지 않는다. 공포로 얼굴이 굳어져서 울부짖었다.

"싫어……! 싫어, 이런 거! 살려줘요! 아버님! 어머님!"

마탄의 사격이 멎은 덕분에 벨그리프는 빠른 걸음으로 샤를로테에게 달려갔다. 샤를로테는 공포에 휩싸여 이성을 잃고 벨그리프에게 매달렸다.

"살려줘! 제발! 살려줘요!"

"진정하거라!"

벨그리프의 일갈에 샤를로테는 움찔 몸을 떨고는 입을 다물었다.

벨그리프는 샤를로테의 손을 바라봤다. 검은 덩어리가 굼실굼실 꿈틀거리면서 손목까지 뒤덮었다. 또한 천천히 부피를 늘려 가면서 착실하게 팔꿈치 부근으로 향하고 있다.

머뭇거렸다. 이대로 손을 잘라 내는 게 빠른 방법일 텐데. 그러나 어린 소녀다. 절단의 충격 때문에 죽어버릴지도 모른다.

"……효과가 있을까?"

벨그리프는 품에서 엘프의 영약을 꺼내 들었다. 마개를 빼고 검은 덩어리에 떨어뜨린다. 이런 상황인 만큼 한 방울씩 가늠을 할 여유가 없었던 터라 작은 병 속의 내용물은 남김없이 전부 떨어졌다. 똑, 맞닿은 순간 검은 덩어리가 괴로워하는 양 격하게 물결쳤다. 샤를로테의 눈이 공포에 젖어 커다랗게 뜨였다.

"꺅……!"

"으음……!!"

벨그리프는 재빨리 샤를로테의 가느다란 팔을 붙잡았다. 그리고 붙잡은 채 손가락의 끝까지 손을 미끄러뜨렸다. 검은 덩어리는 껍질 벗겨지듯 떨어져 나와 지면에 나뒹굴었다.

즉각 벨그리프는 검을 쳐올렸다. 이제 환지통 따위 느껴지지 않는다. 검과 감응하는 온몸의 폭발적인 힘을 담아서 검은 덩어리에 내리쳤다. 복도의 바닥째 베어버릴 기세의 참격에 적중당하고, 덩어리는 둘로 절단되어 지글지글 소리를 내며 걸쭉하게 녹아서 퍼져 나갔다.

샤를로테는 얼이 빠져서 털썩 주저앉았다. 벨그리프는 크게 숨을 쉬었다. 아무래도 결말이 난 듯싶었다. 검을 거두고 주저앉아 있는 샤를로테의 옆쪽에 한쪽 무릎을 꿇고 물었다.

"……괜찮니?"

샤를로테는 말을 잇지 못했지만, 갑자기 눈물이 뚝뚝 맺혀서 벨그리프에게 매달렸다.

“무서웠어……! 무서웠단 말야! 으아앙!”

벨그리프는 탄식하고 흐느끼는 샤를로테를 쓰다듬어줬다. 이렇게 되고 보니까 단순히 나이처럼 어린 소녀에 불과하다. 이토록 작은 아이가 어떻게 그런 묘한 힘을 사용했을까? 벨그리프가 고개를 갸웃거리고 있던 때였다. 꾹, 누군가가 샤를로테를 잡아당겼다. 놀라서 고개 든 시선의 저편에는 벡이 서 있었다. 만신창이의 상태였지만 그럼에도 한쪽 손으로 샤를로테의 목덜미를 붙잡아 들어 올렸다. 벨그리프는 눈에 힘을 주고 물었다.

“너는…….”

“벡……. 이 녀석…….”

“가자고.”

벡은 샤를로테를 안아 들고는 힘겹게 팔을 휘둘렀다. 두 사람의 윤곽이 아지랑이처럼 흔들린다. 샤를로테는 당황한 표정으로 벨그리프를 보고는 입을 열었다.

“앗! 고마…….”

그 말을 마지막까지 다 전하지 못하고 두 사람의 모습은 사라졌다. 벨그리프는 의아해하며 눈살을 찌푸리다가 곧 일어섰다.

뒤쪽에서 톡톡, 가벼운 발소리가 들렸다. 고개 돌렸을 때 부드러운 감촉이 품속에 뛰어들었다.

“아빠!”

"후유, 안제. 무사했구나."
"응……. 아빠도 무사해서 다행이야……. 무사할 줄 알았지만!"
안젤린은 만족스럽게 벨그리프의 가슴에 얼굴을 대고 문질렀다.

○

시간은 조금 이전으로 거슬러 올라간다.
벨그리프와 떨어진 헬베티카 일행은 속속들이 잘 아는 저택의 안을 빠른 걸음으로 움직여 바깥으로 향했다. 아무래도 언데드는 저택의 바깥에 있을 뿐 내부까지는 침입하지 못한 듯싶었다.
셀렌이 불안해하며 몇 번이고 뒤를 돌아봤다.
"언니, 벨그리프 님은 괜찮으실까요……?"
"사샤도 인정한 실력자가 나약할 리 없어요. 믿도록 하죠."
그리고 자신들이 무사히 빠져나가지 못한다면 제 몸을 던졌던 은인에게 마주할 면목이 없다. 그런 생각에 헬베티카는 더욱 빠르게 다리를 움직였다.
늘 익숙하게 다녔던 저택의 복도인데도 몹시 길게 느껴졌다. 조바심 때문일까.
안이했다. 헬베티카는 이를 악물었다. 주민들에게 경애를 받아 현명한 영주로서 반석의 지반을 닦아 놓았던 아버지에게서 그대로 고스란히 이어받았던 보르도 영주라는 지위는 헬베티카에게 아주 무거운 자리가 아니었다. 본래 현명했을 뿐 아니라 어릴 적부터 아버지를 수행하여 영지를 돌아다니거나 내정에 참여했고, 더욱이 몸소 점찍은 인재를 적극 등용함으로써 아버지의 시절보다 더욱 영지를 활성화시켰다는 자부심이 있었다. 내무의 재능도 있을뿐더러 인망도 있다. 검 역시 사샤나 애시크로프트에게는 못 미칠지언정 한몫을 해내기에는 충분했다. 사람들 모두 헬베티카를 인정했고 신뢰했고 사랑했다.

다만 그 탓에 오히려 어두운 면에 시선을 보내지 않았던 듯 여겨졌다. 줄곧 순풍만범(順風滿帆)의 상황만 계속됐다. 마르타 백작을 비롯하여 반발파에 속한 귀족들을 수습해야 한다는 과제를 뒤로 미뤘다. 사람들 모두 자신에게 호의를 보여줬다. 어떤 상대든 진심을 다한다면 시간은 걸릴지언정 서로 이해할 수 있다 믿었다.

물론 저런 가치관이 옳다는 생각은 지금도 갖고 있다. 그러나 그것은 어디까지나 사회에서 자기 인생을 열심히 살아가는 사람들의 특권일지도 모르겠다는 생각도 든다. 그런 사람들의 특별할 것 없는 생활 및 당연한 행복은 위에 선 자의 지시 하나로 싹 바꿔어버린다.

오직 권력 투쟁에 특화되어 있는 마르타 백작이 자신보다 좋은 정치를 펼치리라는 생각은 도저히 못 하겠다. 그뿐 아니라 본인의 욕망을 우선해서 악정을 일삼으리라고 쉽게 상상할 수 있다.

그자와 절대 서로를 이해 못 하지는 않을 것이다. 어딘가에서는 공감할 수 있는 부분도 분명 존재하리라. 그러나 작은 가능성에 매달리다가 자신이 오히려 실각된다면 주민들은 어떻게 될까? 스스로 깨끗할 수 있도록 고집하는 대신 흙탕물을 뒤집어 써야 할 때도 있는 법이다.

무거웠다. 자신의 어깨에는 상상 이상으로 무거움 짐이 실려 있음을 이제 와서 절실하게 느꼈다. 그런 사실을 자신이 미처 이해하기도 전에 아버지가 세상을 떠났다는 게 분했다.

"……아버님께서는 이런 무게를 견뎌 내셨군요."

셀렌이 고개를 갸웃거렸다.

"언니? 왜 그러세요?"

"아녜요……."

현관에 도착했다. 문을 활짝 열렸고 바깥에는 언데드의 주검이 이리저리 널려 있었다. 조금 떨어진 곳에 아넷사와 밀리엄이 보였다. 셀렌의 안도의 숨을 내쉬었다.

"다행이야……."

그때 뒤쪽에서 땅이 울렸다. 쿵, 저택이 흔들린다. 현관의 샹들리에가 흔들려서 쇠사슬이 짤랑짤랑 소리를 냈다. 헬베티카는 재빨리 주위를 둘러보고 셀렌의 등을 두드렸다.

"나가죠! 서둘러요!"

"네!"

물씬 코를 찌르는 언데드의 악취 때문에 얼굴을 찌푸리면서 바깥으로 나오자 소리로 이쪽을 알아차린 듯 아넷사과 밀리엄이 달려왔다.

"다행이다, 두 분 다 무사하셨네요!"

"어라? 벨 아저씨는요?"

"적이 배후에서 들어왔습니다. 벨그리프 님은 후미에 남아 퇴로 확보를……."

셀렌의 말에 밀리엄은 급한 얼굴로 아넷사를 돌아봤다.

"큰일 났네! 빨리 도와주러 가자!"

"바보야! 안제도 벨 아저씨도 없다면 우리가 헬베티카 씨와 셀렌을 지켜드려야지!"

"으으……. 그래도, 그 이상한 그림자가 상대면……."

안제도 한 번은 졌잖아. 불안해하며 입을 우물우물하는 밀리엄을 보고는 아넷사는 탄식했다.

"벨 아저씨는 괜찮아. 안제한테 이기는 분이잖아?"

"……맞아. 그 말이 맞아!"

밀리엄은 안심해서 웃었다. 아넷사는 주위를 둘러봤다.

"그나저나, 안제 녀석은 어딜 간 거야……."

말하다 말고 눈에 힘준다. 곧장 활을 고쳐 쥐고는 날카로운 시선으로 어둠 저편을 주시했다.

"……아직 남아 있었네."

그 자리에 있던 전원이 같은 곳을 쳐다봤다. 철컥철컥 갑옷 움직이는 소리가 나더니 무장을 갖춘 언데드 떼가 나타났다. 고용인 및 병사들이 동요했다. 방금 전에 막 시신을 모아 명복을 빌어줬던 병사들이 지금 언데드가 되어서 초점 없는 눈을 이쪽으로 향하고 있다.

밀리엄은 복잡한 표정으로 헬베티카를 돌아봤다.

"헬베티카 씨……."

"……상관없습니다. 저들의 혼을 해방해드리도록 하죠."

"……저희가 하겠습니다."

아넷사는 짧게 말하고 앞쪽으로 나선 뒤 활을 당겨서 신속하게 연사했다. 밀리엄도 지팡이를 휘둘러 올려 마법의 벼락을 불러들였다. 언데드들은 금세 몸이 분쇄되어 쓰러졌고 움직이지 못하게 됐다. 불과 하루 전에는 함께 삶을 누렸던 동료들의 말로를 보고 무의식중에 오열을 쏟아 내는 사람들도 있었다.

아넷사와 밀리엄은 더없이 비정하게 언데드를 섬멸했다. 쓸데없이 슬픈 시간을 지연시킬 바에야 빨리 끝내버리는 게 낫다고 판단했을 것이다. 헬베티카는 두 사람에게 감사하며 눈을 내리깔았다. 그때 셀렌이 소스라치며 비명 질렀다.

"꺄……! 언니!"

"설마……!"

또 한 사람, 언데드가 나타났다. 비교적 최근의 시체이고 질 좋은 옷을 갖춰 입었다. 백금색 머리카락과 콧수염, 흙빛이 되었을지언정 절대로 잊을 수 없는 얼굴.

"아, 아버님……."

전대 보르도 백작 본인이었다. 놀랍도록 표정이 없고, 두 손을 축 늘어뜨린 채 흔들흔들 이쪽으로 걸어오고 있다.

"싫어……. 싫어, 이런 거……. 거짓말이야……."

셀렌이 힘없이 무릎 꿇었다. 떨리는 어깨를 밀리엄이 허둥지둥 달려와서 안아줬다.

"……잔인한 짓을."

아넷사가 분노에 휩싸여 이를 갈고는 활을 겨눴다. 그 동작은 헬베티카가 한 걸음 앞으로 나섬으로서 제지됐다. 장비한 검을 뽑아 들었다.

"……목을 떨어뜨리면 언데드도 죽는 거죠?"

아넷사가 의아해하며 눈살을 찡그렸다.

"헬베티카 씨, 무리하지 마세요……."

"아뇨……."

이 순간은 자신에게 주어진 시련일지도 모르겠다고 헬베티카는 생각했다. 영주의 지위를 수행한다는 것은 이제껏 온실 속 화초였던 과거와 다르다. 보고 싶지 않은 현실에 직면했을 때 도망치지 않고 마주하는 태도가 절실히 요구된다. 그것은 평민과 귀족의 결정적인 차이다.

신분, 문득 상념이 든다.

가능한 한 신분의 장벽을 걷어 내고자 노력해왔다. 함께 밭에서 땀을 흘리며 같은 시선으로 대화를 나눴던 것이 주민들의 애정을 받을 수 있었던 근본이었고 덕분에 영지는 발전했다. 그러나, 그럼에도 자신은 평민과는 달랐다. 이런 때 신분의 차이라는 것이 역력하게 윤곽을 드러낸다.

"주민들이 도망치려면……. 영주가 도망칠 수는 없어."

작게 중얼거리고 눈앞에 있는 아버지의 형체를 갖춘 언데드를 주시했다.

저택이 또 진동했다. 벨그리프가 싸우고 있는 증거다. 모두가 각자 자신의 역할을 완수하고자 한다. 그런 수많은 사람들을 짊어지고 살아가야 하는 게 자신이었다.

크게 숨을 들이마셨다. 악취 때문에 하마터면 숨이 막힐 뻔했지만, 그럼에도 매섭게 전방을 본다.

"……아버님. 당신께서 짊어졌던 의무를, 이제부터는 제가 짊어지고 나아가겠습니다."

헬베티카는 천천히 검을 겨눴다.

뚝, 언데드가 걸음을 멈췄다. 그림자의 위치가 바뀐 탓일까. 그 얼굴에 아주 살짝 미소가 어린 듯 보였다.

○

새벽이 가까워지도록 어떤 소식도 들어오지 않았다. 아마 실패라고 간주하는 게 옳겠다. 마르타 백작은 조바심치며 숙소에서 나왔다. 젠장, 쓸모없는 애송이들. 욕설을 퍼붓는다. 정말로 자기 지시를 어기지 않고 전대 보르도 백작의 언데드를 이용했을까? 결국은 계집인지라 마음을 뒤흔들어주면 쉽게 평정심이 흐트러져서 빈틈을 드러낼 것이 뻔하다는 계산이었다. 그러나 어떤 연락도 없잖은가. 만약 헬베티카가 죽었다면 큰 소동이 벌어졌을 텐데.

이대로 가면 자신은 곧 체포되리라. 어떻게든 도시 밖으로 탈출하여 재기를 도모해야 한다. 반대파로 포섭해 둔 동쪽 도시의 귀족에게 몸을 의탁해볼까 고민했다.

빠른 걸음으로 골목길을 돌아들었을 때 순회 중이던 병사 부대와 마주쳤다. 병사들은 경례한 뒤 마르타 백작에게 머리 숙였다.

"백작, 이런 시간에 혼자 외출이라니 무슨 일이십니까?"

"으, 으음……. 도, 도시에 큰일이 벌어졌는데 나 혼자 편안히 지낼 수는 없잖은가. 순찰을……."

"오오, 이리 훌륭한 분이시라니! 많이 피곤하시겠습니다. 썩 편안한 곳은 아닙니다만, 병영에 와인 등 요깃거리가 있습니다. 잠시 쉬어 가시는 게 어떻겠습니까?"

마르타 백작은 망설였다. 이대로 옷 한 벌 입고 도시를 나간들 어쩔 도리가 없다. 병사들의 병영에 가서 자신이 데려왔던 병사들과 합류하도록 하자. 그리고 말을 확보하면 된다. 무엇보다도 지금 거절하면 의심을 산다. 이제 와서 결백을 연기한들 누가 믿으랴.

"반가운 말이군……. 안내해주게."

병사들은 빙긋 웃고는 백작을 선도하여 병영까지 안내했다. 튼튼한 석조 건물로, 바깥에는 병사 및 모험가들이 불을 피워 놓고 앉아 있었다. 모두가 웃는 얼굴로 백작에게 인사했다. 아마도 내가 마수를 퇴치했다는 말을 이 녀석들은 믿는가 보군. 그렇게 마르타 백작은 득의양양 미소 지었다. 천하의 바보들을 보았나.

내부로 들어가 복도 끝부분 방 앞에서 병사는 멈춰 섰다.

"백작, 이쪽입니다. 상관 전용 방입니다."

"그래."

기분 좋게 방에 걸음을 들여놓았던 백작은 저절로 눈이 휘둥그레졌다. 헬베티카가 차분하게 미소를 머금고 앉아 있었다.

"경. 잘 와주셨습니다."

뒤쪽의 문이 닫혔다. 양쪽에서 병사가 팔을 붙든다. 마르타 백작은 낯이 핼쑥해졌다.

"무, 무, 무슨……. 헬베티카 님! 이게 어떠한 처사입니까?! 어, 어, 어찌 나에게 이런!"

헬베티카는 쿡쿡 웃었다.

"장난이 좀 지나치셨죠……. 헤이젤에서 한가롭게 여생을 보내셨다면 좋았을 텐데."

"무, 무슨 말씀이시오! 내가 뭘 했다는 거요!"

"그 답은 본인께서 잘 알고 계시겠지요?"

헬베티카가 일어나더니 쓰릉, 소리를 내면서 손에 들고 있었던 검을 뽑았다. 잘 연마된 칼날에 비친 자신의 모습을 보고 마르타 백작은 숨을 멈췄다.

"자, 잠깐! 까닭도 없이 나를 죽이면, 네 녀석들의 신뢰도 땅에 떨어진다! 증거! 내가 악행을 저질렀다는 증거는 갖고 있는가!"

"없답니다. 지금은, 아직."

"바, 바보 같은 소리! 이런 처사는 횡포다!"

"나중에 조사하면 얼마든지 알아낼 수 있죠……. 그러나 경, 당신이 포섭한 협력자들을 가르쳐준다면 목숨만은 살려드리겠습니다. 물론 영지 바깥으로 추방은 면치 못하겠습니다만."

"오오……! 그래, 알겠네!"

마르타 백작은 협력자들의 이름을 술술 털어놓았다. 이름이 나올 때마다 헬베티카는 서글피 눈을 내리깔았다.

"이, 이게 전부다! 이제 되었겠지? 빨리 나를 풀어주게!"

"흠?"

헬베티카는 고개를 갸웃거렸다. 주위의 병사들을 보고 묻는다.

"제가 풀어주겠단 말을 했던가요?"

"아니요, 말씀하지 않으셨습니다. 잘못 들었나 보죠."

"저도 못 들었습니다."

마르타 백작은 어안이 벙벙하여 말을 못 잇다가 속아 넘어갔음을 깨닫고 낯이 새빨개졌다.

"네, 네, 네, 네년! 거짓말을……! 거짓말을 했겠다!"

헬베티카는 여전히 웃고 있었다. 그러나 눈은 웃지 않는다.

"이번 사태는 저의 나약함이 초래했다는 것도 사실이겠죠. 감사의 뜻을 전하는 바입니다, 경. 당신 덕분에 이제부터는 결단을 망설이지 않을 겁니다."

"뭐, 뭐, 뭐라……. 계, 계집 주제에……! 이따위 짓을 저지르면 너는 무사할 것 같다! 나는 공국의! 공국의 귀족이다! 네년들 따위, 피가! 피가 다르다는 말이다!"

"네, 고마운 말씀이군요. 설마 당신과 같은 피가 흐르고 있다니, 상상만 해도 소름이 끼치거든요."

헬베티카는 천천히 마르타 백작에게 다가갔다. 병사들이 꽥꽥 소리쳐 대는 마르타 백작을 단단히 붙든다. 검이 내리 휘둘러졌다.

"돼지는 도살하겠습니다."

붕, 검이 휘둘러지며 정적이 감돌았다.

헬베티카는 후우, 숨을 내쉰다.

"길가에 버려두십시오. 용감한 마르타 백작은 단신으로 순찰을 나갔다가 불한당의 습격을 받아 안타깝게도 사망하셨습니다."

"넷!"

병사들은 주검을 안아 들고는 뒷문으로 나갔다. 헬베티카는 검을 거둔 뒤 느릿느릿한 발걸음으로 건물 바깥에 나갔다.

"……길고 긴, 밤이었습니다."

동쪽 하늘이 희미하게 밝아온다.

27 어제 드리워졌던 두꺼운 구름이 마치 거짓말처럼

어제 드리워졌던 두꺼운 구름이 마치 거짓말처럼 맑은 날이었다. 바람은 봄의 온기를 옮겨다주며 살갗에 부드럽게 와 닿는다. 발 아래에서는 부드러운 풀의 새싹이 쭉쭉 자라났고, 작은 동물 및 벌레들이 바삐 돌아다녔다. 솔개가 한 마리, 원을 그리며 하늘을 난다.

샤를로테는 햇살 아래에서 멍하니 선 채 날아다니는 솔개를 올려다보고 있었다. 하얀 머리카락 및 의복은 꾀죄죄하다. 어젯밤 소동 때 모습 그대로였다.

"……고맙습니다, 끝까지 말을 못해줘어……."

"그게 어쨌다는 거냐."

옆쪽에는 벡이 앉아 있었다. 옷은 뜯어졌지만 상처는 거의 아물었다. 그러나 아직 통증이 솟는 듯 바람이 불 때마다 얼굴을 찌푸리며 사선으로 베였던 상처 자국을 매만졌다.

샤를로테는 한숨짓고는 벡의 옆쪽에 앉았다. 망연자실하여 끌어안은 무릎에 턱을 얹고 오른손을 앞으로 내밀어서 바라봤다. 손가락에 남은 반지에는 보석이 없다. 이제 어떠한 힘도 남지 않았다.

"사미지나의 반지도 없고……. 나는 이제부터 어떻게 하면 될까…….”

“내가 알겠냐. 어쩌고 싶은데, 성녀님은.”

“그렇게 부르지 마. 전부 허상이었던 거야…….”

“……뷔에나 교에 복수하지 않아도 되나?”

“물론 증오해. 당연하잖아……. 그래도…….”

정말 이러는 게 옳을까, 샤를로테는 갈등했다.

샤를로테는 루크레시아의 어느 추기경의 딸이었다. 금이야 옥이야 온갖 보살핌을 받아 자랐기에 몹시 행복했다. 경건한 뷔에나 교의 신도였고, 주신께서 내려주시는 은혜는 어떻게 이리 근사할까 감탄하고는 했다.

그러나 소녀가 여덟 살 때, 집안은 이단 심문에 처해졌다. 루크레시아는 뷔에나 교의 추기경끼리 정쟁이 격한 곳이었고, 소녀의 아버지도 거기에 휘말렸던 탓이다.

이단 지정의 가부는 신심의 깊이가 아닌 결국은 돈과 권력으로 결정된다. 소녀의 집안은 패배했다. 이단이라 낙인찍혔다. 비록 트집에 불과했지만, 샤를로테가 알비노였고 강대한 마력을 지녔다는 사실이 결정타가 되고 말았다. 입장이 살짝 달랐다면 성녀로 칭송받았을 요소일지라도 이유 따위는 어차피 상관없었다.

샤를로테는 절망했다. 죄 없는 인간을 이단이라며 멸시하는 뷔에나 교에 분노를 품었다. 오직 기도를 바치며 경건하게 살아왔는데도 도와주지 않는 주신을 원망했다. 이단으로 지정된 순간 손바닥을 뒤집은 루크레시아의 귀족들, 그리고 뻔뻔한 낯짝으로 자신을 이단자라 부르는 성직자들을 증오했다. 또한 그러한 처사를 의심도 않고 받아들여서 당당하게 처형을 요구하는 국민들을 혐오했다.

타국에서는 특별히 심한 경향이 아니지만, 루크레시아에서 이단자는 유독 박해받는다. 그리고 성직자가 이단이라 낙인찍히면 주신에 대한 반역자로 간주되어 사형이다. 추기경쯤 되는 신분이라면 가족까지 모조리 죽어 나간다.

부모님은 몸을 던져서 샤를로테를 피난시켰다. 소녀는 홀로 도망쳤다.

괴로운 도피행이었다. 누더기를 걸쳐야 했고, 쓰레기를 뒤지는 날도 있었다. 악한에게 봉변을 당할 뻔한 경험도 있었다. 귀족의 딸로 태어나 어떤 불편함 없이 살아왔던 처지였기에 방랑 생활은 너무나도 괴롭고 비참해서 몇 번이고 죽음을 바랐다. 그러나 부모님을 얼굴을 떠올리면 차마 죽을 수 없었다.

그러던 때에 한 명의 남자와 만났다. 남자는 솔로몬에 대해 말했다. 마왕을 거느렸던 인물을, 옛날에는 대륙 전토를 수중에 거두었다는 솔로몬을 남자는 다시 불러오겠다고 역설했다.

남자는 샤를로테에게 솔로몬의 무녀가 되지 않겠느냐고 제안했다.

샤를로테는 매혹됐다. 그 힘을 쓴다면 뷔에나 교에서 이단이라 지정한 탓에 괴로워하는 사람들을 구원할 수 있다. 사이비와 귀족 놈들에게 복수할 수 있다. 솔로몬의 성녀로 단상에 서서 이단으로 낙인찍히는 괴로움을 놈들에게 내려주겠다. 절망과 고통으로 가득한 표정을 짓게 만들어서 똑똑히 보아주겠다는 갈망에 남자의 손을 잡았다.

그렇게 2년 남짓, 종자로 붙여줬던 벡과 함께 인접국 로데시아 제국을 유세하며 돌아다녔다. 샤를로테의 어여쁜 용모와 본래 타고났던 말재간 덕에 부패한 영주에게 지배된 땅에서는 소문이 잘 퍼져 나갔다. 남자에게 넘겨받았던 사미지나의 반지로 『기적』을 일으켜서 욕망투성이 귀족들을 거둬들이는 데도 성공했다.

먼저 비슷하게 부패된 로데시아 제국을 뷔에나 교의 손아귀에서 구원한 뒤 곧이어 루크레시아에 개선하겠다는 계획이었다.

그러나 이제 와서는 과연 올바른 바람이었던가 확신을 가질 수 없었다. 정체를 알 수 없는 열기에 휩싸여서 어두워졌던 시야가 불현듯 투명해졌다는 기분이 든다.

"손……. 되게 따뜻했는데……."

머리에 손을 얹어서 쓰다듬어줬던 감촉을 다시 떠올려본다. 아버님도 역시 큰 손으로 쓰다듬어줬더랬지. 그 수염 난 아저씨보다 아버님이 더 젊었지만.

뷔에나 교와 루크레시아의 성직자들은 물론 증오한다. 그러나 자신이 진정 바라는 것은 복수가 아닌 부모에게서 받는 온기가 아니었을까. 더는 가질 수 없노라고 포기했던 터라 더더욱 억지로 복수에 매진함으로써 잊어버리고자 했는지도 모른다. 절망했을 때 내밀어주는 손이 언제나 옳다는 법은 없지 않겠는가.

벡은 아무렇게나 털썩 누워서 뒹굴었다.

"그 아저씨한테 반했나?"

"이게……! 무슨 바보 같은 소리야! 그냥 손이 따뜻했다고 한 말이거든! 아버님 같았다고 생각했던 게 전부라고!"

"부모라……. 흥……."

벡은 언짢아하며 눈을 내리깔았다.

부모의 사랑. 떠올리면 괴로운지라 어서 잊어버리고자 자신을 몰아세웠던 감정이 샤를로테의 마음속에 생생히 되살아났다. 그러자 곧장 자신이 저질렀던 죄스러운 처사가 몹시 마음을 괴롭히는 터라 샤를로테는 저도 모르게 두 손으로 얼굴을 덮었다. 어째서 이리 잔혹한 짓을 저질렀을까. 눈물이 끊임없이 흘러나왔다.

"아앙……. 으아아아아아아아아아아앙……."

벡은 묵묵히 몸을 일으켜서 샤를로테의 머리에 가만히 손을 얹었다.

"울지 마라, 시끄럽다……."

"흑……. 끅…… 으윽……."

샤를로테는 손바닥으로 눈을 꾹꾹 문질렀다.

"……있잖아. ……벡?"

"……응."

"혹시…… 혹시 말이야. 내가 복수를 그만둬야겠다고 말해도, 너는 나를 따라와줄 거야?"

"……나는 너의 종자잖나. 네가 원하는 대로 해라."

"응……. 응……. 고마워……."

샤를로테는 또다시 흘러넘치는 눈물을 숨기고자 무릎에 얼굴을 파묻은 채 백에게 몸을 기댔다.

○

“아이고, 방심했습니다! 불초 사샤 보르도, 아직 수행이 한참 모자란가 봅니다! 핫핫하, 아야야야야야!”

활달하게 웃음을 터뜨리더니 곧 왼팔을 붙들고 괴로워하는 표정을 짓는 사샤에게 셀렌이 달려와서 어깨를 어루만졌다.

“어휴, 작은언니. 큰 부상을 당한 몸이잖아요, 제발 얌전히 좀 계세요…….”

“끄응……. 못 움직이니까 너무 힘들어…….”

사샤는 침대 등받이에 몸을 기대고 입을 삐죽거렸다. 처참한 상태의 저택에서 몇 안 되는 멀쩡한 방에 모여 있었던 일동은 웃음 지었다.

하룻밤이 지나서 보르도 가문의 저택 및 도시에서는 새삼 대청소가 실시됐다. 맑고 상쾌한 봄의 기운이 어젯밤의 피비린내 나는 소동을 중화해주는 느낌이 든다.

보르도 가문의 경비를 맡은 병사 및 모험가들 중 사망자가 발생했지만, 도시의 주민들은 비록 부상자는 발생했을지언정 기적적으로 아무도 죽지 않았다. 대응이 신속했을 뿐 아니라 평소부터 병사 및 모험가 간에 상호 협력하도록 구축했던 체계가 힘을 발휘했다. 물론 안젤린을 비롯한 고위 랭크 모험가의 활약이 한몫 거들었음은 말할 필요도 없다.

마르타 백작이 사망한 채 발견됐을 때는 살짝 소동이 벌어졌다. 칼자국이 남아 있는 관계로 언데드에게 습격을 받은 게 아니라면서 이런저런 억측이 난무했다만, 순찰 병사들이 혼자서 순회를 도는 마르타 백작을 목격했다고 증언함으로써 분명 재난의 혼란을 틈탄 폭한에게 습격당했으리라고 주민들은 결론 내렸다. 마르타 백작의 고급 옷을 입어서 척 봐도 귀족의 분위기였고, 소동이 발생한 틈에 악행을 저지르는 자는 어디에든 있는 법이다.

그렇게 낙착되자 원래 마르타 백작을 좋아하지 않았던 주민들은 대수롭지 않게 넘겼지만, 주도자가 사라짐으로써 반보르도 파벌에 속한 귀족들은 완전히 위축되었고 수면하의 동맹도 와해됐다. 마르타 백작의 시체는 아무리 생각해도 헬베티카가 보낸 경고였기 때문이다.

그렇다고 전부 헬베티카의 소행이라며 규탄할 만큼 용기를 지닌 인물은 한 사람도 없다. 떠들어 봤자 보르도 주변 지역에서 헬베티카의 인망은 경이적이다. 믿어줄 사람 따위는 없을뿐더러 오히려 몰매를 맞을 것이 뻔하다. 그들은 헬베티카에게서 언제 소환장이 날아올까 두려워할 뿐 공공연하게 반대의 뜻을 내세우거나 명백한 부정행위를 그만두고 묵묵히 바짝 엎드렸다.

언데드의 발생, 그리고 벨그리프와 샤를로테의 전투 때문에 저택 내부도 곳곳이 엉망진창이었다. 수리하려면 시간이 걸릴 것이다.

이런 상황에서는 도저히 가도 정비까지 손쓸 여유가 없다. 계획을 취소하자는 것은 아니지만, 얼마간 보르도가 안정되면 재차 톨네라에 사절을 보내서 협의하기로 매듭지어졌다. 벨그리프도 다른 의견은 없었다. 이런 상황에서 요구를 내세우기는 너무 염치없잖은가.

안젤린은 아침부터 기운이 넘치는지 몸을 안 움직이면 되레 불편하다면서 지금도 방에 있는 게 아니라 아넷사와 밀리엄을 정원으로 데리고 나가 뛰어다니고 있다. 끌려 다니는 처지가 된 두 사람은 기막히다는 눈치다. 한편 벨그리프도 온몸에 힘이 넘쳐나서 앉아 있는 지금도 조금 진정이 되지 않았다. 엘프의 영약이 아직도 효과가 있나?

그러나 영약은 이미 다 써버렸다. 손바닥 안에 가려지는 작은 병이었던 만큼 어차피 많은 양은 아니었다.

벨그리프는 쓴웃음 지었다.

"호되게 당하셨군요, 사샤 님. 애시크로프트 님께 받은 영약이 남아 있었다면 나눠 드렸을 텐데 말입니다……."

"아닙니다, 스승님! 영약은 저희 집안에도 상비품이 있는 관계로 신경 쓰지 않으셔도 됩니다! 오히려 이런 꼴사나운 모습을 보여드려서 부끄럽습니다!"

"하하, 그러십니까……."

웃음 짓는 벨그리프에게 애시크로프트가 말을 건넸다.

"저기…… 벨그리프 님? 그 영약을 벌써 다 사용하셨다는 말씀입니까?"

"예, 미안합니다. 안제에게 한 방울, 저도 한 방울, 그리고……. 음, 잠깐 사고가 일어나는 바람에 나머지를 전부 다."

"한 방울……? 설마 곧바로 드셨습니까?"

"……예? 뭐, 그렇습니다만……."

애시크로프트는 실룩실룩 입가를 경련하면서 말했다.

"저기……. 제가 말씀드리는 것을 깜빡했던 탓이기는 합니다만……. 영약은 물로 희석해서 복용하는 게 보통인지라……."

"예?!"

"당연히 알고 계시는 줄……."

애시크로프트가 말에 따르면 영약은 원액을 곧장 마시기에는 짙었다. 그렇다 해도 제국산 영약은 효력이 아주 강한 게 아니라서 도핑 효과를 기대하며 전투 와중에 원액으로 복용하는 모험가도 있다만, 엘프의 영약쯤 되면 좀 과하게 짙다던가. 보통은 용도에 따라 복용 전 수십 배로 희석한 뒤 천천히 시간을 들여 몸에 배어들도록 한다. 단번에 효과가 과하게 돌면 지금 안젤린처럼 몸을 움직여야 오히려 진정이 되고, 심한 경우는 육체와 감각에 괴리가 발생하는 등 회복 과잉 상태에 빠져버린다는 설명이었다.

요컨대 현재 안젤린과 벨그리프는 증폭된 체력을 소비하지 않는 한 진정이 되지 않는 상태에 처한 셈이다. 회복이 빠른 것도 당연하다. 얼마 전부터 몸이 달아오른 까닭은 그 때문이었나. 벨그리프는 납득하는 동시에 몹시 부끄러워졌다.

E랭크 모험가는 영약이라는 귀한 물품을 직접 목격할 기회가 흔하지 않은 만큼 어쩔 수 없다고는 하나 그런 귀중품을 하룻밤 사이에, 게다가 잘못된 복용 방법으로 다 써버렸기에 얼굴이 붉어졌다.

사샤가 깔깔 웃는다.

"핫핫하! 역시 스승님! 호기로우시읍아야야야야!"

"어휴! 작은언니도 참!"

"하하……. 이거 부끄럽습니다……."

벨그리프는 겸연쩍어하며 머리를 긁적였다. 애시크로프트도 쓴웃음을 짓는다.

확실히 지금은 머리도 선명하고 몸도 아프지 않다. 듣고 보니까 분명 살짝 팔을 움직이는 데도 미약하게 감각의 괴리가 느껴졌다. 혹시 이 효과가 떨어졌을 때 지금 움직임이 기본으로 몸에 배어버리면 무섭겠다. 젊은 시절이라면 또 모를까, 현재의 신체라면 감각이 어긋난 채 돌이오지 않을 수도 있었다. 상태가 좀 괜찮다는 이유로 몸의 기세에 휩쓸려서 무리를 하는 행동은 피하는 게 좋겠다. 한 번 더 원액을 마시면 효과가 지속된다고는 하나 엘프의 영약이라는 게 별로 수월하게 구비할 수 있는 물품이 아니니까.

그때 헬베티카가 엘모어를 동반하여 들어왔다. 지친 기색이기는 하나 어딘가 후련하다는 표정을 짓고 있었다.

"사샤, 몸 상태는 좀 어때요?"

"오오, 언니. 보시는 대로 멀쩡합니다."

"후후, 기운이 가득하니 다행이에요……. 여러분, 점심 식사를 같이 드시죠. 저택 내부는 아직 어수선하니까 정원에 자리를 만들 텐데 괜찮으시죠?"

셀렌이 기쁘게 고개를 끄덕였다.

"멋지네요, 날씨도 좋은걸요."

"좋아, 가십시드아야야야야야!"

"사샤 님, 이렇게 자꾸 무리를 하지 말아주십시오……."

힘차게 몸을 일으키려다가 또 끙끙대는 사샤에게 애시크로프트가 달려와서 부축해줬다.

방에서 나선 벨그리프에게 엘모어가 다가와 말을 건넨다.

"벨그리프 님, 대단히 수고 많으셨습니다. 여러분 덕택에 도시의 피해도 최소한으로 줄일 수 있었지요. 보르도의 길드 마스터로서 감사의 뜻을 전하는 바입니다."

"무슨 말씀이십니까. 저야 단지 미력을 보탰을 뿐입니다."

"아니지요, 함께 싸웠기에 더더욱 잘 알게 됐습니다. 귀하의 검, 예사로운 수준은 아니었습니다. 『적귀』의 무시무시함, 제 눈으로 똑똑히 목격했습니다."

"하하, 역시 좀 민망합니다그려……."

아직껏 떳떳하지는 않을지언정 칭호에 부끄럽지 않은 활약은 되었나 보군. 벨그리프는 쓴웃음을 지었다. 엘모어는 빙긋 미소 지었다.

"보르도에는 언제까지 머무를 계획이십니까?"

“흠, 글쎄요……. 볼일은 다 마친지오라 저택 정리를 잠시 도운 뒤 돌아갈 예정입니다. 아마도 이틀, 사흘 안에는.”

“벨그리프 님……. 혹여나 괜찮으시다면 보르도의 길드로 와주실 수는 없겠습니까? 귀하만 한 실력을 지닌 분이라면 특별 대우로 고위 랭크를 부여한들 아무도 불만을 늘어놓지 못 할 겁니다. 젊은이들에게도 좋은 자극이 되지 싶습니다.”

“하하, 농담이시겠죠. 제 실력이야 이제 쇠퇴할 일만 남았습니다. 게다가 시골 생활이 성미에 딱 맞아서 말입니다. 물론 제안은 기쁩니다만 저는 거절하도록 하겠습니다.”

“그러십니까……. 유감스럽지만 어쩔 수 없군요. 저도 사무 업무가 성미에 맞아 일선에서 물러난 만큼 다른 분을 여기에서 더 붙잡기에는 저 역시 민망하군요.”

엘모어는 친근감 있게 웃었다. 벨그리프도 미소 지었다.

모험가의 생활에도 아직 미련이 없다고 말할 순 없다. 그러나 자신이 있어야 할 장소는 이곳이 아니었다. 벨그리프는 그렇게 생각했다.

○

그로부터 며칠, 벨그리프와 안젤린 파티는 저택 정리를 돕거나 거리에 나가 놀거나 병사 및 모험가들과 대련을 하는 등 시간을 보냈다. 부상 때문에 참가하지 못한 사샤는 이를 갈며 분해했고,

결국 무리해서 참가하려 들다가 애시크로프트를 무척 당황하게 만들었다.

영웅 대접이 벨그리프는 다소 곤란한 심정이었는데 안젤린은 꽤 익숙한 모양새로 태연하게 받아넘기는 모습을 볼 때면 딸에게 완전히 추월당했구나 싶어서 살짝 근질근질했다.

보르도에서 보낸 나날은 즐겁고 톨네라의 생활과는 전혀 다른 자극이 있었지만, 이제는 슬슬 돌아가자는 기분이 들었다. 조금 피곤하기도 했고 밭이 걱정된다. 자신이 살펴보고 있지 않은 기회에 아이들이 제멋대로 덥석 숲에 들어가지는 않을까 신경 쓰인다.

안젤린이나 그 친구들과 헤어지려니까 섭섭했지만, 아이는 본래 독립하는 법이다. 게다가 물론 영영 이별하자는 게 아니잖은가.

그나저나 내일은 슬슬 돌아가야겠구나. 가만히 중얼거렸을 때부터 안젤린이 찰싹 달라붙어서 떨어지질 않았다. 돌아갈 준비를 하는 지금도 벨그리프의 등에 업히다시피 들러붙은 채 머리카락이나 등에다가 얼굴을 파묻고 있다. 색색거리는 숨결이 머리카락 및 옷 안쪽 피부를 간질이는지라 은근히 불편하다.

"……안제."

"……왜? 아빠."

"너는 도대체 뭘 하는 거니?"

"아빠 내음을 보급하는 거야."

"……보급이라니, 그럼 어떻게 되는데?"

"기운이 번쩍……."

"그러니……."

뭔가 잘 모르겠지만 그런가 보다. 뭐, 안젤린이 찰싹 달라붙는 게 어제오늘 일도 아니다. 쓴웃음 짓고 포기한 뒤 가만 내버려 두자 밀리엄이 부리나케 다가왔다.

"저도 벨 아저씨 내음을 보급할래요~."

"이런, 미리까지……. 준비가……."

이제야 엘프의 영약도 효과가 떨어져서 뭔가 조금씩 어긋났던 육체와 감각의 괴리가 원래대로 돌아왔다. 게다가 다행스럽게도 근육 및 관절의 통증은 악화되지 않고 치유됐다. 그러니까 소녀 둘이 들러붙어도 버겁지는 않다만, 준비가 진척되지를 않아 곤란하다. 아이처럼 자꾸 달라붙는데도 몸은 커다라니까 감당할 수가 없다.

아넷사가 어이없어하며 그 광경을 보고 있었다.

"얘들아……. 벨 아저씨가 돌아가면 우리도 올펜으로 돌아가야 하거든? 본인들 준비부터 하란 말이야……."

"흐흥, 부러운 주제에……."

"아네는 솔직하지 않습니다냥~."

"뭣!"

아넷사는 새빨개져서 입을 뻐끔뻐끔했다. 안젤린과 밀리엄은 히죽히죽 웃고 있었다.

벨그리프는 탄식했다.

"아네의 말이 맞잖니. 다들 자기 짐들은 다 꾸렸고?"

"원래 딱히 짐이랄 게 없는걸……."

"단출한 게 모험가의 기본이랍니다~ 벨 아저씨."

"으음……."

확실히 옳은 말이지 싶었다. 역시 현역은 못 당하는구나, 벨그리프는 머리를 긁적였다. 그럼에도 어찌어찌 준비를 끝냈다.

벨그리프도 역시 본래는 딱히 짐을 챙겨서 온 게 아니었다. 소지했던 짐은 갈아입을 옷과 그 밖에 자잘한 물건 조금이었지만, 보르도의 시장에서 이것저것 잔뜩 사들이고 말았다.

일단 소금과 설탕을 부대로 샀다. 그리고 조금씩 나눠서 담은 향신료, 타오르는 듯 도수가 센 증류주, 질 좋은 철로 제작한 조리 도구.

보르도는 과연 큰 도시였다. 북부의 교역 루트에도 들어 있기 때문에 이곳저곳에서 물품이 모여든다. 톨네라에서는 좀처럼 구하기 힘들고 행상인이 중간에 기면 가격이 비싼 물건을 벨그리프는 자꾸자꾸 손에 들고 말았다. 요컨대 선물이 잔뜩이라는 뜻이다. 톨네라에서는 현금을 쓸 일이 별로 없어서 자꾸 사들이게 됐다.

"……안제한테 잔소리는 못 하겠구나."

선물을 산더미처럼 들고 왔었던 안젤린을 떠올리며 벨그리프는 쓴웃음 지었다. 이상한 데서 부녀가 닮아버렸다.

안젤린이 올펜에서 구입해 끌고 온 짐마차와 말은 벨그리프가 넘겨받았다. 올펜까지 가는 안젤린 일행은 별다른 짐도 선물도 없다. 애당초 일단 올펜에 돌아가면 짐마차도 말도 쓰지 않는다. 톨네라에서 더욱 활약할 수 있을 것이다.

짐마차에 짐을 싣고 출발 준비를 갖췄다. 설마 편지를 전하러 왔을 뿐인데 이리도 큰일을 치를 줄은 몰랐던지라 벨그리프는 볼을 긁적였다.

아침부터 준비를 시작했기 때문에 아직 점심 전이다. 지금 출발하면 해가 떨어질 무렵에는 다음 마을에 도착할 수 있겠다. 야숙도 싫진 않지만 아직 밤은 쌀쌀하다.

"자……. 가볼까."

벨그리프는 어깨를 돌렸다. 삐걱삐걱 소리가 난다.

마찬가지로 준비를 마친 안젤린과 친구들도 배웅을 나와 있었다. 이 녀석들은 조금 있다가 출발한다고 했다.

사샤가 셀렌의 어깨를 빌려 서 있다. 헬베티카, 애시크로프트는 바쁜지 얼굴이 안 보였고 엘모어는 길드로 돌아간 듯싶다. 모두 아쉽다는 표정을 짓고 있었다.

"스승님, 대련을 하지 못하여 유감입니다……. 조만간에 다시, 꼭 찾아뵙지요!"

"하하하, 사샤 님. 먼저 푹 쉬고 몸을 회복하십시오."

"벨그리프 님의 말씀이 맞아요, 작은언니."

셀렌은 사샤의 어깨를 쓰다듬고는 벨그리프에게 꾸벅 머리 숙였다.

"벨그리프 님, 이번에 정말 많이 신세를 졌습니다. 또 보르도에 들르실 때는 꼭 방문해주세요. 언제든 환영하겠습니다."

“감사합니다, 셀렌 님. 꼭 소식 전하겠습니다.”

짐마차에 올라타려고 하는 벨그리프에게 안젤린이 안겨 들었다. 꼬옥 얼굴을 문질러 대며 킁킁 숨을 내쉰다.

벨그리프는 쓴웃음 짓고 안젤린을 어루만져줬다.

“이런, 이 녀석아. 언제까지나 어리광쟁이구나, 안제는.”

“응……. 좋아!”

안젤린은 번쩍 얼굴을 들더니 벨그리프를 봤다.

“나, 힘낼 거야. 힘내서 의뢰를 처리하고 가을에 또 집에 가겠어.”

“……그러면 좀 빠르지 않니?”

“괜찮아. 바위월귤을 먹고 싶은걸. 그치?”

그렇게 말한 뒤 뒤쪽에 서 있는 아넷사와 밀리엄을 돌아본다. 두 사람은 고개를 끄덕였다.

“짧았지만 무척 즐거웠어요.”

“꼭 다시 놀러 갈게요!”

벨그리프는 미소 지으며 손을 뻗어서 두 사람의 머리에 툭 올려놓았다.

“그래, 친가라고 생각하고 또 오거라. 기다리마.”

그 말에 두 사람은 가슴이 벅차오른 듯 볼을 붉혔다.

문득 자박자박 가벼운 발소리가 들렸다. 고개 돌리자 볼을 살짝 붉힌 채 숨을 몰아쉬면서 헬베티카가 달려오고 있었다. 헬베티카는 달려 도착하자 무릎에 손을 두고 하아하아, 호흡을 가다듬었다. 땀에 젖어서 이마에 달라붙은 앞머리가 묘하게 요염하다.

"다, 다행이에요……. 안 늦었군요……."

"헤, 헬베티카 님? 바쁘실 텐데 왜 굳이……."

"그게 무슨 말씀이세요. 보르도 가문의 은인께서 떠나시는데 배웅도 안 하면 고개를 못 들고 다닌다고요."

헬베티카는 후우, 숨을 내쉬고 빙긋 웃었다.

"아무쪼록 다시 놀러 와주셔요. 기다릴 테니까요."

"감사합니다, 영광으로……."

그렇게 말하려던 때 사뿐, 달콤한 내음이 났다. 볼에 부드러운 감촉이 느껴져서 벨그리프는 어리둥절했다.

헬베티카는 장난스럽게 웃더니 자기 입술에 둘째 손가락을 가져다 댔다.

"오늘은 뺨이지만요……. 다음에 만났을 때는, 기대하세요."

"……너무 놀리지 말아주십시오."

벨그리프는 살짝 쑥스러워서 머리를 긁었다. 누가 옷깃을 꾹 잡아당긴다. 고개 돌리자 안젤린이 울먹거리는 표정을 짓고 있었다.

"아빠……."

"아, 안제……."

"역시…… 가슴이 좋은 거야……?"

"……너는 도대체 또 무슨 소리니?"

뭔가 이래저래 분위기가 뒤죽박죽이다.

안젤린은 「씩씩」 소리를 내며 으르렁거리고, 헬베티카는 쿡쿡 웃었다. 보고 있었던 소녀들은 볼을 물들이거나 히죽히죽 웃음을

짓거나 했다. 벨그리프는 쓴웃음 지었다.

"이것, 참……. 이제 가야겠다."

"……응."

안젤린은 폴짝 벨그리프에게서 떨어졌다. 벨그리프는 안젤린의 머리를 톡톡 손바닥으로 다정하게 두드려주고 짐마차에 올라탔다. 고삐를 잡고 말을 몰아간다.

안젤린이 큰 목소리로 외쳤다.

"다녀올게요, 아빠!"

"다녀올게요~!"

"다, 다녀오겠습니다……!"

밀리엄과 아넷사도 역시 큰 목소리로 외친다.

배웅받는 사람은 이쪽인데 말이지. 벨그리프는 쓴웃음 짓다가 그럼에도 고개 돌려서 말했다.

"잘 다녀오거라!"

마차는 천천히 나아갔다.

하늘은 푸르고 맞은편에서 볼을 어루만지는 바람은 어린 풀 냄새가 났다.

특별 수록

번 외 편

MY DAUGHTER
GREW UP TO
"RANK S"
ADVENTURER.

EX 자매

이것은 아직 벨그리프와 일행이 보르도 가문의 저택에 체재하던 때의 이야기이다.

아침나절에는 밝게 햇살이 비쳤지만, 어느 틈인가 구름이 하늘을 뒤덮어서 주위가 어둑어둑해졌다. 위를 바라보면 구름은 두껍게 회색을 띠고 있기에 당장에라도 한바탕 쏟아질 것 같다. 올봄은 자꾸 비가 내리는군. 누가 투덜거렸다.

벨그리프는 저택에서 꺼내다 놓은 폐품 정리를 돕고 있었는데, 날씨가 수상쩍다는 이유로 다 같이 저택 안으로 철수했다. 그러나 방에 돌아와도 할 일이 없다. 별 까닭도 없이 방 안을 빙글 한 바퀴 돌고 그다음은 의자에 걸터앉았다.

소동 이후 며칠이 지나서 저택 내부는 대강 정리됐다만, 아직 벽과 복도에 푹 파인 흠집은 수리가 끝나지 않았다. 목수가 매일 출입하며 수리를 맡아보고 있다.

이윽고 창밖에서 비가 쏟아졌다. 썩 거센 비는 아니었고, 자칫하면 안개비로 바뀔 듯 가느다란 비였다. 그러나 바깥에 나가 있으면 물론 젖는다. 거세지 않은 만큼 오히려 눈치채지 못한 사이에 푹 젖을지도 모른다. 아마도 철수했던 게 좋은 판단이었다.

비가 내린다는 것은 알겠는데 빗방울이 너무 가는 까닭에 빗소리는 미약하다. 그 때문인지도 모르겠지만 도무지 마음이 가라앉지를 않는지라 무료함을 달래고자 앉은 채 창밖을 내다보았다. 그러고 있으려니까 방문이 열리고 안젤린이 들어왔다. 바깥에 있었는지 흑발에 작은 물방울이 달라붙어서 괜히 반짝반짝 빛났다.

안젤린은 들어오자마자 앉아 있었던 벨그리프의 등에 안겨 들었다.

"……비 와."

"음, 그러게 말이다."

"정리를 못 하네……."

"그래. 뭐, 어쩔 수 없잖니. 날씨만큼은."

안젤린은 잠시간 벨그리프의 등에 얼굴을 파묻고 만족하는 모습이었다만, 곧 어깨에 손을 짚고는 체중을 꾹꾹 실었다.

"사샤한테 문병 갈 거야……. 아네랑 미리랑 같이. 아빠도 갈래?"

"으음……. 흠……. 아니, 아빠는 사양하도록 하마."

"엥."

안젤린은 불만스럽게 입술을 삐죽거렸다만, 더 이상 강권할 뜻은 없었는지 또 잠시 벨그리프에게 안겨 있다가 「그러면 갔다 올게」라면서 방 밖에 나갔다. 벨그리프는 탄식했다.

차차 창밖에 짙은 어둠이 드리워지고 있다. 빗방울도 점점 부풀어 오르면서 창문 및 지면을 때리는 빗소리는 자꾸 커다래졌다.

○

안젤린이 방에 들어섰을 때 아넷사와 밀리엄은 젖은 머리카락을 수건으로 한창 닦고 있었다. 셋이 바깥에서 병사들과 모의전을 치르던 와중 비가 내렸었다. 안개비라서 그냥 계속할까 싶기도 했지만, 괜히 감기라도 걸리면 바보짓이니까 멈추고 들어왔다.

안젤린을 본 밀리엄은 모자를 닦고 있었던 수건을 휙휙 흔들었다. 머리 위 고양이 귀가 쫑긋쫑긋 움직거리고 있다.

“어라~ 벨 아저씨는~?”

“사양한대……. 어째서일까? 사샤를 싫어하는 걸까……?”

“그럴 리 없잖아……. 여자만 잔뜩이라서 불편해서 아니야?”

듣고 보니까 확실히 벨그리프를 제외하면 젊은 아가씨뿐이었다. 전부 소녀라고 말할 수도 있겠다. 벨그리프는 태연하게 행동하는 듯 보였지만 역시 불편했던 걸까.

“……그럼 어쩔 수 없네.”

그렇지만 자신은 딱히 혼자서 아저씨들 사이에 섞여 있어도 아무렇지도 않다는 생각이 든다.

“울 아빠, 사춘기……?”

“얘가 뭐라는 거니……. 뭐, 아무튼, 가자.”

셋이 줄줄이 방을 나섰다. 비가 내리는 곳은 분명히 바깥인데도 어쩐지 복도까지 으슬으슬 추웠고 괜히 부옇게 보이는 느낌이 든다. 더욱 거세진 빗소리가 멀리서 들려오는지라 괜히 더 조용하게 느껴지는지도 모르겠다고 안젤린은 생각했다.

문을 두드리자 「들어오십시오!」 기운찬 목소리가 들렸다. 방에 들어가자 사샤가 침대에 앉아 있었다. 왼팔에 붕대를 둘러서 삼각건으로 매달아 놓았지만 안색은 대단히 좋다. 옆쪽에 둔 의자에는 셀렌이 앉아 있었다. 안젤린과 일행의 얼굴을 보고는 사샤가 기뻐서 활짝 표정이 빛났다.

"오오, 여러분! 와주셨군요!"

셀렌이 미소 지으며 일어섰다.

"여러분, 이리 앉으세요. 차를 내어 올게요."

"괜찮아, 신경 안 써도 돼……. 불쑥 찾아왔잖아."

안젤린과 일행은 쿡쿡 웃으며 의자를 끌어다가 침대 주위에 앉았다.

"상태는 어때……?"

"하하, 기운은 아주 넘칩니다만……. 게으름을 부리는 기분이라 별로 좋지는 않습니다."

"아휴, 작은언니도 참. 푹 쉬지 않으면 나을 상처도 안 낫거든요?"

"그야 알기는 알지……. 으으……."

사샤는 안달복달하며 탄식했다. 초췌함과 별 연관도 없이 기운찬데도 평소처럼 움직일 수 없다는 것이 답답해서 못 견디겠는가 보다. 당장 어제만 해도 안젤린 파티의 모의전에 끼워달라고 난리를 피우면서 애시크로프트를 몹시 애먹였다.

"그래도 영약을 먹었으니까 1개월쯤 지나면 다 낫잖아……?"

“그렇기는 합니다……. 그나저나 답답해 죽겠습니다. 안제 님과 스승님께서 이렇게 함께 방문해주셨는데도 가만있어야 하잖습니까.”

“정말로 검 휘두르는 걸 좋아하는구나, 사샤는…….”

“그나저나 되게 드물지 않아? 왜 모험가가 된 거야? 이왕이면 군인이 돼도 좋았을 테고, 귀족이라면 기사가 돼도 괜찮았을 텐데.”

밀리엄의 물음에 사샤는 쑥스러워하며 머리를 긁적였다.

“그게…… 단순한 동경심입니다.”

“동경심?”

“예. 본래 검 휘두르기를 좋아해서 어릴 적에는 말씀하셨던 대로 기사를 동경했습니다만…….”

사샤는 추억에 잠긴 듯한 말투로 계속 설명했다.

선친, 전대 보르도 백작은 세 자매 각자가 지닌 적성이며 특기를 잘 파악하고 있었다. 장녀 헬베티카는 인심을 장악하고 대국을 내다볼 수 있는 힘을. 삼녀 셀렌은 정치적인 시점을. 그리고 사샤는 보통 이상의 뛰어난 검술 기량을.

그는 자매들에게 전부를 다 잘할 필요는 없다고 역설하고, 각자의 특기 분야를 수련해서 서로가 서로를 도와야 한다 주지시켰다.

“그러니까 저는 어릴 적부터 검을 배웠습니다.”

“그래서 모험가가 된 거야?”

“예, 언젠가 아버지의 지방 순시에 따라간 적이 있었지요. 그때 마수가 나타났는데 말입니다, 딱딱한 갑각을 갖고 있는 마수였는데 마수 퇴치에 익숙지 않은 병사들은 고전했습니다. 그때 휙 나타난 모험가가 갑각의 빈틈을 정확하게 노려서 눈 깜짝할 틈에 토벌해주었더랬죠…….”

“아하……. 아머 래트였던가? 분명히 B랭크…….”

“오오, 역시 해박하십니다! 그때부터 모험가에 제대로 동경심을 갖게 됐습니다.”

“그랬구나……. 그래도 아버님이 반대하지는 않으셨어?”

사샤는 고개를 가로저었다.

“보르도 가문은 예로부터 모험가와 친교를 맺어왔으니까요. 마수와 싸울 줄 아는 것도 필요하다며 아버지는 적극 지원해주셨습니다. 결과적으로 주민들을 지키는 일로 연결된다고 말이죠.”

“멋진 말이야……. 보르도 백작님도 좋은 아버지였구나.”

“네!”

“……울 아빠도 멋져.”

“왜 갑자기 열을 올리는 거야…….”

분위기가 밝아지는 가운데 문득 안젤린이 시선을 돌렸더니 셀렌은 살짝 고개 숙인 채 말이 없었다. 아까 전부터 대화에 끼려고 하지 않는 것 같았는데 무슨 일이라도 있었던 걸까?

“셀렌, 왜 그래……? 배 아파?”

“네? 아, 아뇨. 괜찮아요.”

셀렌은 미소 지었다. 사샤가 의아해하며 눈을 가늘게 떴다.

“셀렌, 그때부터 상태가 좀 이상하잖나? 무슨 일이든 있다면 정확하게 말해라. 혼자 끌어안는 것은 좋지 않아.”

"……정말로 괜찮아요. 저기, 차를 내어달라고 전하고 올게요."

셀렌은 일어서서 숫제 도망치는 걸음걸이로 방 바깥에 나갔다. 아넷사와 밀리엄이 얼굴을 마주 바라본다.

"어쩐 일이람?"

"이상하네. 좀 차분한 인상의 아이라고 봤었는데."

"……그 소동 이후 왠지 모르게 상태가 좀 이상합니다."

사샤는 난처해하며 말했다.

"멍하니 먼 곳을 바라볼 때도 있고요, 불쑥 서글픈 분위기가 느껴지지를 않나……. 무슨 일이냐고 물어도 괜찮다는 한 마디밖에……."

"으음……. 그래도 확실히 큰 충격을 받았을 거야."

"맞아……. 아버지가 언데드가 되어서 나타났잖아."

사샤는 탄식했다.

"저는 섬세한 면이 좀 부족한지라 고민을 들어주고 싶어도 설교 비슷한 말만 자꾸……. 여러분, 부탁드립니다. 티 나지 않게 다가가서 이야기를 나눠봐주십시오. 셀렌도 여러분께는 혹시 편하게 대답이 나오는 게 아닐까 싶습니다."

사샤는 스스로 인정할 만큼 왈가닥이고, 헬베티카는 소동의 뒷수습을 지휘하느라 여유가 없다. 셀렌의 상태가 이상하다는 것을 어렴풋이 알아챘을지라도 신경을 써주기가 조금 어려운 듯싶다. 안젤린은 고개를 끄덕거렸다.

"알았어……. 사샤는 빨리 낫게 몸부터 추슬러."

"감사합니다, 안제 님. 큰 부담을 덜었습니다."

사샤는 드물게도 살짝 연약한 분위기로 미소 지었다. 여동생의 고민을 제대로 들어주지 못하는 자신이 많이 답답했었나 보다.

그때 메이드가 차를 가지고 들어왔다. 사샤가 고개를 갸웃거린다.

"셀렌이 안 보이는군."

"네, 뭔가 용무가 있으시다며 본인 방으로 가셨습니다."

"으음……."

사샤는 복잡한 표정으로 머리를 긁적였다.

"이런 때에는 섬세하지 못한 나 자신이 참 싫어지는군……."

"신경 쓰지 마. 셀렌도 사샤가 딱히 싫어서 피하는 건 아닐 테니까."

"그럼, 착한 아이니까 고민거리도 있는 거야, 분명히~."

아넷사와 밀리엄이 격려의 말을 건넨다. 사샤는 수줍어하며 고개를 끄덕였다.

○

그 무렵 벨그리프는 헬베티카에게 초대받아 차를 마시고 있었다. 업무 짬짬이 한숨을 돌리고자 갖는 자리인 듯싶다. 서재에 안내받아서 맞은편 자리에 앉았다.

헬베티카는 차에 설탕을 듬뿍 퍼 담아 넣으면서 미소 지었다.

"여러모로 많이 도와주셔서 정말 감사드려요."

"아닙니다, 뭘요. 식객 처지에 당연하지요."

벨그리프는 웃음 짓고는 차를 홀짝였다. 발효시킨 찻잎인 듯 독특한 향이 느껴졌다.

"드문 향이 나는 차군요."

"네, 찻잎을 발효시키는 종류랍니다. 바로 어제 행상인에게서 구입했지요……. 입에는 좀 맞으세요?"

"싫은 맛은 아닙니다만. 그나저나, 음, 익숙하지를 않아서……. 설탕을 넣어 마시는 겁니까?"

"네. 그 밖에도 우유를 넣거나 감귤을 짜서 넣어도 맛있다네요."

그런 방식으로 마시는 차는 몰랐던지라 벨그리프는 감탄하여 턱수염을 어루만졌다. 세상에는 아직 자신이 알지 못하는 문물이 잔뜩 있었다.

힐끗 헬베티카의 뒤쪽을 보면 집무용 책상에는 편지 및 서류 종류가 쌓여 있었다. 도시의 복구 및 그 밖의 편의를 도모하기 위하여 다른 도시나 귀족에게 보낼 서신이 많은 듯싶다. 이것만큼은 자신이 도울 수 있는 종류의 일이 아닌지라 벨그리프는 쓴웃음만 지었다.

왠지 몰라도 흥미진진한 표정으로 벨그리프를 바라보고 있었던 헬베티카는 찻잔을 내려놓고 숨을 쉬었다.

"왜 그러십니까?"

"아뇨……. 시간 흐르는 게 정말 빠르다 싶어서요."

그리 말하고는 서재 안쪽을 둘러본다. 벨그리프도 함께 서재를 둘러봤다. 안쪽에 하나 있는 창문을 제외하면 벽면 전부가 책장이다. 거기에 책과 서류 다발이 가지런하게 놓여 있었다. 어수선한 듯 보이면서도 사실은 빈틈없이 정리된 곳인지도 모르겠다.

“아버님께서 쓰던 시절부터 거의 바뀌지 않았어요.”

“흠.”

“아직 영주가 된 지 시일은 얼마 안 됐습니다만……. 그래도 이제 곧 반년이 되는 정도니까요.”

“정말로 많이 존경하셨나 봅니다. 감탄스럽습니다.”

“후후, 감사합니다. 벨그리프 님께서 이리 말씀해주시니 안심했어요.”

헬베티카는 살짝 자세를 바르게 하고 벨그리프를 마주 바라봤다.

“벨그리프 님, 다시 한 번 여쭙겠습니다. 보르도 가문에 임관하실 뜻이 혹시 있으신가요? 이번 소동에서도 벨그리프 님의 헌신에 따른 공적은 이루 헤아릴 수가 없습니다. 아무쪼록 힘을 빌려주시면 감사하겠습니다.”

벨그리프는 볼을 긁적였다.

“……대단히 죄송합니다만, 거절의 말씀을 드릴 수밖에요.”

“……그러시군요.”

헬베티카는 재차 간청하지도 않고 유감스럽다는 듯 탄식하곤 미소 지었다.

“그렇게 말씀하실 줄 알았어요.”

“죄송합니다…….”

"아뇨. 벨그리프 님은 톨네라를 지켜 나간다는 역할이 있으시잖아요."

헬베티카는 그리 말하고 나서 이번에는 장난스럽게 미소 지었다.

"그래도 저는 포기하지 않을 거예요."

"……하하, 난처하군요."

벨그리프는 쓴웃음 지었다.

"그렇지만 헬베티카 님께서는 저 같은 사람을 굳이 거두지 않으셔도 충분히 잘 해내실 수 있을 겁니다. 훌륭한 여동생분들도 둘이나 계시는 데다 애시크로프트 님도 계시고……. 무엇보다도 헬베티카 님 본인의 분위기가 더욱 훌륭해졌다는 인상을 받습니다. 적어도 전에 톨네라를 방문하셨을 때와 비교하면 말입니다."

그리 말한 뒤 벨그리프는 어깨를 으쓱였다. 헬베티카는 쿡쿡 웃고는 눈을 내리감았다.

"그러게 말이에요……. 뭐랄까…… 극복해야 할 벽을 극복한 탓인지도 모르겠네요."

"흐음……."

"……참 신기하죠. 이번 소동은 분명히 슬픈 일이었지만, 일어날 만한 사태가 일어났다는 생각도 들어요. 어떤 의미에서 이번 사태가 아니었다면 저는 아직껏 온실 속 화초의 기분이었을지도 모르죠."

헬베티카는 눈을 뜨고 벨그리프를 바라봤다.

"그래도…… 조금 괴롭기는 괴로웠습니다."

"……아버님 말씀이군요."

헬베티카는 살짝 고개를 끄덕였다. 벨그리프는 현장에 없었던 터라 자세히는 알지 못하나 전대 보르도 백작이 언데드가 되어 앞을 가로막았다고 들었다. 진심으로 따르고 존경했던 아버지를 비록 언데드일지언정 배제해야 했던 심정은 차마 짐작도 못 할 지경이다.

"섣불리 드릴 말씀은 못 됩니다만……. 음, 용케 극복하셨습니다."

"후후, 감사합니다."

헬베티카는 미소 지었다.

귀족의 자세며 삶 따위 벨그리프는 알지 못한다. 본인 및 가까운 사람 말고도 수많은 백성들의 생활을 자기 어깨에 짊어진다는 게 평민 신분의 벨그리프는 상상하기 어려운 중책이 아닐까. 본연의 책임을 내팽개치고 자기 욕망에 정신이 팔린 귀족들도 있지만, 헬베티카는 그런 자들과 다르다. 말로 칭찬하기는 너무나 쉽다. 그러나 정말이지 고된 역할이라고 생각한다.

진지한 표정을 짓고 있는 벨그리프를 보고 헬베티카는 빙그레 웃었다.

"죄송해요, 귀한 분을 모시고 이런 이야기나 하네요."

"아니요, 상관없습니다. 임관 제안은 비록 거절하겠습니다만, 가능한 범위에서는 이래저래 힘이 되어드리고 싶습니다."

"후후, 그렇다면 제 낭군이 되어주실 순 있나요?"

"……또 짓궂게 사람을 놀리십니다."

"에잇, 아주 농담으로 드린 말씀은 또 아니거든요?"

헬베티카는 어린아이처럼 볼을 뾰록 내밀었다. 벨그리프는 쿡쿡 웃고는 찻잔을 입가로 가져갔다.

○

사샤와 잠시 즐겁게 이야기를 나눈 안젤린이 두 친구와 떨어져서 방에 들어왔을 때 벨그리프는 창가의 의자에 걸터앉은 채 바깥을 내다보고 있었다. 비는 어느덧 멎었고 구름 틈 사이로 햇살이 비스듬하게 내리쬔다. 주홍빛으로 물들어서 주위가 살짝 흐릿해지는 모습을 보면 벌써 저녁때가 가까웠나 보다.

옆쪽에 앉자 벨그리프는 안젤린을 돌아봤다.

"사샤 님의 상태는 어땠니?"

"기운차더라……."

"하하, 그렇구나. 크게 다치지 않아 정말로 다행이야."

"……아빠, 요즈음 셀렌, 어떻게 생각해?"

"응? 무슨 말이니?"

안젤린은 셀렌의 요즘 모습이 좀 이상하고, 뭔가 고민하는 듯 보인다는 사정 이야기를 간추려서 벨그리프에게 설명했다. 벨그리프는 턱수염을 어루만졌다.

"……확실히 그럴지도 모르겠구나."

"역시 그렇지……? 어떻게 하는 게 좋을까……."

“흠……. 일단 대화를 나눠봐야 할 텐데.”

“응. 잠깐 셀렌한테 갔다 와볼까…….”

“그게 좋겠다. 가족에게는 말하기 어려운 내용인지도 모르고, 누구에게든 털어놓으면 편해질 수도 있으니까 말이다.”

안젤린은 고개를 끄덕이고 일어나서 방 바깥으로 나갔다.

셀렌의 방은 어디였더라 우왕좌왕하다가 마침 지나가던 메이드에게 물어봤더니 안내해줄 순 있는데 셀렌 님은 외출 중이라는 대답이 돌아왔다. 헛걸음치고 기운이 빠진 안젤린은 낙담했다.

“어디 간 거야……?”

“시가지에 나가겠다고 말씀하셨습니다만…….”

말에 타 달려 나갔다고 한다. 벌써 저녁나절인데 지금 나가서 뭘 하려는 걸까. 안젤린은 고개를 갸웃거렸다.

그래서 곧 방에 돌아오자 벨그리프는 의외라는 표정을 지었다.

“빨리 왔구나.”

“셀렌, 외출 중이래…….”

“이런 시간에 말이냐? 흐음…….”

벨그리프도 의아한 얼굴로 턱수염을 쓰다듬었다. 안젤린은 옆쪽 의자에 걸터앉아서 탁자에 팔꿈치를 짚었다.

“셀렌의 고민이란 게 뭘까?”

“……듣자 하니까 언데드가 된 아버님과 맞닥뜨렸다지. 그리고 헬베티카 님이 베어서 물리치는 광경도 봤고.”

“응……. 그래서 충격을 받았던 걸까, 역시…….”

안젤린은 상상했다. 만약 벨그리프가 죽어버리고, 언데드가 되어 자신의 앞에 다시 나타났고, 게다가 직접 쓰러뜨려야 하는 상황에 놓인다면……. 거기까지 상상만 해도 너무나 슬프고 슬퍼서 안젤린은 무의식중에 벌떡 일어나 벨그리프에게 매달렸다. 벨그리프는 몹시 당황했다.

"뭐야, 무슨 일이니?"

"으으……."

셀렌과 헬베티카는 이토록 슬픈 경험을 했구나 싶어 안젤린은 가슴 아팠다. 상상만 했는데도 벌써 눈물이 눈에 배어난다.

"엄청나게 괴로워……. 셀렌, 정말로 괴롭겠구나……."

"내게 울어서 어쩌자는 거니, 에고……."

"그래도……! 아빠가 죽어버리고, 언데드가 되면! 으으……."

안젤린은 벨그리프의 가슴팍에 얼굴을 묻고 오열했다. 벨그리프는 탄식하며 딸아이의 등을 쓰다듬어줬다.

"뭐, 확실히 괴로울 테지……. 감정을 풀어낼 수가 없는 상태인지도 모르겠어."

"어떻게 하면 될까? 어떻게 뭘 해줘야 될까? 아빠."

그저 난처했던지라 벨그리프는 들려줄 말을 고민하는 복잡한 표정으로 창밖을 내다봤다.

○

벌써 밤이다.

결국 셀렌은 저녁 식사 시간이 되도록 돌아오지 않았다. 시가지에 있다는 것은 순찰병에게 보고를 받아 확인이 된 터라 헬베티카도 굳이 사람을 보내 데려오려고 하지는 않았다. 여동생의 심정을 어렴풋이 알고 있었던 듯싶었다.

저녁 식사를 마친 벨그리프는 잠시 산책이라도 다녀올까 싶어서 저택 바깥으로 나왔다. 하늘에는 엷게 구름이 끼었고, 만월에 가까운 달이 희미하게 저 너머에서 빛나고 있었다. 그 광경을 멍하니 바라보고 있을 때 뒤쪽에서 발소리가 나더니 곧이어 등에 누군가가 안겨 들었다. 안젤린이다.

"두고 다니지 마……."

"으음? 안제, 이 녀석, 아네와 미리와 함께 있었던 게……."

"여기 있어요~."

"벨 아저씨랑 같이 있는 게 좋다면서 막 달려가더라고요."

안젤린의 뒤쪽에서 밀리엄과 아넷사도 나타났다. 안젤린이 벨그리프를 쫓아 나가는지라 따라왔나 보다. 벨그리프는 쓴웃음 짓고는 안젤린을 쓰다듬어줬다.

넷은 한가롭게 걸어 다니던 중 저택 가까운 곳에 있는 막사 앞에서 불을 피워 놓은 채 몇몇 병사들이 아마도 바깥에서 쓰는 물건일 테지, 모피 깔개를 엉덩이 아래에 깔고 술잔을 손에 들고서 떠들썩하게 대화 나누는 모습을 발견했다.

"그래서 말일세, 그때 안젤린 씨의 몸놀림이 기가 막히게 대단하더라니까! 뒤로 안 물러나고 앞에 나서서 그 꼬맹이를 걷어차 날려버렸어!"

"그 꼬맹이도 상당히 강했지만 말이야. 설마 사샤 님, 애시크로프트 님, 엘모어 님까지 세 분이 잇따라 패배하실 줄은 몰랐거든."

"결국 그 녀석들은 정체가 뭐였던 걸까. 마르타 백작에게 이용당하기는 했을 텐데……. 앗, 벨그리프 씨가 오셨군!"

"오, 안젤린 씨와 친구분들도 계시잖나!"

"여러분, 같이 한잔들 드시겠습니까?"

일행을 알아차린 젊은 병사가 말을 건네며 연회 자리에 초대해줬다. 거절할 이유도 없는지라 다가가 앉았다. 에일을 찰랑찰랑하게 따른 목제 술잔이 쭉 돌아갔다.

"자, 드시죠! 함께 마실 수 있어 영광입니다."

"뭘, 고맙네."

"하하, 안젤린 씨. 점심때는 감사했습니다. 큰 공부가 됐어요."

"별거 아니야……."

"어떤 수련을 해야 그렇게 강해질 수 있는 겁니까?"

"그나저나 벨그리프 씨도 굉장하군, 안젤린 씨보다 강하다면서?"

"아니, 그렇지 않네. 이 아이가 훨씬 더 강하지."

"아니야, 아빠가 더 강해."

"하하, 서로 높여주는 모습이 참 부럽군요."

"어떤 훈련을 한 거야? 꽤 혹독하게 단련을 쌓았을 테지."

"글쎄……. 딱히 특별한 연습은 안 했다만. 내 경우는 다리가 이런 처지니까."

"아, 맞다. 한쪽 다리가 불편하셨죠……."

"어쨌든 몸도 불편하신데 그리 강하다는 게 정말 대단합니다. 제가 이렇게 다쳤다면 벨그리프 씨처럼 날렵하게 움직일 자신은 없어요."

"이보게들, 너무 덮어놓고 칭찬해줘도 좀 부끄럽다네……."

"에이, 뭐 어때서요~. 실제로 벨 아저씨는 강하잖아요."

"맞아요. 저택의 이변을 알아차린 게 벨 아저씨였는걸요."

"맞아. 울 아빠는 엄청나게 강해……."

"……곤란하군."

쓴웃음 지은 벨그리프의 목덜미를 바람이 어루만졌다. 봄날 저녁이다만 바람은 아직 쌀쌀하다. 살짝 몸을 움직여서 손에 불을 쬐었다.

병사들은 벨그리프가 첫 번째 습격을 간파해서 저택에 원군을 왔다는 데 먼저 감탄했고, 두 번째 습격 때에도 적확한 지시와 판단으로 후미를 끝까지 잘 지켜 냈다는 데서 완벽하게 감동했다. 헬베티카를 비롯한 세 자매를 무사히 지킬 수 있었던 데는 안젤린 파티 세 명과 벨그리프의 힘이 큰 몫을 했음을 믿어 의심치 않는다. 그래서 그 이야기를 듣고 싶어 했고, 또한 이들을 눈앞에서 칭찬하고 싶어 했다.

대화 나누며 권해주는 에일을 홀짝홀짝 마시고 있을 때 자박자박 지면을 밟는 소리가 났다. 안젤린이 눈을 크게 떴다.

"셀렌."

"아…… 여러분……."

걸어온 셀렌은 어쩐지 지친 기색으로 미소 지었다. 병사들은 의외라는 듯이 웅성거렸다.

"셀렌 님, 별일이시군요."

"아직 춥습니다. 이쪽에 앉으십시오."

셀렌은 입을 우물우물하며 시선을 이리저리 돌렸다. 망설이는 분위기였다. 안젤린이 벌떡 일어나더니 달려갔다. 어깨를 안아서 살짝 거칠게 머리를 팍팍 쓰다듬어줬다. 셀렌은 눈을 깜빡거렸다.

"……같이 앉을래?"

"……네."

셀렌이 원에 더해지자 병사들은 화색이 돌았다. 헬베티카나 사샤라면 모를까 셀렌이 이런 자리에 참가하는 경우는 드물었나 보다.

"셀렌 님, 『적귀』의 옆에 앉으시죠! 특등석입니다."

"와핫핫."

"자, 후딱들 비키라고."

"지금 움직이잖냐!"

병사들은 바스락바스락 움직여서 벨그리프의 옆자리를 비웠다.

"후후, 고마워요……."

셀렌은 미소 짓고는 모닥불을 둘러싸는 원에 함께 앉았다. 벨그리프와 안젤린의 사이에 끼는 모양새다. 셀렌은 무릎을 끌어안고 살짝 어깨를 떨었다. 병사 한 명이 술병을 들어 올렸다.

"셀렌 님, 에일을 좀 드셔보시겠습니까?"

"바보, 셀렌 님께서 에일 따위를 마시겠냐. 와인, 와인 어디 있어."

"누가 가서 좀 들고 와라."

"앗, 아네요. 괜찮아요. 저 때문에 번거롭게 움직일 필요 없으세요. ……에일을 한 잔 따라주시겠어요?"

셀렌이 당황해서 손을 흔들었다. 병사들을 쿡쿡 웃음 짓고는 새 술잔에 에일을 따라 건넸다. 셀렌이 잔을 받아서 한 모금 마시고, 그러고는 놀라서 눈이 크게 뜨였다.

"쓰, 씁쓰레하네요……."

"셀렌 님, 괜찮으십니까? 역시 와인을 가져다드릴까요?"

"아니에요, 괜찮아요."

셀렌은 눈살을 찌푸린 채 다시 한 모금을 마셨다. 병사들은 서로 얼굴을 마주 바라봤지만, 주군의 의향에 군소리를 늘어놓을 뜻은 없었는지 또 아까처럼 즐겁게 떠들어 댔다. 벨그리프는 가만히 셀렌에게 속삭거렸다.

"에일은 처음입니까?"

"네……. 보르도에서 쭉 살았는데 말이죠, 부끄러워요……."

셀렌은 볼을 붉혔다. 벨그리프가 쿡쿡 웃는다.

"사실은 저도 에일은 아직 익숙하지 않은지라……. 맛이 씁쓸하잖습니까."

"어머, 정말이세요……? 후후, 벨그리프 님도 서투른 게 있으셨군요."

셀렌은 의외라는 표정을 짓고는 눈을 깜빡거렸다. 그러다가 문득 마음이 놓였는지 살짝 긴장한 채 굳어 있었던 어깨에서 힘을 빼내는 모습이었다. 안젤린이 은근히 기뻐하면서 셀렌의 어깨를 끌어안아줬다.

셀렌도 함께 참가하여 떠들썩하게 환담이 이어졌고, 이윽고 연회도 한창 무르익었을 때 병사들이 일어섰다.

"그럼 저희는 내일도 근무가 있는지라……. 아무쪼록 천천히 즐기다 가십시오."

"응, 고생이 많네. 오늘 고마웠어."

빈 술병과 잔을 챙겨서 떠나가는 병사들에게 셀렌이 일어나서 머리 숙였다.

"여러분, 감사했습니다."

"세, 셀렌 님, 아닙니다."

"이런 누추한 연회 자리에 모셨다는 게……. 송구합니다."

병사들은 거듭거듭 머리 숙이고 떠나갔다. 셀렌은 다시 벨그리프 및 소녀들과 나란히 걸터앉았다. 아넷사가 숯이 된 불에 장작을 하나 집어 던졌다. 딱딱 불꽃이 흩날린다. 엷은 구름이 점점 걷힘에 따라 으스름달이 또렷하게 윤곽을 드러냈다. 주위가 하얗게 밝아오고, 내뱉는 숨도 파르께한 빛을 띠면서 도드라지는 듯 보였다.

"……시가지에 갔었어?"

아넷사의 물음에 셀렌은 살며시 긍정했다.

"죄송해요, 걱정 끼쳐서……."

"괜찮아~. 그런 기분이 들 때도 있지, 뭐."

밀리엄이 웃음 짓고는 셀렌의 어깨를 두드렸다.

셀렌은 후우, 숨을 내쉬었다.

"……몰랐어요."

"흠?"

벨그리프는 고개를 갸웃거렸다. 셀렌은 모닥불을 바라보고 있다.

"저요, 별로 병사분들과 대화 나눴던 적이 없어요……. 승마는 좋아하지만, 거친 일은 잘 못하는 편이고……. 은근슬쩍 병사분들과 한 걸음 떨어져 있는 듯한 관계였거든요."

"그랬습니까……. 그러나 누구든 잘하거나 못하는 분야가 있는 법입니다. 딱히 신경 쓸 필요는 없다 생각합니다. 게다가 셀렌 님은 아직 젊잖습니까."

"후후……. 그럴지도 모르겠네요. 그렇지만 이번에 아주 큰일을 겪고 나니까……."

셀렌은 끌어안고 있는 무릎에 입을 파묻었다. 안경의 유리알에 붉은 불이 비쳤다.

"저요, 아무것도 못 했어요……. 줄곧 보호만 받았죠."

"……신경 쓸 필요는 없지 않을까? 셀렌 탓이 아니잖아."

"맞아, 맞아. 모두가 싸울 줄 알아야 하는 게 아니잖니."

아넷사와 밀리엄이 말했다. 셀렌은 눈을 꾹 감고 작게 웃었다.

"그러게요……. 그렇지만 제가 거기에 서 있어도 되었던 건지 도저히 모르겠어서요……. 안젤린 님께 도움을 받아 살아났고, 이번에는 병사 여러분이나 벨그리프 님 덕분에 살 수 있었고……. 정말은 지키는 쪽에 서 있어야 하는 게 옳단 생각이 자꾸 들어요. 귀족으로서, 백성들 위에 설 사람으로서……."

셀렌은 무릎을 끌어안은 팔에 힘을 넣었다.

"참 한심하죠. 아버님께서 언데드가 되어 나타났을 때도 저는 온몸이 움츠러들기만 하고……. 너무 슬펐거든요."

안젤린이 셀렌을 꼭 끌어안았다.

"난 알아……. 부끄러워할 일이 아니야."

"그래도요……. 언니는 정면으로 마주 섰어요. 그 이후 언니는 신기하게도 분위기가 전보다 더 의젓해지셨다는 느낌을 받아요. 작은언니는 변함없는 것 같지만, 원래 그런 성격이니까요. 모험가로 전투를 겪는 동안에 역시 강한 의지력을 갖게 된 것이 아닐까 싶어요……. 뭔가 저 혼자 한심한 사람 같아서, 분해서."

사샤는 본래 마수를 상대로 싸워왔기에 어떤 종류의 달관한 가치관을 갖고 있었다. 헬베티카는 슬픔을 극복하고 성장했다. 그런데도 자신은 슬픔에 잠겨 허우적댈 뿐 제자리에 멈춰 서고 말았다. 셀렌의 고민은 그런 내용이었다.

"……정치에 재능이 있다면서 다들 칭찬해주셨지만요……. 그렇지만 저는 아무것도 몰랐던 거예요. 싸우는 방법도, 보고 싶지 않은 대상을 마주 대해야 한다는 것도……. 어떻게 하면 될까 모르겠어요. 제가 어린아이라는 걸 싫어도 절감하게 되는 것 같아서……."

셀렌은 가냘프게 웃었다.

"죄송해요, 괜히 푸념만……."

안젤린도 아넷사도 밀리엄도 뭐라고 말을 해줘야 할까 알 수 없었다. 셀렌의 고민은 단지 언데드가 된 아버지와 만났다는 데서 비롯된 슬픔이 전부는 아니었기에.

성실한 아이구나. 그렇게 느낀 안젤린은 더욱더 이 소녀가 사랑스러워졌다. 그러나 건네줄 말은 찾지 못한 채 안아주고 있는 힘을 더욱 강하게 하는 게 전부였다.

문득 벨그리프가 천천히 입을 열었다.

"……저는 셀렌 님과 비슷한 나이였을 때 올펜에 나와 모험가가 되었습니다."

"……그러셨나요?"

"예. 처음에는 매사가 다 당황스러웠죠……. 톨네라의 생활과 너무나 동떨어져 있는 하루하루였으니까요. 뼈아픈 실패도 겪었습니다. 물건을 사려고 해도 바가지를 덮어쓴다거나 괜한 시비가 붙어 불필요한 싸움을 치르기도 했죠."

"……나도 비슷했던 것 같아."

"나도 마찬가지야. 고물 마도구를 강매당한다거나……."

"나도, 나도! 열심히 흥정해서 가격을 깎는 데 성공한 줄 알았더니 맨 처음부터 시세의 곱절을 불렀더라고~."

소녀들도 잇따라 동의했다. 벨그리프는 미소 지었다.

"그런 때는 역시 분하죠. 모험가인데 한심하다, 이를 악물었던 게 한두 번이 아닙니다."

"……여러분은 이렇게 강하신데도 그런 시절이 있었군요."

"누구든 처음에는 미숙한 법입니다. 실패를 하고, 반성하고, 연구하면서 성장해 가죠. 그런 경험이야말로 진정한 의미에서 몸에 각인됩니다."

셀렌은 벨그리프를 바라봤다.

"그런, 걸까요……?"

"예. 셀렌 님의 고민도 아마 많이 괴로우실 테지만, 분명 지금은 필요한 과정입니다. 부디 짓눌리지는 않도록, 그러나 소중하게 아껴주십시오."

"고민을, 소중하게요……? 괜찮은, 걸까요? 고민이나 하고……. 위에 서야 할 사람이 이래서는."

"그럼요. 대뜸 결론부터 내자고 서두르는 게 더욱 위험할 때도 있습니다. 저희는 완벽하지 않아요. 고민하고, 망설이고, 그럼에도 살아가야 하는 겁니다. 곤란할 때는 주위 사람들에게 의지하기를 부끄러워해서는 안 됩니다. 다행히 셀렌 님께는 믿음직한 언니분들이 계시잖습니까. 마음껏 실컷 고민하고 연구하셔도 괜찮지 않을까 싶군요."

벨그리프는 그렇게 말한 뒤 다정하게 셀렌의 머리를 쓰다듬었다. 셀렌은 수줍어하며 볼을 붉혔다.

"……아버님께도 비슷한 말씀을 들었던 적이 있는 것 같아요."

"그렇습니까……? 역시 보르도 백작님께서는 훌륭한 분이셨군요."

"네, 정말요……."

셀렌은 뭔가 떠올리는 듯 눈을 내리뜨고는, 그러다가 가만히 눈을 뜬 뒤 벨그리프를 올려다봤다.

"감사드려요. 뭐랄까……. 기분이 편안해졌어요."

"하하, 나이 먹은 아저씨가 어려운 말을 하려니까 민망하군요……. 자, 날이 쌀쌀합니다. 슬슬 저택으로 돌아가십시다."

"아뇨, 조금만 더요……."

셀렌은 안젤린에게 몸을 기대고 눈을 감았다. 안젤린은 셀렌의 등을 어루만져줬다. 아넷사도 밀리엄도 정감이 듬뿍 담긴 얼굴로 바라봐줬다.

"……혼자가 아니잖아."

"네……. 네에……!"

셀렌은 울먹거리며 끌어안은 무릎에 얼굴을 파묻었다.

달빛이 고요하게 내리쏟아지고 있다. 딱, 소리를 내며 불티가 튀어 올랐다.

■ 작가 후기

모지 카키야라는 이름은 좋지 않다.

창작에 있어 내가 가장 서투른 분야가 작명 작업이다. 때로는 마치 하늘의 계시처럼 딱 맞아떨어지는 이름이 내려오는 날이 있는가 하면, 대부분의 경우는 아무것도 안 떠오른다. 그러니까 이런저런 매체를 뒤적거려서 슬쩍 빌려다가 융통을 한다. 본 작품의 경우는 음악 관련이 많은데, 일일이 쓰기에는 귀찮으니까 생략한다.

이는 필명에도 적용되는데, 애당초 인터넷상에 글을 발표한다는 것이 취미의 일환에 불과했던 터라 필명을 작성하는 데도 특별히 공을 들이지는 않았다. 문장을 쓰니까 「모지 카키야(文字書き屋)」, 즉 글 쓰는 사람이면 충분하다는 엉성한 발상에서 한자만 바꿔 붙였던 것이 지금 와서는 안타깝다. 더 밴드의 행세라도 할 심산이냐, 실력도 없는 주제에. 이런 말을 듣는다면 그야말로 옳은 소리인지라 말문이 꽉 막힐 테니까 저런 말은 되도록 듣고 싶지 않다.

애당초 세상에 문장을 쓰는 인간은 많다. 문호(文豪)라 불리는 사람도 있고, 문장을 팔아 생계를 꾸림으로써 그것이 이미 하나의 명성이 되어 세상에 널리 각인된 사람도 있다. 그런 사람을 아랑곳 않고 「모지 카키야」를 자처하다니. 도무지 떨떠름하다. 도무지 민망스럽다. 뭔가 이런저런 사람에게 나도 모르게 싸움을 걸고 있는 게 아닐까.

그렇게 사람들의 심기를 거스른 끝에 결국은 비밀리에 제거당하는 미래가 있었는지도 모르겠다. 그러나 설령 내가 제거당할지라도 제2, 제3은커녕 이후에도 수많은 「모지 카키야」가 끊임없이 줄곧 나타나리라. 내가 엉뚱한 계기로 책을 출판하게 되었듯 누군가가 어떤 계기로 「모지 카키야」가 될지는 짐작도 할 수 없겠다. 이 글을 읽는 여러분, 당신이 다음 차례의 「모지 카키야」일지도 모릅니다.

그건 어쨌든 간에, 주인공에 해당하는 벨그리프의 이름은 정말 신기하게도 어딘가에서 홀쩍 나타났다. 기존 캐릭터와 이름이 겹치지 않는다는 것은 캐릭터의 스테이터스로서 제법 유효하다. 그런 의미에서는 무척 잘 해낸 일이 아니었을까.

그나저나 벨그리프 씨, 표지에서는 묘하게 지쳐 보인다.

그야 그럴 수밖에. 오랜만에 재회한 터라 기운이 펄펄 넘치는 안젤린이 우당탕 여기저기에서 마구 법석을 떠는 바람에 표지 촬영을 도합 스무 번 이상 다시 시작하는 처지가 되었다. 개중에는 벨그리프 씨가 웃음 짓는 그림도 제법 있었다만, 거듭 재촬영을 하다가 결국 이렇듯 지친 얼굴이 재미있으니까 이 컷으로 진행하자고 낙착된 것은 그야말로 가엾을 따름이다. 또한 혼자서 약삭빠르게 윙크 얼굴로 찍힌 아넷사가 나중에 안젤린 및 밀리엄에게 한

바탕 시달렸다는 것은 말할 필요도 없겠다.

개인적으로 이 표지, 상당히 마음에 든다. 뭐랄까, 한 장의 일러스트에서 이야기가 느껴지지 않습니까, 여러분? 안 느껴지는 분은 느낄 수 있도록 노력합시다.

여전히 toi8씨의 작화는 감탄스럽다. 이래서 프로이구나 싶다. 본 소설이 어떻게든 판매 가능한 수준의 품질로 나올 수 있었던 데는 일러스트의 힘이 큰 몫을 했다. toi8 선생님, 감사드립니다.

자, 이후는 사사로운 일이라 미안하지만, 작품 중 표현을 다소 바꾼 부분이 있었다. 구체적으로는 집시라는 단어를 유랑민으로 바꿨다. 본래 저자의 머릿속에서 집시란 말은 좋은 인상만 갖고 있었는데, 그것은 프랑스의 집시 킹스 및 더 밴드의 「Acadian Driftwood」, 밴 모리슨의 「Caravan」이나 「Into The Mystic」, 커티스 메이필드의 「Gypsy Woman」 등등 수많은 명곡에서 받은 인상으로부터 비롯됐다. 어휘의 울림도 왠지 모르게 이국적인 구석이 있어서 무척 좋아한다.

실은 1권의 저자교정 시점에서 「집시」에 대한 지적은 있었다만, 그때는 내 지식 부족의 영향도 있어 집시는 변함없이 집시로 표기했었다.

그러나 나중에서야 집시 관련의 서적을 몇 권 읽을 기회가 있었는데, 그들이 겪은 고난의 역사와 「집시」라는 표현이 멸칭으로 사용되었음을 알았고 조금 사려가 부족했구나 싶었다. 이번에도 교정쇄 체크 때가 되어서 급히 변경한 탓에 담당 편집자 M씨가 많이 놀랐을 것이다. 이 자리를 빌려 사죄의 말씀을 드립니다.

그러나 그들이 주장하는 「로마」라는 호칭은 개인적으로 느끼기에 아무래도 말의 울림에 매력이 없는 관계로, 고민한 끝에 유랑민으로 낙착됐다. 실제로 집시라는 호칭을 썼던 의도는 어느 단일 인종, 종족을 가리키는 것이 아니라 「안정되지 않고 각지를 방랑하며 기계 및 점술로 생계를 꾸리는 사람들」이라는 막연한 의미로 사용됐었다. 「로마」는 단일 민족을 가리키는 호칭에 불과한지라 이 이야기 속에 등장하는 「집시」들은 「로마」가 아니었다.

이렇듯 표현을 바꿀 수밖에 없었던 까닭은 로마라는 사람들의 존재 때문이 아니라 그들을 차별하고 박해한 일당들의 책임이다. 그런 어리석은 짓을 저지른 탓에 나중이 되어 나 같은 사람이 고생을 하지 않는가. 도대체가 이런 민폐가 없다 말할 수밖에.

자, 농담만 늘어놓는 게 아니라 이렇듯 진지한 생각도 하고 있다는 것을 보여줌으로써 이만 매듭을 짓고 싶다.

2권부터 구입해 읽는 특이한 분은 많지 않으실 테니까 1권부터 이어서 읽어주셨을 독자 여러분, 정말 감사합니다. 다음에는 3권에서 다시 만날 수 있기를 기대하겠습니다.

2018년 4월 길일, 모지 카키야

고양이 귀!!
2018.
吉日
길일
toi8

모험가가 되고 싶다며 도시로 떠났던 딸이 S랭크가 되었다 2

1판 1쇄 발행 2019년 3월 20일
1판 2쇄 발행 2020년 1월 15일

지은이_ MOJIKAKIYA
일러스트_ toi8
옮긴이_ 김성래

발행인_ 신현호
편집장_ 김은주
편집진행_ 김기준 · 김승신 · 원현선 · 권세라
편집디자인_ 양우연
국제업무_ 정아라 · 전은지
관리 · 영업_ 김민원 · 조은걸 · 조인희

펴낸곳_ (주)디앤씨미디어
등록_ 2002년 4월 25일 제20-260호
주소_ 서울시 구로구 디지털로 26길 111 JnK디지털타워 503호
전화_ 02-333-2513(대표)
팩시밀리_ 02-333-2514
이메일_ lnovelpiya@naver.com
L노벨 공식 카페_ http://cafe.naver.com/lnovel11

Bokenshani naritaito miyakoni deteitta musumega srankni natteta Vol.2
By MOJIKAKIYA, toi8

ISBN 979-11-278-4972-6 04830
ISBN 979-11-278-4829-3 (세트)

값 9,800원

최하위 직업에서 최강까지 출세하다 1~3권

카미타니 케이 지음 | 쿠와시마 레인 일러스트 | 안병훈 옮김

최하위 직업인『저급 마도사』로서
시원치 않은 나날을 보내던 소년 루크.
하지만 어떤 사건을 계기로
그를 둘러싼 환경은 크게 변화하기 시작한다.
그 사건은「포위섬멸진」이라는 진형을 고안함으로써
그 이름을 전쟁의 역사에 새기게 되는 그의 시작에 불과했다.
머지않아 루크는, 대륙 그 자체는 물론이거니와 역사 그 자체를 뒤흔드는
거대한 소용돌이 속으로 말려들어가게 된다.

「최하위 직업」에서「천재 군사」로 출세하는 소년의
좌절과 영광을 그린 이야기가 시작된다.